Über dieses Buch

Bunte Postkarten und Gerüchte haben die griechische Bauerntochter Elephteria in das Wunderland Bundesrepublik gelockt — sie hofft, hier Arbeit und einen bescheidenen Wohlstand zu finden. Mit ihrem Mann und ihrem in Deutschland geborenen Kind lernt sie die Wirklichkeit eines technisch hochentwickelten Industriestaates kennen. Sie lebt mit ihren griechischen Landsleuten in der Nachbarstadt Düsseldorfs. Und sie lernt, sich in ihr und in einer großen Autovergaserfabrik zurechtzufinden.
Der Autor schildert Elephteria als eine liebenswerte junge Frau, deren Leben sich von dem Leben Hunderttausender anderer Arbeiterinnen in unserm Land kaum unterscheidet. Erst unter dem Druck der Arbeitsverhältnisse und durch die nähere Bekanntschaft mit organisierten deutschen Kolleginnen und Kollegen entwickelt sie sich zu einer Frau, die ihr Schicksal nicht widerspruchslos hinnimmt, sondern selbst aktiv gestaltet.
Ihre Entwicklung ist eingebettet in die gleichzeitige Entwicklung des Selbstbewußtseins der ganzen Belegschaft, das sich schließlich in einem Arbeitskampf bewährt, der in der westdeutschen Arbeiterbewegung Geschichte gemacht hat. Anschaulich und beispielhaft erzählt der Autor den schwierigen Prozeß der Solidarisierung unter den Kolleginnen und führt so den Leser konsequent zum dramatischen Höhepunkt des Romans. Die Herausgabe dieses Buches ist ein Ausdruck der Hochachtung, die Autor und Werkkreis vor allen aktiven Arbeiterinnen der Bundesrepublik haben — und nicht nur im »Jahr der Frau«.
Der Autor sagt zu seinem Buch: »Elephteria oder die Reise ins Paradies ist ein Roman nach der Wirklichkeit, in dem Vorfälle, Fakten und Dokumente verarbeitet sind.«

Der Autor

Hermann Spix, 1946 in Düsseldorf geboren, Volksschullehrer, Mitglied des Werkkreises Literatur der Arbeitswelt seit 1972, als Mitglied des Verbandes Deutscher Schriftsteller (VS) in der IG Druck und Papier, Mitglied der Gewerkschaft Erziehung und Wissenschaft. Veröffentlichungen: »Undurchsichtige Durchsichtigkeiten«, Lyrik-Texte, Mettmann 1970; »5 Texte«, eine Serie visueller Texte, Mettmann 1972; »Bilderbuch«, Seh-Texte, Mettmann 1973; Rundfunkmitarbeit.

Werkkreis Literatur der Arbeitswelt

Hermann Spix
Elephteria
oder die Reise ins Paradies

Betriebsroman

Herausgegeben unter Mitarbeit
der Werkstatt Düsseldorf
und des Werkkreis=Lektorats

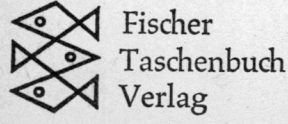

Fischer
Taschenbuch
Verlag

Originalausgabe
Fischer Taschenbuch Verlag
April 1975

Umschlagentwurf: Jan Buchholz / Reni Hinsch
unter Verwendung eines Fotos von dpa

Fischer Taschenbuch Verlag GmbH, Frankfurt am Main
© 1975 by Fischer Taschenbuch Verlag, Frankfurt am Main
und Werkkreis Literatur der Arbeitswelt, Köln
Gesamtherstellung: Hanseatische Druckanstalt GmbH, Hamburg
Printed in Germany
ISBN 3 436 02049 4

Statt eines Vorworts

Artikel 1 § 1 Die Würde des Menschen ist unantastbar. Sie zu achten und zu schützen ist Verpflichtung aller staatlichen Gewalt.

Artikel 3 § 1 Alle Menschen sind vor dem Gesetz gleich.

§ 2 Männer und Frauen sind gleichberechtigt.

§ 3 Niemand darf wegen seines Geschlechtes, seiner Abstammung, seiner Rasse, seiner Sprache, seiner Heimat und Herkunft, seines Glaubens, seiner religiösen und politischen Anschauungen benachteiligt oder bevorzugt werden.

Aus: Grundgesetz für die Bundesrepublik Deutschland
vom 23. Mai 1949

1

Elephteria merkte, daß die Aufregung wieder in ihr hochkroch. Genau wie bei der Abfahrt. Jetzt kurz vor ihrem Ziel war sie wieder nervös und zitterte leicht. Sie drehte sich zum Fenster, schirmte ihr Gesicht mit den Händen links und rechts ab, um besser nach draußen sehen zu können. Sie versuchte, sich trotz der Dunkelheit ein Bild von der Gegend zu machen. Sie sah Lichter und erleuchtete Bahnhöfe, aber sie konnte nicht lesen, was auf den Schildern stand: Leverkusen, Langenfeld, Benrath. Eine genaue Vorstellung hatte sie nicht von dem, was sie erwartete. Elephteria erinnerte die großen Touristikplakate an den Wänden des Anwerbebüros: die Bilder von Städten mit modernen Häusern und großen Parks, mit sauberen Fabriken und Geschäftsstraßen.
Draußen kamen die Lichter der Großstadt näher, dann sah sie die Lichtreklamen, in allen Farben. »Das ist ja fast wie auf Nestoras Postkarte«, dachte sie.

Der Sammeltransport mit griechischen Arbeiterinnen und Arbeitern verringerte seine Geschwindigkeit, fuhr in den Bahnhof ein. Nach fast zwei Tagen Fahrt hielt er auf dem Bahnsteig für internationale Züge. Sie waren da.
»Düsseldorf, Düsseldorf, alles aussteigen, alles aussteigen, der Zug endet hier«, hallte der Bahnhofslautsprecher in griechischer Sprache über die leeren Bahnsteige. Es war fast Mitternacht. Elephteria stand am geöffneten Abteilfenster und wartete auf ihren Mann. Er war schon ausgestiegen, um die Koffer durch das Fenster auf den Bahnsteig zu heben. Die Wagentüren waren mit Kisten, Koffern und zusammengebundenen Decken der anderen verstopft.
Sie fror. Diese Kälte hatte sie nicht erwartet. Aus ihrer Tasche zog sie eine Wolljacke und legte sie sich um die Schultern, bevor Dimitrios draußen ans Fenster klopfte. Der Bahnsteig füllte sich allmählich.
Sechs Firmen hatten Arbeitskräfte in Griechenland angeworben. Dimitrios sollte in einer Fabrik für Autogeräte arbeiten. Elephteria hatte man nicht angeworben, sie war mitgekommen – als seine Frau.
Ein Dolmetscher sprach die Wartenden über Megaphon an. Er begrüßte sie kurz und forderte sie auf, eine Frauengruppe und eine Männergruppe zu bilden. Dann wurden Männer und Frauen auf

verschiedene Wohnheime aufgeteilt. Die verheirateten Männer waren ratlos, als sie hörten, daß sie getrennt von ihren Frauen untergebracht werden sollten. Als Dimitrios die Durchsage hörte, glaubte er an ein Mißverständnis und fragte beim Dolmetscher nach.
»Ich bin mit meiner Frau nach hier gekommen. Wir haben erst vor ein paar Monaten geheiratet. Wir bleiben doch zusammen, oder?« Die anderen fragten dasselbe.
»Ich verstehe auch nicht, warum immer noch keine Unterkünfte für Ehepaare gebaut worden sind«, dachte der Dolmetscher und sagte: »Kollegen, habt ein paar Tage Geduld, dann wird sich das ändern, und ihr könnt zu euren Frauen ziehen.« Damit war er erst einmal lästige Fragen los, war ja nicht sein Bier. Aber so ist es doch hinterher immer, dachte er weiter, sie gewöhnen sich schnell daran, nicht mit ihren Frauen zu wohnen, dann muckt da auch keiner mehr auf.
Jetzt gab es ein riesiges Durcheinander. Die meisten Männer waren mit ihren Frauen angereist. Gepäck wurde auseinandergeschnürt, in Koffern und Taschen gesucht. Niemand war auf die Trennung vorbereitet gewesen. Auf den Bänken sah es bald aus wie in einem orientalischen Bazar.

»Das stimmt, was der Dolmetscher gesagt hat. Die Frauen dürfen nicht mit zu den Männern.«
»Und jetzt? Wo soll ich denn hin?«
Dimitrios streichelte seiner Frau übers Haar, umarmte sie.
»Sei nicht traurig. Ich hab mir überlegt, ich geh da nicht mit. Erst mal nur. – Wir fahren mit in die Stadt, wo meine Firma liegt.«
»Aber wo sollen wir denn schlafen?«
»Der Dolmetscher weiß ein billiges Hotel, da bleiben wir ein paar Tage, bis wir 'ne Wohnung gefunden haben.«

In Askos gab es fast nur noch Alte und Kinder. Die meisten zwischen zwanzig und vierzig waren ins Ausland gegangen: früher nach Amerika, dann nach Deutschland. Sie waren gezwungen, die Heimat zu verlassen, denn in ihrem Dorf gab es wie eh und je nur Rückschritt: Armut, Hunger, Abhängigkeit der kleinen Bauern von den Großgrundbesitzern. Keine Arbeit, nirgends Industrie. Die nächste Fabrik lag fast 60 Kilometer entfernt.
Dimitrios und Elephteria hatten gezögert, bevor sie sich auch dazu entschlossen. Das Feld war zu klein, eine Familie zu ernähren. Der Verdienst deckte kaum die Schulden für Maschinen und Saatgut. Und dann kamen die Ausgewanderten im Urlaub mit ihren Autos ins Dorf. Jedem, der es wollte, rechneten sie ihren Monatslohn in Drachmen um. Riesige Summen für die aus dem Dorf. Die Besucher berichteten von ihren großen Wohnungen mit Badezimmern in modernen Häusern.

Mit Beginn der nächsten Woche fuhr Dimitrios seine erste Schicht bei Zierberg. Elephteria saß im Hotel, traute sich kaum allein vor die Tür. Die Unterkunft riß ein Loch in ihren Geldbeutel. An eine eigene Wohnung war nicht zu denken. Sie konnten sich keine lange Suche leisten.

»Im Hotel können wir nicht länger bleiben«, sagte Dimitrios.
»Hast du denn nicht gefragt in der Firma, wegen der Stelle.«
»Hab ich, nur, das bringt uns jetzt nicht weiter. Erst in zwei oder drei Wochen kannst du anfangen, vielleicht. Bis dahin sind wir hier längst rausgeflogen. Unser Geld reicht nur noch für ein paar Tage.«
»Wenn ich in deiner Firma anfang, vielleicht kriegen wir dann auch von denen was zusammen.«
»Bei uns das sind fast alles Ausländer wie wir. Die meisten von denen wohnen in den Baracken von der Firma.«
»Nein, nicht Baracken!«
»Ich weiß nicht, was wir machen sollen. Da haben die bei der Kommission auch gar nichts von gesagt, wie das hier ist.«
»Hast du ein Taschentuch?« fragte Elephteria.
»Wein doch nicht!«
»Ich wein ja nicht. Du – komm, laß uns nach Hause fahren, Dimitrios.«
»Nach Hause? Wie denn? Ohne Geld? Unser ganzes Erspartes ist weg! Und im Dorf können wir uns nicht mehr blicken lassen! Die einzigen wären wir, die es hier nicht geschafft hätten!«

Am nächsten Morgen fragte Dimitrios in der Firma nach. »Unterbringen?« wurde ihm gesagt, – »doch, da läßt sich was machen.«
Dimitrios bezog seine Schlafstelle in der firmeneigenen Männerunterkunft. Elephteria kam in ein Frauenlager am anderen Ende der Stadt.

2

Dimitrios fuhr zum zweitenmal zu Elephteria ins Lager. Er wunderte sich, als seine Frau nicht, wie verabredet, an der Haltestelle auf ihn wartete.
Die grüngestrichenen Baracken lagen ganz in der Nähe der Haltestelle an der Bundesstraße nach Dormagen. Wenn man schnell mit dem Auto daran vorbeifuhr, sah man sie gar nicht, so gut waren sie durch die hohen Hecken abgeschirmt. In der Hecke ein hoher Drahtzaun, oben mit Stacheldraht bespannt.
Dimitrios ging ins Lager. Von draußen sah er in Elephterias Zimmer. Niemand war drin.
In Baracke 4 hatte der Hausmeister seine Stube. Hülsmeyer saß an

seinem Tisch. Dimitrios ging hinein, fragte ihn nach seiner Frau.
»Die han isch nach der große Bauernhof hier in de Näh geschickt. Die kommt gleich zurück.« Dimitrios setzte sich, bot ihm ein Tütchen Zigarren an. Er nahm sie.
»Die hat ja kein Arbeit noch nich. Un so drei, vier Wochen, da hat isch wat. Die suche immer Fraue, so – unter de Hand, versteht sich.«
Dimitrios nahm eine Flasche Korn aus seiner Tasche, stellte sie auf den Tisch. Der Verwalter zog die Schreibtischtüre auf, nahm zwei Gläser heraus. Dimitrios goß ein. Prost!
Sie hatten sich zwei genehmigt, da kam Elephteria zurück. Dimitrios schob Hülsmeyer die Kornflasche hin, stand auf und ging zur Tür.
»Kanns wat länger bleibe«, sagte der Verwalter, »aber nur in et Besucherzimmer! Zu de Fraue in de Zimmer jeht et nich. Hausordnung ist Hausordnung!«

Elephteria hatte schon mehr als vier Wochen auf dem Bauernhof gearbeitet, als Dimitrios ihr sagte, sie könnte zur Firma gehen, wegen der Stelle. Die Firma hätte die Arbeitsgenehmigung besorgt.

Es war nach zwölf. Irgendwo, ganz weit weg, hörte Elephteria ein Klopfen. Sie sagte sich, »du träumst«, drehte sich zur Wand, wollte weiterschlafen. Aber da war es wieder. Jemand klopfte von außen gegen das Fenster. Sie bekam Angst und zog sich vorsichtig die Decke über den Kopf. »Ruhe«, kam es aus der Ecke an der Tür.
»Elephteria, wer ist denn da am Fenster?«, fragte jemand ärgerlich. Sie schob die Decke runter und sah aus dem Fenster. Nichts. Nur, es schneite nicht mehr. Dann sah sie die Gestalt am Fenster, sprang erschreckt aus dem Bett. Ihre Freundin Anastasia im Bett an der Tür schaltete das Licht ein.
»Mach aus«, sagte Elephteria halblaut, »das ist nur mein Mann.« Sie öffnete das Fenster. »Wo kommst du denn her?« flüsterte sie nach draußen. »Kann ich reinkommen?« Dimitrios kletterte, ohne die Antwort abzuwarten, in die Baracke.
»Mach nicht soviel Krach, sonst ist Hülsmeyer gleich da, der hört jeden Ton«, sagte die Kollegin, die über Elephteria lag.
»Schick ihn weg«, sagte Maria, »ich habe keine Lust, rauszufliegen wie die Türkin.« »Komm, schlaft weiter«, sagte Elephteria.

Hausordnung

Bestimmungen über Ordnung und Sauberkeit des Hauses.

1. Im Wohnheim ist peinlichste Sauberkeit und Ordnung zu halten.
2. Die Bewohner haben Räume und Einrichtungsgegenstände äußerst pfleglich zu behandeln.
3. Es kann nicht geduldet werden, daß gespuckt wird oder das Lager mit Zigarettenresten oder sonstigem Unrat beschmutzt wird.
4. Ordnung und Sauberkeit in den Kleiderschränken wird von allen erwartet.
5. Die Betten sind nach jeder Benutzung ordnungsgemäß herzurichten.
6. Eigene Einrichtungsgegenstände dürfen nur mit Genehmigung des Hausmeisters eingebracht werden.
7. Das Anbringen von Bildern und dergleichen ist nur mit Zustimmung der Hausleitung zulässig.
8. Ein eventueller Besuch von Familienmitgliedern sowie Betriebsangehörigen ist der Lagerverwaltung sofort anzuzeigen. Diese müssen bis spätestens 22 Uhr das Haus verlassen.
9. Besuche ohne Genehmigung des Hausmeisters dürfen nicht empfangen werden.
10. Den Anordnungen des Hausverwalters ist unbedingt Folge zu leisten. Wer gegen die Hausordnung verstößt, hat mit sofortiger Entlassung und Ausweisung aus dem Lager zu rechnen.

Die Firmenleitung

»Zuerst ist der Bus wegen Schnee auf der Straße hängengeblieben«, erzählte Dimitrios seiner Frau und den anderen, »und da war ich erst um viertel vor elf am Wohnheim. Die Tür war zu. Ein anderer kam auch zu spät. ›Die mit ihrer beschissenen Hausordnung, wieder ne Nacht draußen‹, hat der nur gesagt und ist zum Bahnhof. Ich hab gerade noch den letzten Bus hierhin gekriegt.«
»Und Hülsmeyer, hat der dich nicht gesehen?«, flüsterte die alte Elpida. »Ich bin hinten über den Zaun, da wo die Hecke drüber gewachsen ist...«

Die Frauen schliefen in dieser Nacht lange nicht wieder ein. Sie horchten fast alle zum Bett am Fenster. Dimitrios war zu seiner Frau unter die Decke gekrochen. Eng aneinander geschmiegt lagen sie da. Langsam streifte er Elephteria das Nachthemd hoch und streichelte ihre Oberschenkel, innen, dann über den Bauch und die

Brüste. »Nein, laß«, flüsterte sie, »die anderen sind bestimmt noch wach. Die kriegen alles mit.«
»Die schlafen doch längst.«
»Ich kenne die, laß uns lieber noch was warten.«
Obwohl Dimitrios sich Mühe gab, knarrte der Metallrahmen in den Scharnieren. Auch von anderen Betten hörte man leises Knarren. Das Gestell des Etagenbettes wackelte. »Nicht so doll da unten«, sagte die Kollegin aus der ersten Etage plötzlich leise, »sonst kippt das ganze Ding noch um.« Lachen und Gekicher. »Seid doch ruhig«, sagte Elpida, »ihr wärt doch froh, wenn ihr auch einen im Bett hättet und nicht allein rubbeln müßt.«

In der Nacht hatte es geschneit. Hülsmeyer war sehr früh auf den Beinen, schüppte Schnee. Er war sauer, daß er, und noch ganz allein, morgens den Schnee wegräumen mußte.
Plötzlich sah er eine Gestalt zwischen den Baracken herlaufen in Richtung Zaun.
Er schmiß die Schüppe weg, rannte hinterher, rutschte aus, blieb im Schnee stecken und fiel in eine Schneewehe.
»Ich hätt disch erwischt – wenn der Schnee nich gewesen wär«, fluchte er. In den folgenden Wochen verstärkte er seine Kontrollgänge. »Hausordnung ist Hausordnung.«

3

»Den Weg zum Bahnhof, den kennst du ja. Dann fährst du von dort aus mit der Sechsundzwanzig bis zur Haltestelle ›Am Kaiser‹. Die Bahn hält ganz in der Nähe vom Fabriktor. Du brauchst nur über die Straße zu gehen und dann links von der Brücke die Treppe runter. Und vergiß nicht die Arbeitsgenehmigung!« Dimitrios hatte seiner Frau den Weg noch einmal erklärt, zur Hilfe das Firmenzeichen aufgemalt und den Weg zum Betrieb außerdem noch aufgeschrieben. Der Name der Haltestelle stand in unbeholfenen lateinischen Buchstaben auf dem Zettel. Sie sollte um neun im Personalbüro sein. Den Weg dahin mußte Elephteria allein zurücklegen. Dimitrios hatte Frühschicht und war lange vor ihr im Betrieb. Die Fahrt mit der Straßenbahn dauerte lange. Länger als für jemanden, der eine Strecke genau kennt. Bei jeder Haltestelle der Bahn wurde sie unruhiger. War sie schon zu weit gefahren? Unentwegt hielt sie Ausschau nach dem Firmenzeichen. Bis »Kaiser« sollte sie fahren, hatte er ihr gesagt und den Namen mit griechischem Akzent ausgesprochen. Wie sollte sie die Durchsage im Lautsprecher verstehen? Der Fahrer der Straßenbahn sprach als Spanier den Namen natürlich mit spanischem Einschlag. Für Einheimische kein Problem. Immer wieder sah sie auf den Zettel, als könne der ihr weiterhelfen. Sie mußte jemanden ansprechen, es blieb ihr schließlich nichts anderes übrig. Wenn ich mir nicht

selber helfe, dann hilft mir keiner, sagte sie sich. »Schuldigung«, sie hielt dem Mann neben ihr den Zettel hin.
»Kaiser?« das ist die nächste Haltestelle, und die Firma liegt dann links von der Straße, können Sie gar nicht übersehen.« Sie nickte und lächelte freundlich, als habe sie alles verstanden. Sie war sicher, noch nicht zu weit gefahren zu sein. Soviel hatte sie den Gebärden des Mannes entnommen. Die Bahn hielt. Unsicher schaute sie aus dem Fenster.
»Hier müssen Sie raus«, sagte der Mann. Er zeigte auf ihren Zettel und deutete dann nach draußen. Sie lächelte ihn wieder an und stieg schnell aus. Sie ging über die Straße, den schmalen Weg hinunter und entdeckte auch schon das Firmenzeichen und den Firmennamen, der in riesigen Buchstaben auf dem Dach des Hauptgebäudes an der Straße angebracht war: »Zierberg Autogerätebau«.

Sie bog nach links in die Einfahrt, ging auf den Fußgängerdurchgang zu, der neben dem Haupttor für Lastwagen und Autos der Geschäftsführung, als Nadelöhr zur besseren Kontrolle der Belegschaft geöffnet war. Hinter der großen Glasscheibe des Pförtnerhäuschens standen einige Männer in dunklen Anzügen. Elephteria blieb stehen, stellte sich auf die Zehenspitzen und wollte durch das kleine Sprechfenster mit dem Pförtner reden. Aber der reagierte nicht, sondern unterhielt sich angeregt mit den anderen. Weil niemand sich zu ihr umdrehte, ging sie durch das Fabriktor auf den Hof. Nervös suchte sie in ihrer Tasche die Unterlagen für die Einstellung zusammen.
»He, wo wollen Sie denn hin?«
Sie zuckte zusammen.
»Sie können doch nicht so einfach in den Betrieb rein.« Schon war der ältere Mann im dunkelblauen Anzug mit silbergrauer Krawatte bei ihr, der sie zuvor in der Pförtnerloge gar nicht beachtet hatte.
»Kommen Sie doch bitte mal mit«, sagte er, als sei er in seiner Pförtnerehre verletzt worden. Sie holte ihre Papiere aus der Tasche und reichte sie ihm. Er warf einen kurzen Blick darauf, forderte sie dann auf: »Du gehen Personalbüro, da drüben, Kantine rein.« Sie verstand nicht. Mit Nachdruck wiederholte er: »Du da drüben, Personalbüro gehen«, und schüttelte den Kopf. Sie ging in Richtung Kantinengebäude und stand plötzlich in einem langen Flur mit Bänken an jeder Wand. Sie war nicht die erste. Vor mir sind bestimmt zehn oder zwölf dran, schätzte sie ab und setzte sich auf eine Bank. Wenn jemand aus der Tür des Personalbüros kam, griff der nächste nach seinen Unterlagen und ging hinein. Gesprochen wurde nicht viel. Elephteria merkte bald, sie war die einzige Griechin unter den Wartenden. Eine halbe Stunde verging, eine Stunde. Sie rückte immer mehr auf den Platz an der Tür vor.

Endlich kam der letzte vor ihr aus der Tür. Sie stand auf und betrat das Personalbüro. Vor ihr ein schmaler Tresen, dahinter ein Angestellter und eine Sekretärin. »Mein Mann sagen, ich Arbeit hier«, stieß sie heraus, ohne lange auf eine Frage zu warten. Sie reichte dem Angestellten, einem älteren Mann mit abgewetzten Jackenärmeln und schief sitzendem Schlips, ihre Papiere. Er überflog sie, nickte, schob ihr den Paß, die Arbeitsgenehmigung und die Aufenthaltserlaubnis über den Tisch zurück. Dann händigte er ihr den Personalbogen aus. Da lag er, in deutscher Sprache verfaßt, die sie weder lesen noch verstehen konnte. Er hatte Routine beim Ausfüllen der Personalbögen. Mehrmals am Tag hatte er Personalbögen von Männern und Frauen auszufüllen, von denen kaum einer deutsch konnte.

Das war kein Vergnügen. Wie oft hatte er mehrsprachige Bögen gefordert. Ohne Erfolg. Der ganze Ärger blieb an ihm hängen. Er hörte noch den Personalchef: »Kleinsorge, Sie machen das schon. Sie haben Erfahrung mit den ausländischen Mitarbeitern und können bestimmt das Wichtigste verstehen.« Wer sagt denn da noch was, wenn der Chef so kommt.

Er hatte Geduld mit den Neuen. Trotzdem fuhr er sie manchmal an. Aber sie verstanden ihn oft genug nicht und nickten ihm freundlich zu, wenn er ihnen gerade eine Unfreundlichkeit an den Kopf geworfen hatte.

»Setzen Sie sich mal da hin und füllen Sie den Bogen aus«, hatte er zu Elephteria gesagt, den nächsten reingeholt und abgefertigt.

Über den Tisch hinweg sah Kleinsorge die Neue mit dem Personalbogen dasitzen. Sie weinte, zuckte ratlos mit den Schultern. »Hallo, kommen Sie mal her.« Er winkte sie zu sich heran. »Zeigen Sie mal her!« Sie gab ihm den Bogen bereitwillig. »Wie heißen Sie denn?« Zu dumm, warum fragte er das eigentlich, ging es ihm durch den Kopf. Er wußte doch, daß sie ihn nicht verstand. »Geben Sie mir mal Ihren Paß... Paßport... Passo Porto... Du verstehn?... Papiere.« Er wurde ein bißchen wütend. »Nix verstehn«, entgegnete ihm Elephteria. Er wandte sich an die Sekretärin: »Wissen Sie, was Paß auf griechisch heißt? Sie hat ihre Papiere in die Tasche gesteckt und ich kann ihr doch schlecht die Tasche aus der Hand nehmen... Vielleicht ist draußen ein Grieche, der deutsch versteht.« Er ging um den Tresen herum, stieß die Schwingtür heftig auf und öffnete die Bürotür. Auf der Bank im Flur saßen immer noch Leute, die Arbeit suchten. »Das kann ja noch heiter werden«, sagte er sich. »Ist hier ein Grieche dabei, der deutsch kann?« fragte er laut. »Oder kann sonst jemand deutsch?«

»Ja, hier, isch spanisch, könn deutsch!«

»Kommen Sie mal mit.«

Der Spanier hatte ziemlich weit hinten gesessen. Er folgte ihm und

hoffte, vorgezogen zu werden. »Geben Sie mal Ihren Paß.«
Er wandte sich an Elephteria. »Hier, das ist Paßport, Du geben Paßport.«
Sie schüttelte den Kopf.
»Gott nee, ist die schwer von Verstand.«
»Aaah, wawatiriou, ah.« Sie öffnete die Tasche und nahm den Ausweis heraus.
»Na endlich, das wurde auch Zeit«, sagte er. Die gängigsten Buchstaben kannte er. So konnte er die Angaben aus ihrem Paß entziffern und in den Bogen eintragen.
Name: Papandreou
Vorname: Elephteria
Bewerbung: Hilfsarbeiterin
Ist doch immer so. Die Frauen haben keinen Beruf gelernt, dann gehen sie in die Fabrik.
Erlernter Beruf: entfällt
Geboren: 17. 10. 1941
Staatsangehörigkeit: Griechisch
Wohnhaft: – Komisches Wort eigentlich, wohnhaft. Wohnen die vielleicht in Haft oder so? Naja. Er notierte die Adresse.
Religion: Orthodox, sind ja alle da unten orthodox.
Aufenthaltserlaubnis: am 14. 12. 1969 ausgestellt.
»Sind Sie verheiratet?« wandte er sich wieder an sie und zeigte auf seinen Ringfinger. Sie nickte. »Kinder? Bambini?... Ach ne, ist ja italienisch...« Er deutete mit der rechten Hand die Größe eines Kindes an. Sie nickte wieder. Er zählte fragend: »Eins? zwei? drei?« Dann verstand sie erst. »Nix so«, sie wiederholte seine Geste. Jetzt wird es kompliziert, sagte er sich, als er die Frage nach dem Gehaltskonto sah. »...Du Banko? Hier-Geld!« Er rieb Daumen, Zeige- und Ringfinger aneinander. »Nix Banko? Na gut, dann eben nicht, also Lohntüte.« Nach der Schulausbildung, die angegeben werden mußte, fragte er gar nicht, sondern faßte alles mit einer Klammer zusammen und schrieb dahinter mit Großbuchstaben GR. Die Frage »Jetziger Gesundheitszustand« beantwortete er mit »gut«.
Beschwerden oder Behinderungen: keine
Sind Sie schwanger: Er schätzte ab und schrieb »nein«.
Nachdem auch eingetragen war, daß ihr Mann bei Z. beschäftigt ist, legte er ihr den ausgefüllten Bogen zur Unterschrift vor.

»Die von mir gemachten Angaben sind vollständig und entsprechen der Wahrheit. Es ist mir bekannt, daß unwahre oder das Verschweigen wesentlicher Tatsachen ein Grund zur fristlosen Lösung des Arbeitsvertrages sind.«

Sie nahm den Kugelschreiber und unterschrieb unterhalb des vorgedruckten Abschnitts.

»Kommen Sie nächste Woche wieder.« Er schrieb ihr das Datum auf einen Zettel. »Fertig«, sagte er ihr und ging zur Tür. »Ach ja, der Spanier ist ja noch da. Nehmen wir den erst dran.«

4

Pünktlich mußte sie sein. Auf jeden Fall pünktlich. Besser ein bißchen früher dasein als zu spät, dachte sie. Um sieben sollte sie in der Fabrik sein, war ihr vor einer Woche gesagt worden.
Eine halbe Stunde Busfahrt und dann nochmal zwanzig Minuten mit der Straßenbahn. Das bedeutet fünf Uhr. Um fünf Uhr mußte sie raus aus den Federn. Kurz vor sechs nahm sie den Bus. Bis zur Stadt mußte sie stehen. Ihre Haltestelle lag auf der halben Strecke. Andere waren früher dran und hatten die Sitzplätze bekommen. Am Busbahnhof stieg sie aus und ging hinüber zur Haltestelle der Linie 26 bei Horten. Hauptverkehrszeit. Auch die Bahn war voll. Wieder stehen. Am »Kaiser« stieg sie aus und ging mit dem Strom der Arbeiterinnen in die Fabrik. Sie war aufgeregt. Wohin mußte sie gehen? Personalbüro – klar! Dort warteten schon fast 30 andere. Heute waren auch ein paar Griechinnen dabei. Wenigstens einige Landsleute! Sie wußten alle nicht, worauf sie warteten. Kurz vor sieben erschien ein Mann in einem grauen Anzug. Dann kamen drei Frauen in weißen Kitteln. Jede erhielt ein schmales Heftchen »Wie sag ich's deutsch« in die Hand gedrückt, außerdem Vorschriften zur Unfallverhütung. Von einer Liste wurden Namen verlesen. Die genannt wurden, hoben ihren Arm oder sagten kurz »ja« oder traten vor. Jeder erhielt einen großen Zettel, der unterschrieben werden mußte. »Was ist denn das?« fragte Elephteria eine Landsfrau.
»Der Arbeitsvertrag«, flüsterte die Griechin. Elephteria war ziemlich zum Schluß an der Reihe. Die meisten Namen lagen vor P. »Hier«, sagte der Mann zu ihr. Als man ihr einen Kugelschreiber hinhielt, unterschrieb sie an der angedeuteten Stelle. Sie setzte ihren Namen unter den Vertrag, ohne zu wissen, was drin stand. Nur die angegebenen Zahlen, den Stundenlohn, konnte sie lesen. Weil ihr DM 4,05 etwas wenig erschien, fragte sie: »Nix viel Geld das, wann mehr kriegen?«
»Kein Grund zur Beunruhigung, wenn die vier Wochen Probezeit vorüber sind, dann werden die Meister schon etwas für Sie tun«, damit verabschiedete sich der Mann im grauen Anzug. »Was hat der Chef gesagt?« fragte Elephteria die Griechin von vorhin. Die Antwort genügte ihr. Wenn schon ein Mann ohne Kittel das sagte, dann mußte es ja stimmen. Sie nahm sich vor, viel und schnell zu arbeiten, damit sie bald mehr verdienen würde. Vom Personalbüro aus folgten die Neuen zu zehnt je einer der Frauen im weißen Kittel. Sie überquerten den Hof und betraten eine Halle. Lärm kam ihnen entgegen, sie gingen zum Schreibtisch des Meisters.

Frau
Elephteria Papandreou

Zierberg
Autogeräte
Pers.-Nr.
Kostenst.

Postschließfach 416
den 1. 4. 70

Wir bestätigen Ihnen hierdurch, daß wir Sie ab 29. 3. 70 in unserer Abteilung .Pumpen.. als ..Hilfsarbeiterin....... mit einer Probezeit von 4 Wochen einstellen.

Ihre Arbeitszeit ist: normal - verkürzt - Schichtarbeit

Ihr Stundenlohn verändert sich ab: ....

Sie werden in der Lohngruppe ...II...beschäftigt und erhalten einen STUNDENLOHN, der sich wie folgt errechnet:

Grund/Ecklohn	DM 3,29	
Zulage (tariflich)	DM......	
Zulage (außertariflich)	DM -,76	widerrufbar
Effektiv/Stundenlohn	DM 4,05	

Gleichzeitig überreichen wir Ihnen mit diesem Schreiben unsere Arbeitsordnung, die beim Ausscheiden aus unserem Betrieb zurückgegeben wird.

Zu der nach Ablauf der Probezeit in Kraft tretenden endgültigen Einstellung wird noch die Zustimmung des Betriebsrates eingeholt.

Nichtzutreffendes streichen.

Zierberg
Autogerätebau
Betriebsleitung

<u>Anlage</u>

1 Arbeitsordnung

»Nachher hier wieder hingehen«, brüllte sie gegen den Lärm an. Dann gingen sie weiter. Sie bekamen die Waschräume gezeigt, die Toiletten und ihren schmalen Spind. Ausführlich wurden Stechuhr und Stechkarte erklärt. Anschließend bekam jeder den blauen Kittel mit dem Firmenzeichen auf der Brusttasche. Vom Umkleideraum aus mußten sie zurück zum Meister. Unterwegs blieben einige stehen, sahen sich die Arbeit an und versuchten, mit den Arbeiterinnen zu sprechen. Aber sofort war ein Vorarbeiter da: »He, ihr da, wir sind hier keine Quasselbude, haut ab!«
Sie nickten freundlich und glaubten, er habe wegen des Lärms in der Halle so gebrüllt. Beim Meister wurden sie von einigen Vorarbeitern übernommen. Die Frauen folgten ihnen wortlos. Jetzt wurden keine Namen mehr verlesen, so wie sie gerade standen, wurden die Frauen auf die verschiedenen Bereiche und Arbeitsgänge verteilt. Jede Kraft war da für jeden Platz brauchbar. Die erste Kollegin war an der Reihe. Ihr wurde erklärt, was sie tun sollte. Die Reihenfolge der Handgriffe wurde gezeigt. Bei der zweiten, der dritten wieder Erklärungen, Handgriffe. Dann war Elephteria an der Reihe. Sie war nervös. Hoffentlich mache ich alles richtig. »Du nix setzen, ich erklären«, sagte er und setzte sich auf ihren Platz. Der Springerin, die vorher da gesessen hatte sagte er, »du solls drüben in 65 zum Brauweiler kommen. – »Du nehmen rotes Teil und stecken es in Vorrichtungsaufnahme. Ein Teil mit linke Hand, ein Teil mit rechte Hand, gleichzeitig. Kapito? Dann du nehmen graue Teil mit linke Hand aus linke Schale und graue Teil mit rechte Hand aus rechte Schale.« Er griff in die Schale mit den grauen Teilen.
»Dann du legen graue Teil in rote Teil links und graue Teil in rote Teil rechts. Dann du Knopf drücken für rechte Hand und da Knopf für links. Dann du nehmen Teil rechts raus und Teil links raus, drehen rum und stecken hier in Palette. Dann du nehmen schwarze Teil mit linke Hand und hier über Palette halten. Dann du schwarze Teil mit rechte Hand hierein. Dann Teil grün auspacken, so, und mit linke Hand in rote Teil stecken. Mit rechte Hand das auch. Wenn du 50 fertig hast, stellst du die von links hierhin auf rechte Seite und gibst die von rechts weiter zu Kollega. Alles klar?« Für ihn, der diese Handgriffe vielleicht schon zigtausendmal gesehen hat, ein Kinderspiel. Aber für eine Anfängerin?
Elephteria sah ihn fragend an. »Ach Gott, die is och wedder ene von denne, de net wisse, wo reits un lenks is. Solle se doch zo hus blewe und ob denne ihre Kinger oppasse.«
Er begann den Arbeitsgang noch einmal. Elephteria versuchte, sich genau zu konzentrieren, schwirig in dem Lärm. Nach dem zweiten Durchlauf stand er auf. Sie setzte sich. »Wenn de noch jet häs, dann moß de ens die do froore.« Er deutete zur Kollegin neben ihr. Elephteria sah nach links und nickte leicht zur Begrüßung. Die

Antwort ihrer Kollegin konnte sie nicht verstehen. Jetzt saß sie vor der Maschine, sollte mit der Arbeit beginnen. Womit hat er denn angefangen? Ich glaube, es war grau. Sie nahm das graugefärbte Teil aus dem Greifkasten und versuchte, es in die Vorrichtung zu stecken. Es paßte nicht. Und dann auch noch mit beiden Händen gleichzeitig, dachte sie. Über ihre Schultern kamen die Hände des Vorarbeiters. »Nicht grau zuerst, erst rot, da hier zuerst«, sagte er und hielt ihr die beiden Teile vor die Nase. »Jenau wie ich misch dat jeadach hann – doof wie Bunnestruh.« Er nahm ihre Hände und führte sie in die beiden Kästen mit den roten Teilen, dann die grauen, gelben, schwarzen und grünen. Elephteria versuchte, sich während der einzelnen Durchgänge die Reihenfolge der Farben zu merken.
Erst rot mit beiden Händen, dann
grau mit beiden Händen, dann
gelb mit beiden Händen...
Also erst rot, dann grau, dann gelb, dann schwarz... Nein. zuerst umdrehen..., nein doch zuerst schwarz, sagte sie sich. Sie wandte sich um und wollte den Vorarbeiter fragen. Der war schon verschwunden. Sie nahm eines der fertigen Teile nochmal aus der Palette heraus und versuchte, es wieder auseinanderzunehmen. Aber das brachte sie auch nicht weiter. Die Einzelteile waren bereits von der Maschine gepreßt worden, so daß sie die nicht mehr auseinanderbrachte. An den Plätzen vor ihr staute sich die Arbeit. Hinter ihr hatten die Kolleginnen nichts mehr zu tun. Elephteria saß hilflos vor ihrer Maschine. Die anderen Frauen sahen zu, einige grinsten schadenfroh. Aber dann ging Gerda hin und half ihr. Sie hatte früher mal auf diesem Platz gesessen, hatte zuerst auch die Farben verwechselt.
»Dann woll'n wer mal«, begrüßte sie die Neue. »Also du erst rot nehmen.« Sie nahm Elephterias Hände und führte die Teile in die dafür vorgesehene Vorrichtung. »Dann dasselbe mit grau und gelb.« Bis dahin wußte Elephteria auch Bescheid. »Dann umdrehen«, erklärte Gerda, »und dann schwarz und grün. Kapito?« Sie zählte mit den Fingern durch. »Eins«, und Elephteria nahm rot und setzte es in die vorgesehene Vorrichtung. »Zwei«, sie nahm grau und legte es in Teil eins. »Drei«, sie nahm gelb und legte es in Teil rot auf Teil grau. »Vier«, sie drückte auf den Knopf. »Fünf«, sie nahm das Teil aus der Vorrichtung und stellte es auf den Kopf. »Sechs«, Teil wird in Palette gesteckt. »Stopp, stopp, nicht jetzt beide Schwarzteile nehmen. Linke Hand vollmachen und dann mit rechter Hand in Teil eins einlegen.« Sie zeigte, wohin das schwarze Teil gelegt werden mußte. »Gut, so ist gut.« »Neun«, grünes Teil auspacken und in Teil rot stecken. »So, warte«, sagte Gerda, »du jetzt die Palette rübergeben zu Kollega.« Sie nahm die Palette und machte es vor. »Und die von hier links nach rechts, wo vorher die andere stand.« Gerda stellte die beiden Paletten nochmal auf ihren

alten Platz zurück. »So, jetzt du.«
Elephteria versuchte den nächsten Durchlauf ohne Hilfe. »So ist et jenau richtig, gut, jetzt weiter so...« Gerda sah ihr noch ein paar Augenblicke zu. Dann ging sie an ihren Platz zurück. Elephteria hatte den Ablauf der Handgriffe verstanden.

In der Frühstückspause wurden die Neuen zusammengerufen und begrüßt.
»Guten Tag, liebe Kolleginnen und Kollegen, wir sind die Vertrauensleute in dieser Abteilung und möchten euch im Namen aller Vertrauensleute des Betriebes bei uns begrüßen.«
Elephteria wunderte sich. Auch die Kollegin, die ihr vorhin am Band geholfen hatte, war dabei.
»Zuerst möchte ich uns mal vorstellen. Am besten fang ich bei mir an, damit ihr wißt, mit wem ihr es zu tun habt. Ich heiße Jupp, Jupp Schenk.« Dann drehte er sich nach links: »Das ist die Kollegin Schulte, Gerda Schulte.« Er nahm sie in den Arm: »Für uns ist dat die Gerda.« Dann nach rechts: »Das hier ist der Kollege Braunschweiger.« Er machte eine kurze Pause, damit ein griechischer Kollege übersetzen konnte und dann ein Spanier. »Wir sind dafür da, daß ihr mit euren Schwierigkeiten zu uns kommt. Wenn euch ein Vorarbeiter oder Meister ungerecht behandelt, wenn ein Kontrolleur euch schikaniert, dann kommt zu uns. Wir werden versuchen, euch zu helfen so gut wir können.« Elephteria war nach der Begrüßung froh, in dieser Firma untergekommen zu sein. Was sie im Lager von manchen Arbeiterinnen über die Fabriken gehört hatte, hatte ganz anders geklungen.
»Aber jetzt wollen wir euch mal kennenlernen«, fuhr Jupp fort, »das überlassen wir jetzt der Gerda, so von Frau zu Frau spricht sich dat ja viel besser.«
Gerda sprach Elephteria zuerst an. »Jetzt kommst du an der Maschine schon ganz gut zurecht, nicht?« Der Dolmetscher übersetzte die Frage.
Elephteria wurde verlegen. »Warum fragt sie denn gerade mich?« dachte sie, ihre Finger spielten mit dem Taschentuch: »Ja, gutt, gutt.« »Wir haben uns ja vorhin schon kennengelernt, du weißt jetzt zwar meinen Namen, aber wie heißt du denn?« »Isch Papandreou, Elephteria Papandreou.« »Und woher kommst du?« »Griechenland, Makedonia.«
»Und du bist allein hier in Deutschland?«
Sie verstand die Frage nicht, und der Dolmetscher mußte einspringen.
»Ne, nix. Meine Mann in Zierberg Arbeit.«
»Und warum arbeitest du in dieser Firma?«
»Isch«, sie sprach griechisch weiter und bat den Dolmetscher zu übersetzen.
»Weil mein Mann hier arbeitet. Da können wir uns wenigstens

jeden Tag in der Fabrik sehen.«
Ein paar Frauen kicherten.
»Das versteh ich nicht. Du siehst den doch auch so jeden Tag?!«
»Nein, weil ich wohne im Lager.«
»Und wie bist du hierher gekommen?«
»Mit meinem Mann. Aber ich keinen Arbeitsvertrag. Da hat mein Mann hier gefragt.« Jupp stieß Braunschweiger an: »Da is Se ja hier jenau richtisch!«
»Und wie findest du es?«
»Gutt, gutt, Firma gutt... Arbeit«. Sie hob beide Hände: »Arbeit viel schnell.«
Bisher war sie nie gefragt worden. Niemand hatte Notiz von ihr genommen. Sie freute sich, daß es hier Leute gab, die sich nach ihr persönlich erkundigten, die Fragen stellten, mit ihr sprachen.
Nach der Vorstellung einiger der neuen Arbeiterinnen nahm Jupp nochmal das Wort. »So und zum Abschluß kommt das Wichtigste: die Sicherheitsbestimmungen für den Arbeitsplatz. Das wird hier der Kollege Braunschweiger übernehmen.«
Die Einführung durch die Vertrauensleute war notwendig, weil die neuen Kollegen von der Firma nicht hinreichend über Arbeitsunfälle und deren Verhütung informiert wurden. Man drückte ihnen bei der Einstellung nur ein Heft mit Hinweisen in die Hand. Es wurden auch Analphabeten eingestellt. Für sie war das Heft völlig sinnlos. Ebensogut hätte man sie mit einem Plakat auffordern können: »Analphabeten, lernt lesen eh es zu spät ist!«
Darum ging Braunschweiger Schritt für Schritt vor, erläuterte jede Seite, erklärte jedes Symbol und ließ sie seine Erklärungen wiederholen.

5

Sie war noch einen Bus früher gefahren als am Tag zuvor. Um zwanzig vor sieben stand sie schon vor ihrem Spind, zog sich um. Als die anderen in die Halle kamen, saß sie bereits am Band.
»Noch eine von denen, die am liebsten hier übernachten würde«, sagte eine Kollegin auf dem Weg zum Band, »würd mich nicht wundern, wenn die 'ne Luftmatratze mitbringen und hier pennen.« Elephteria bekam die Bemerkungen und Sticheleien kaum mit. Sie war zu sehr mit der Maschine und den Farben der Einzelteile beschäftigt. Sie hatte Angst. Hoffentlich klappt es heute! Der Zeiger der Hallenuhr sprang auf sieben. Sirenen heulten. Die Bänder liefen an. Die erste Palette wurde hingestellt. Sie mußte anfangen. Was war nochmal die erste Farbe? Sie wurde unsicher, wollte nicht den Betrieb aufhalten. Nicht auffallen, auf keinen Fall auffallen. Schnell holte sie den kleinen Zettel aus ihrer Tasche, auf den sie die Farbenfolge aufgeschrieben hatte. Rot – grau – gelb –

schwarz, Knopf drücken, umdrehen und grün. Sie griff die Einzelteile aus den Kästen und setzte sie zusammen. Eine Kollegin ging vorbei. Der Zettel fiel auf den Boden – auch das noch! Sie kletterte den hohen Stuhl runter, hob ihn wieder auf. Ihr ganzer Körper war verkrampft. Die Arme, die Beine, alles. Ständig wiederholte sie die Folge der Farben und die Handgriffe, versuchte, das Arbeitstempo zu beschleunigen. Ihre Finger zitterten. Endlich fertig. Die erste Palette war fertig. Und sie reichte sie weiter. Dann kam die nächste, die dritte, vierte, fünfte . . . Zur Frühstückspause war sie am ganzen Körper naß vor Schweiß und Aufregung. Sie hing erschöpft auf ihrem Stuhl. Auch in der Pause löste sich die Verkrampfung nicht.
»Die hat scheinbar nich jemerkt, wie de ihr den Zettel runtergeworfen has«, sagte eine der Frauen, die in der Pause die Köpfe zusammensteckten. »Die is total verrückt. Haste jesehen, wat die fürn Tempo vorlegt?« sagte eine. »Wenn die so weitermacht, ist die nach einer Woche groggi«, kam es von einer zweiten. »Wenn wir da nix unternehmen, dann macht die uns die ganze Stückzahl kaputt. Zehn Paletten hat die fertig gemacht!« »Stimmt, wir sind mit der Arbeit fast gar nicht nachgekommen.«

Um halb zehn lief die Arbeit wieder an. Der Vorarbeiter ging an den Bändern entlang. Elephteria steigerte sich nochmals. Ohne ein Wort ging er vorbei. Konnte ihm ja nur recht sein, wenn eine höhere Stückzahl herauskam.
Elephteria hatte gerade die vierte Palette angefangen, als ihr die dritte zurückgereicht wurde.
»Hier fehlen zwei«, rief die Kollegin ihr zu, »du mußt 50 drauf haben.« Es waren 50 drauf gewesen, als sie die letzte weitergereicht hatte. »Du zu schnell arbeiten und nix gut zählen.« Elephteria steckte zwei fertige hinzu und gab sie wieder zurück. Sie ärgerte sich über die Kollegin. Ich weiß, daß 50 drauf waren, dachte sie. Die nächste Platte zählte sie nochmal durch, bevor sie die Serie weitergab. Nach der fünften fehlten wieder zwei.
»Ich hab alle draufgemacht«, schimpfte sie in Griechisch, »du hast zwei weggenommen.« Sie gab ihr das durch Handzeichen zu verstehen. »Was? ich nix wegnehmen, du nix gut zählen«, entgegnete die andere aufgebracht. »Zwei«, Elephteria deutete auf die Kitteltasche der Kollegin, »du haben zwei.«
»Das ist mein Feuerzeug«, kam die Antwort. Elephteria beugte sich zu ihr hinüber, um sich davon zu überzeugen. »Pack mich ja nit an, sons is aber wat los«, drohte die Kollegin. Die beiden Frauen gerieten in Streit. Elephteria wollte an die Tasche. Ihre Hand wurde weggeschlagen. Beide standen auf. Die Kollegin kam auf Elephteria zu. »Werd ja nicht ruppisch«, sagte sie, stieß sie an der Schulter. Elephteria stolperte, wollte sich festhalten, warf einen Stuhl um.

»Wat is denn da los«, schrie Dreyer von weitem und kam angerannt, »ihr habt wohl nich mehr alle Tassen im Schrank. Los, setzt euch aber hin!« Er griff jede Frau fest am Oberarm und drückte sie auf ihre Stühle.
»Dat fängt ja schön mit dir an«, sagte er zu Elephteria, »bis ja kusch, sonst is he noch wat loss, is dat klar?« Elephteria verteidigte sich nicht. Sie hatte verstanden, verminderte ihr Arbeitstempo, bis sie sich der Arbeitsgeschwindigkeit der übrigen Kolleginnen angepaßt hatte.

6

Wechselschicht. Frühschicht, Spätschicht, Nachtschicht in einem Zimmer. Kaum Schlaf. Kurz nach fünf mußte sie raus. Die von der letzten Schicht waren eingeschlafen, die anderen kamen erst um halb sieben zurück, und die, die Frühschicht hatten, konnten sich nochmal für ein paar Minuten zur Wand drehen. Scheußlich, so plötzlich raus in die Kälte! Erst als sie vor ihrem Bett stand, merkte sie, wieviel wärmer es unter der Wolldecke gewesen war, obwohl sie im Halbschlaf gefroren hatte. Die Kälte kroch ihr vom Boden die Beine hoch. Darum zog sie sich sofort an, ging kurz in den Waschraum. Als sie aber den Hahn aufdrehte und das kalte Wasser... Sie ging mit ein paar Tropfen über die Augen, durchs Gesicht. Zähne putzen. Fertig. Jetzt schnell 'nen heißen Kaffee!
Draußen auf der Straße nach Dormagen setzte allmählich der Berufsverkehr ein. Pkw's, Busse fuhren am Lager vorbei, Lastwagen ließen die Holzwände der Baracke vibrieren. Elephteria nahm den Bus zehn nach sechs. Wenn es schnell ging, war sie um halb sieben in der Stadt. Manchmal wurde es auch fünf nach halb. Dann war die Anschlußbahn weg. Sie hatte Glück. Der Bus war pünktlich.
Am Bahnhof stiegen viele ein, die sie aus der Fabrik kannte. Sie grüßten kurz oder standen wortlos nebeneinander.
Am Schlachthof. Kaiser. Brückenrampe hinunter. Fabriktor. Stechuhr. Umkleideraum.
Sie wechselte die Schuhe und zog den blauen Arbeitskittel über. Vor der Schicht nochmal schnell aufs Klo.
Pünktlich um sieben saß sie an ihrem Platz. Mit der Sirene begann sie zu arbeiten. Es war wie ein Traum mit offenen Augen, ohne Bewußtsein. Linke Hand, rechte Hand, linke Hand, rechte Hand, linke und rechte Hand. Sie nahm die Farben der einzelnen Teile gar nicht mehr wahr. Die gleichen Handgriffe zigtausendmal am Tag. Links greifen, rechts greifen, Knopf drücken, Teil herausnehmen, einlegen, einstecken und Palette weiterreichen. Die Maschine ist der Kopf der Produktion. Elephteria reichte nur noch Einzelteile an, sonst nichts. Sie dachte gar nicht mehr Teil rot, grau, gelb oder schwarz, sie dachte nicht mehr Palette. Elephteria saß einfach da, und ihre Arme bewegten sich. Immer wieder der Blick zur Uhr.

Erst acht, sagte sie sich. Wenn die Arbeit mehr Abwechslung brächte, dann wäre sie ja noch zu ertragen, aber durch die immer gleichen Handgriffe blieb die Zeit stehen. Wenn die Uhr nicht in der Halle hinge, dann merkte sie nur an den Paletten, die sie weiterreichte, daß die Zeit überhaupt verging. Elephteria war weit weg. Sie war zu Hause, bei ihrer Mutter, den Geschwistern, bei den Freundinnen. Sie dachte an den Spaß bei der Feldarbeit, schwer war die, ja. Aber sie hatte gern gearbeitet. Ohne Uhr. Ohne Kontrolle. Ohne Lärm. Sie merkte kaum, daß sie anfing zu summen, wie sie gesummt und gelacht hatten. An die Pausen, die jeder machen konnte, wenn er mal müde wurde.
Jemand schrie sie an: »Äh, du, Arbeit, Arbeit.« Dreyer stand hinter ihr, trieb sie an, dachte nur an Stückzahlen, fünfzig auf einer Palette. Da, vor ihr war sie wieder, die Maschine. Sie spürte ihre Arme und Hände, die müde geworden waren. Als der Vorarbeiter weitergegangen war, stand sie auf und ging aufs Klo. Sie steckte sich eine Zigarette an und sog in tiefen Zügen den Rauch ein. Wenn sie zu lange blieb, kam Dreyer und sah nach. Also schnell zurück. Lieber wäre sie einen Augenblick spazierengegangen und hätte sich bewegt. Aber da saß sie auch schon wieder an ihrem Platz. Die Zeit verging mit den immer wiederkehrenden Handgriffen. Stück für Stück. Sie fing an, die fertigen Teile zu zählen, dann die Paletten. Eins, zwei drei... Zwischen elf und Mittag war sie wieder zu Hause, war mit ihrer Mutter auf dem Weg zum Wochenmarkt, ging mit Freundinnen zum Fluß Wäsche waschen. Zwischen zwei und drei fingen wieder die Schmerzen im Rücken an. Elephteria reckte sich, rutschte auf die Vorderkante des Stuhls, versuchte es mit Anlehnen, es half alles nichts. Sie sah Dreyer nicht und ging wieder zum Klo. Jetzt 'ne Stunde irgendwo hinlegen, sagte sie sich. »Äh, wir sind kein Sanatorium!« brüllte es ein paar Augenblicke später ins Frauenklo. »Hier wird gearbeitet und nicht der janze Tag auf dem Pott rumgesessen!«
Sie hätte Dreyer eine reinhauen können. Wenn da jemand in der Arbeitszeit aufstand, sich die Füße vertrat, sich nur etwas bewegen wollte, war er da und scheuchte die Frauen zur Arbeit zurück. Nur einige deutsche Arbeiterinnen, die standen so gegen halb vier von ihrem Platz auf, steckten sich eine Zigarette an, hielten Dreyer eine hin, spazierten zwischen den Stuhlreihen herum, lachten und schäkerten mit dem Vorarbeiter. Einige gingen in die Kantine, holten sich ein Stückchen Kuchen oder etwas zu trinken. Elephteria und die anderen mußten sitzenbleiben und arbeiten. »Ihr seid oft jenug auf'm Pott gewesen«, entschuldigte er die deutschen Arbeiterinnen.
Alle standen nicht auf, Gerda zum Beispiel, Frieda oder Christa. Sie stritten sich mit den anderen. »Arschkriecher!« schimpfte Frieda, »seid ihr mit dem wieder ins Bett jejangen oder was habt ihr jemacht?« »Halt doch deine Klappe, paß auf, daß dir dein Alter

nicht mit 'ner anderen durchjeht.« »Bis bloß still, sonns is he jleich wat los!« drohte Frieda. Dreyer stand dabei, die Zigarette in der Hand und grinste schadenfroh. War ihm nur recht, wenn die Frauen sich stritten und der Ärger sich nicht auf ihn entlud. »Was soll ich voll arbeiten?« fragte sich Elephteria, »wenn die anderen schon Pause machen.«
Ihre Hände wurden langsamer. Sie war auf ihrem toten Punkt, wie immer zwischen halb vier und vier.
Gerda stand auf, als Dreyers Liebchen an ihr vorbei wollten. »Na, ihr Speichellecker, mit was habt ihr Alfred denn heut wieder rumgebracht?«
»Schieß in'n Wind. Wat wir machen, geht disch gar nix an.«
»Mit euren Scheißklüngel macht ihr auch nicht mehr lange, darauf kannste Gift nehmen.«
»Halt doch die Klappe«, sie gingen weiter, Richtung Cola-Automat.
»Endlich sagt denen mal einer was«, dachte Elephteria, »ein Glück mit Gerda in der Abteilung. Nur wir, da könnten wir einpakken.«
Kurz vor vier setzten sich die anderen wieder an die Maschinen. Die Arbeit ging weiter. Beide Hände griffen, beide Hände steckten. Erst vier. Die Zeit bis zum Feierabend wurde allmählich vorstellbar. Noch eine Stunde. Greifen, stecken, greifen. Viertel nach. Greifen, stecken, greifen. Halb. Zum Ende der Schicht wurde sie schneller. Meinte unbewußt, durch höhere Stückzahlen ginge die Zeit eher vorbei. Endlich fünf. Waschen. Umziehen. Stechuhr. Bahn. Auf Dimitrios brauchte sie nicht zu warten. Er hatte Spätschicht. Wenn Elephteria Feierabend hatte, fing seine Arbeitszeit an. Die Woche lang ohne den Mann zu sein; jeden Tag zählen, bis zum nächsten Samstag. Sie hätte gern auf ihn gewartet, wäre gern bei ihm gewesen, aber wenn er nach zehn Uhr von der Arbeit kam, durfte er sie nicht mehr besuchen. Sie fuhr nach Hause. Baracke. Nach Hause? Allein, niemand erwartete sie, sie durfte niemanden erwarten. Zimmer mit Wechselschicht. Ständige Unruhe: es wurde geredet, Türen geschlagen, gestritten, Radio gehört. Elephteria lag auf ihrem Bett, starrte gegen den Sprungrahmen des Etagenbettes oben. Der neueste Tratsch wurde erzählt, Frauen lachten, kicherten. Sie nahmen keine Rücksicht auf die Kollegin unter ihr, die sich in ihrem quietschenden Bett unruhig herumwälzte. Elephteria stöhnte, sehnte sich nach Dimitrios, nickte ein, wartete im Halbschlaf auf den nächsten Arbeitstag.
Den ganzen Tag hatte sie still gesessen und fiel am Abend in ein Bett, das ihr nicht gehörte. Schlafen, Arbeit, schlafen, Arbeit. Tage, Wochen. Wenn wenigstens Dimitrios da wäre!

7

Im Lager hatten sie nie mehr zusammen schlafen können. Der Hausmeister paßte auf. Statt dessen hatten sie, in dunkle Toreinfahrten gedrückt, im Stehen gebumst oder auf Parkbänken. Fühlten sich nie allein. Immer auf dem Sprung, in Gedanken an das Auto, das plötzlich einbiegt oder den späten Spaziergänger auf dem Weg nach Hause.
Beim letzten Mal, im Stadtpark, als er gerade richtig drin war.
»Sei mal still«, sagte sie plötzlich und horchte in die Dunkelheit.
»Ich hör nichts.«
»Geh raus, da kommen welche.«
Eine Gruppe von Leuten kam den Weg entlang. Elephteria drückte ihn weg, sprang auf. An der Wegbiegung vor ihrer Bank gingen sie nach rechts.
»Scheiße!« fluchte er, »so 'ne Scheiße! Überall rennen sie rum, die Idioten!« Er knöpfte seine Hose zu.
Seine Frau weinte. »Ich halt das nicht mehr aus. Nie sind wir allein. Ich schaff das nicht mehr.«
Sie hatte sich angezogen. »Ich geh zum Bus«, sagte sie. Ohne einen neuen Termin auszumachen, hatten sie sich getrennt. Er war in seine Kneipe gegangen, hatte sich vollaufen lassen und über seine Frau geflucht.
Elephteria hatte den Bus ins Lager genommen, sich wegen der Musik auf dem Zimmer mit den Kolleginnen zerstritten, wütend auf ihren Mann.

8

Elephteria sah von der Uhr wieder auf die Kästen links und rechts. Fast zehn. Automatisch liefen die Bewegungen weiter. Sie sah Dreyer hinter den Frauen entlanggehen. Wenn nicht viel zu tun war – und für ihn gab es selten was zu tun –, wanderte er an den Stuhlreihen der Arbeiterinnen entlang. Ab und zu blieb er stehen. Immer bei denselben Kolleginnen kam dann irgendwo eine Flasche her, er nahm einen kräftigen Schluck und ging weiter. Elephteria konnte nur ein paar Plätze einsehen, was an den anderen passierte, wußte sie nicht. Allmählich kam er näher. Sie arbeitete jetzt noch intensiver und schneller. Sah nicht auf, als er kam.
»Na, Püppchen?« sagte er, beugte sich über sie und legte seine Hand auf ihre rechte Schulter. »Na, wie klappt's denn?« Sie roch seine Fahne. Er stank nach Schnaps. Elephteria ekelte sich. Sie bewegte ihre Schultern, um seine Hand abzuschütteln. »Aber Schätzchen, wer wird denn gleich so ruppisch.« Er ärgerte sich, daß er bei ihr nicht landen konnte, fuhr sie an: »Äh, los arbeit, arbeit, die Palette is ja immer noch nicht voll.« Das war es also. Schnaps bekam er. Und wie sie von Kolleginnen später erfuhr, auch Zigaretten, und ein Flirt ab und zu konnte nicht schaden.

9

Die Probezeit war abgelaufen. Elephteria stand in der Schlange vor dem Lohnbüro. Am Ende der Probezeit hatte sie 403 Mark und sechzig bekommen.
Nun, nach Ablauf des ersten regulären Monats war sie gespannt, wieviel die bei der Einstellung versprochene Lohnaufbesserung ausmachen würde.
Sie war bis zum Schalter vorgerückt, wie beim letzten Mal nannte sie ihren Namen. Eine Hand reichte ihr die Lohntüte durch das Fensterchen.
»Bitte hier unterschreiben.«
Sie quittierte den erhaltenen Betrag, ging aber nicht raus. Sie blieb an der Wand gegenüber dem Schalter stehen, öffnete den Umschlag und sah nach. Vierhundertdreimark und sechzig zählte sie. Sie stülpte die Tüte um. Nichts. Kein Pfennig mehr. Der gleiche Lohn wie in der Probezeit.
Elephteria stellte sich nicht hinten an. Sie drängte sich zum Schalter vor, Unruhe entstand. Für Momente verließ sie die Courage.
»Ja, was ist denn da los?« fragte die Stimme aus dem Schalter.
»Warum isch kriegen nur das?«
»Was denn? zeigen Sie mal her.« Er nahm den Umschlag und überprüfte Elephterias Lohn mit der Liste.
»P... P... Papandreou, ach ja hier. Elephteria?«
»Ja, isch Elephteria.«
»Vierhundertdrei Mark und sechzig, das ist schon in Ordnung. Der Betrag stimmt mit dem auf der Lohntüte überein.«
Eine kurze Pause trat ein. Elephteria wurde unsicher. Überlegte.
»Aba das nix gutt. Mann sage, wenn anfange, nach Probezeit dann kriegen mehr. Hier isch nix mea kriege.«
»Da du müssen mit Meister reden. Ich nur Geld auszahlen, sonst nix. Kapito? – So und jetzt du lassen andere Kollega ran, die wollen auch ihr Geld haben. Der Nächste bitte!«
Sie hatte sich fest vorgenommen, mit dem Meister am Montagmorgen zu sprechen. Darum war sie mit dem früheren Bus gefahren, um die Sache mit dem Lohn noch vor der Schicht zu klären. Kleinschmitt war noch nicht da, und sie wartete darum an seinem Schreibtisch. Kurz vor sieben kam er endlich. Mit mürrischem Gesicht warf er seine Tasche auf den Tisch.
»Na, was du haben?« fragte er sie direkt.
»Warum kriegen nua vierhundert Mark?«
»Ach, du bist das gewesen?«
Sie wollte nicht weinen, auf keinen Fall weinen. Sie biß sich auf die Lippen. »Aba Mann sage, isch mea Geld, nach Probezeit.«
»Ihr sollt doch froh sein, wenn ihr überhaupt was kriegt! Erst kommt ihr hierhin und dann fangt ihr auch noch an zu maulen! Bleibt doch, wo der Pfeffer wächst!«
Jetzt fing Elephteria doch an zu weinen.

»Aba Lohnbüro sagen, isch Meista frage.«
»Ich weiß von nix. Außerdem haben wir durch dich Ausschuß genug gehabt, hast du verstanden, durch dich. Und dann willst du noch mehr Lohn haben!«
Kleinschmidt zog seine Schreibtischlade auf, nahm Elephterias Arbeitsplatzkarte heraus, hielt sie ihr vor die Nase. »Du kannst froh sein, daß du überhaupt noch hier bist, und jetzt zieh ab und setz dich auf deinen Arsch, sonst passiert noch was, klar?«
Sirenen. Die Schicht lief an. Kleinschmidt dachte: Einen Vorteil hat der Krach ja, man hört die Weiber nicht plärren.
Elephteria ging zu ihrem Platz, schimpfte. Ich hab ja gleich gesagt, ich will wieder nach Hause. Erst arbeitet man mehr als die Kolleginnen, und dann kriegt man auch noch Streit mit denen, und dann, dann krieg ich nicht das Geld, was sie einem versprochen haben.
In der Frühstückspause stand Gerda auf einmal hinter ihr. »Was war denn heute morgen mit dem Kleinschmidt los? Der hat dich ja angebrüllt, daß man es bis nach draußen hören konnte.«
Elephteria kamen wieder die Tränen. Mit einem Zipfel ihres Kittels wischte sie sich die Augen. Gerda legte ihr eine Hand auf die Schulter.
»Komm«, sagte sie, »wir gehen mal raus.«
Die beiden Frauen setzten sich draußen vor der Kantine auf eine Bank.
»Nun komm, was war denn los?« fragte Gerda noch einmal.
»Kleine schmidt schimpfen mir, viel schreien und schimpfen.«
»Und warum er schreien?« fragte Gerda weiter.
Elephteria erzählte. Allmählich beruhigte sie sich.
»Wir rauskriegen, was los ist, und du nix mehr glauben Firma, nix glauben.« Die Pausensirene. »Also, nachher, in Mittagspause, wir reden weiter.« Elephteria nickte.

Mittags setzten sich die Frauen auf ihren Stammplatz. Gerda ging mit Elephteria nach draußen vor die Fabrik. Da konnte niemand mithören. Einige Kolleginnen mußten nämlich immer alles weitertratschen.
Gerda redete nicht lange herum.
»Was steht denn in deinem Vertrag drin? Hast du den dabei?«
»Isch hia Meista gebe.« Sie öffnete ihre Tasche, holte den Vertrag heraus.
»Du nix Meister geben, du behalten – aber laß mal sehn.« Gerda las ihn durch, schüttelte den Kopf.
»Nix gut Vertrag?« fragte Elephteria.
»Doch, doch, Vertrag in Ordnung, nur von Lohnveränderung nach der Probezeit steht da nix drin.«
»Aba Mann sage, isch mea kriege.«
»Nee du, davon steht nix im Vertrag drin. Da haben se dich ganz

schön in den Arsch gekniffen.«
»Was is in Asch gepiffe?«
»Nicht gepiffe, gekniffen, so«, und sie kniff Elephteria in den Hintern, »wenn nix gut, du sage, in den Arsch gekniffen.« Elephteria mußte lachen.
»Gut, isch kriege mea Geld?« fragte sie.
»Nicht mehr«, antwortete Gerda, »nix mea Geld, verstehn?« Elephteria schüttelte den Kopf.
»Du bist Frau, nix viel Geld kriegen, klar? Die brauchen billige Arbeitskräfte und mit so Versprechungen, wie bei dir, kriegen se doch die meisten.«
»Hm, ja.«
»Wir müssen zusammenhalten, dann mehr Geld, klar?«
»Klar«, antwortete Elephteria und grinste.
»Wo wir gerade dabei sind, bist du eigentlich schon in der Gewerkschaft?«
»Was is Gewk...?« fragte Elephteria.
»Alle Arbeiter zusammen, dann mea Geld, das Gewerkschaft«, erklärte Gerda.
»Nee, nee, isch wisse jez, Gewekschaft. Nix gut Gewekschaf, nix Politika«, sagte Elephteria. »Warum Gewerkschaft nix gut«, fragte Gerda, »dann wir doch stark!« Sie machte eine geballte Faust.
»Nee, isch nix Politika, nee nix, meine Vater...« und dann machte sie eine Bewegung mit dem Arm und der flachen Hand, um zu sagen tot, Kopf ab.

Sie war gerade vier Tage alt, als die italienischen Faschisten Griechenland überfielen. Am 28. Oktober 1940. Elephteria wohnte mit ihren Eltern in einem kleinen Dorf ungefähr sechzig Kilometer von Saloniki entfernt. Ihr Vater hatte einen Hof, der kaum die Familie ernähren konnte. Sechs Kinder und die Eltern. Maschinen gab es nicht, die schwerste Arbeit wurde von Tieren getan. Elephteria konnte sich nicht an ihren Vater erinnern. Sie kannte ihn nur von einem abgegriffenen Foto. Mit drei oder vier hätte sie ihn bewußt gesehen und könnte sich an ihn erinnern. Aber damals war er schon nicht mehr zu Hause. Wie die meisten Männer des Dorfes gehörte er zu einer der Partisanengruppen, die gegen die italienischen und deutschen Besatzer kämpften. Später war er bei der EAM, der Nationalen Befreiungsfront.
Auch die Frauen kämpften, mit dem Pflug. Sie bestellten die Felder. Und nachts, wenn die Kinder schliefen, begann ihr zweiter Arbeitstag. Da transportierten sie auf ihren Rücken den Nachschub für die Männer zu den Partisanenlagern im Gebirge.
Nach der schlechten Ernte 1941 gab es im Winter eine Hungersnot. Fast 300 000 Menschen starben. Die Schwester Anastasia, ihre beiden Brüder Christos und Evangelos – verhungerten.

Die Nachricht vom Tod des Vaters kam: Im Kampf gegen die
Deutschen gefallen. Danach war Elephterias Mutter nachts nicht
mehr unterwegs. Der Krieg hatte sie den Mann und drei Kinder
gekostet. Drei waren ihr geblieben: Andreas, Georgios und
Elephteria.

Neben der EAM, die in Griechenland gegen die deutsche Besatzungsmacht kämpfte und viele Leute verlor, gab es im Libanon
eine kleinere Gruppe griechischer Politiker mit guten Beziehungen
zu den Engländern. Auf der Libanonkonferenz 1944 bildeten sie
eine Exilregierung und drängten die Nationale Befreiungsfront
dadurch in die Illegalität.
Die Exilregierung unter Papandreou, gestützt auf die Hilfe Churchills, kehrte nach Griechenland zurück. Der König wurde wieder
eingesetzt, die EAM verboten und aufgelöst.
Daraufhin kam es in Athen einige Tage nach dem Verbot zu einer
Massendemonstration von mehr als 600 000 Menschen.
In Piräus lagen englische Kriegsschiffe. Sie eröffneten das Feuer
auf die Stadt. Panzer fuhren auf und walzten die Demonstration
nieder. Es gab viele Tote. Papandreou schrieb in seinem Buch »Die
Befreiung Griechenlands«:
> »Zu jener Zeit hatte die Nationale Befreiungsfront die absolute
> Mehrheit im Land. Und nur durch mich wurde das Steuer
> herumgerissen. Sonst wäre Griechenland das erste Land gewe
> sen, wo die Kommunisten durch freie Wahlen die Macht über
> nommen hätten.«

Der Bürgerkrieg brach aus. Nur durch die amerikanische Militärhilfe konnten die Royalisten unter Papandreou die Nationale Befreiungsfront schlagen. Die Verfolgung von EAM-Mitgliedern
setzte ein. Bis Ende 1949 wurden über 3000 Todesurteile gefällt.
Wer nicht hingerichtet wurde, wanderte für Jahre ins Gefängnis.
Über 25 000 Griechen flohen in die sozialistischen Länder.
Eleptherias Schwiegervater war 1949 auch verurteilt worden. Lebenslänglich. Vier Jahre später bekam Dimitrios' Mutter einen
Brief, wie viele damals ihn erhielten... In der Haft an Herzversagen gestorben.

10

Dimitrios fuhr samstags ins Lager und holte seine Frau ab. Er trug
seine Jacke unter dem Arm. Es war warm. Sie gingen zu Fuß nach
Grimlinghausen. Bald bogen sie nach links ab und wanderten in
Richtung Norf. Sie kannten den Weg, waren ihn im Winter mal
gegangen und hatten einen Kollegen von Dimitrios in Norf besucht. Auf halber Strecke lag rechter Hand eine stillgelegte Kiesgrube, ein kleiner See. Dort machten sie halt und legten sich auf

ein von Büschen verdecktes Stück Gras in die Sonne. Keine Autos, keine Kollegen. Ruhe. Ruhe. Dimitrios streichelte seiner Frau zärtlich über das Haar, die Stirn, strich ihr sanft über ihre Nase und berührte ihre Lippen. Während sie sich küßten, öffnete er langsam die Knöpfe ihrer Bluse und seine Rechte fuhr über ihre Brüste. Sie bekam eine Gänsehaut, als seine Hand über ihren Körper strich.
Er hatte sich halb auf sie gelegt, Elephteria spürte ihn auf ihrem Oberschenkel. Leidenschaftlich erwiderte sie Dimitrios Küsse. Unter dem geöffneten Büstenhalter fühlte er ihre sich verhärtenden Brustwarzen. Sie hob ihren Unterleib ein wenig, damit er ihr Höschen besser abstreifen konnte. Dimitrios hatte seinen Gürtel aufgeschnallt und den Reißverschluß seiner Hose geöffnet, er ließ die Hose aber an. Ganz sicher fühlte er sich nicht.
Beide hatten sie die Augen geschlossen. Sie küßten sich weiter, er legte sich ganz auf sie. Als Elephteria sein Glied zwischen ihren Beinen spürte, drückte sie ihren Unterleib fest an seinen. Sie dachten an nichts, spürten, wie die Lust immer stärker wurde, plötzlich – »Guck dir mal diese alten Säue an!« keine Bewegung mehr. Sie öffneten die Augen. Breitbeinig stand ein schwergewichtiger, älterer Mann vor ihnen, Angelzeug umgehängt und eine Angelrute in der Hand.
Dimitrios sprang auf, zog in aller Eile seine Hose hoch und den Verschluß zu. Seiner Frau warf er sein Jacket zu. Er schimpfte in Griechisch auf den Störenfried ein. Dann in Deutsch. »Du weggehen, wir alleine. Weg! weg!«
»Ach, Itakker und dann auch noch frech werden. Ihr Pappagalligesocks. Vögeln hier einfach so rum am hellichten Tag. Haut doch ab, Mensch! Wat wollt ihr denn hier? Unsere Kinger verderbe wat? Wo haste denn die Kleine her? Aus em Harem, wie? Los, los, haut jetzt ab hier. Ich will angeln.«
»Du nix hier, bleibe ich mit Frau hier«, widersprach Dimitrios, während sich Elephteria hinter einem Busch hastig anzog.
»Wat? Du willst hierbleiben? Nee, nee, ihr haut jetzt ab hier, klar? Das ist Privatgelände, oder hast du einen Angelschein?« Der Mann nahm seine Angelrute und fuchtelte ihm vor dem Gesicht herum. Dimitrios, wütend, schlug die Angel zur Seite. Er ging einen Schritt auf den Angler zu. Der Mann stutzte, ging einen Schritt zurück, drehte sich um. »Nachher han isch noch so en Stilett zwischen de Rippen.« Ein paar Meter weiter setzte er sich auf sein Klappstühlchen und angelte. Dimitrios legte seinen Arm um die Schulter seiner Frau. »Komm, gehen wir ein Stückchen weiter.«
»Nein, laß uns zurückgehen.«
»Nu komm, gehen wir noch ein Stück.«
Er bog nicht nach links ab, Richtung Lager. Seine Frau wollte zurück. Sie gab nach, legte ihren Kopf an seine Schulter. Langsam folgten sie dem Feldweg. Er spielte mit ihren langen Haaren. Sie

blieben stehen, umarmten, küßten sich. »Komm«, sagte er dann, und sie gingen vom Weg ab in einen Strohschober.

11

Endlich hatte es geklappt mit der Wohnung. Gerda hatte ihnen zwei Zimmer in der Innenstadt besorgt. Während der Ferien waren sie umgezogen. Die Wohnung war renoviert worden.
Im Halbschlaf tastete Elephteria nach der Uhr, die Dimitrios neben ihr auf den Fußboden gestellt hatte, bevor er zur Frühschicht gefahren war. Plötzlich war sie hellwach. »Und das am ersten Tag nach dem Urlaub«, schimpfte sie, als sie auf den Wecker sah, »viertel nach sieben. Die Schicht ist schon eine Viertelstunde dran.« Sie sprang aus dem Bett.
Seit sie endlich eine gemeinsame Wohnung hatten, konnte Elephteria tief und ruhig schlafen. Und dann war da noch der Urlaub gewesen, wo morgens nie der Wecker geklingelt hatte.
Ohne Frühstück hastete sie die Treppe hinunter zur Haltestelle. Am »Kaiser« sprang sie aus der Straßenbahn, lief den Weg zur Fabrik hinunter, drückte ihre Stempelkarte: 8.17 Uhr.
Ein paar Minuten später saß sie auf ihrem Platz am Band. »Wo du kommen her?« fragte Jowanka, die jugoslawische Kollegin neben ihr. »Du aufpassen, Dreyer sauer, nix gut sprechen.«
»Paßt auf, Dreyer«, kam es von gegenüber.
»Na, Schätzchen, am letzten Tag wohl zuviel gesoffen und gebumst, wie? Ist doch immer das gleiche mit euch. Erst wird wochenlang gefaulenzt, und dann direkt am ersten Tag verpennt ihr euch.«
Elephteria drehte sich um, wollte ihm erklären: »Ich nix hören Uhr...«, aber er fiel ihr ins Wort, »also los jetzt, kein langes Gequatsche, Rabotti, Arbeit, Arbeit.«

12

Die Werkssirenen heulten in den Hallen. Endlich Mittag. Das Fließband und die Maschinen wurden abgeschaltet. Jetzt war es still. Einzeln oder in kleinen Gruppen verließen die Frauen die Halle. Über den asphaltierten Fabrikhof gingen sie zur Kantine oder setzten sich draußen auf eine Bank und aßen ihre Brote.
»Wartet doch auf mich, ich gehe nur mal schnell für kleine Mädchen«, rief Gerda hinter ihren Kolleginnen her. Sie blieben stehen.
»Wo Maria, ich nix sehe heute«, fragte Elephteria ihre Kollegin Frieda.
»Dat weiß isch auch nit. Als du un de Maria heut morje nit do wore, da hätt der Dreyer jans schö jetobt.«
Sie warteten auf Gerda.

»Gerda, weiß du wo et Maria heute awjebliewe is?« fragte Frieda.
»Weiß ich, hab ich heute morgen in der Vertrauensleuteversammlung erfahren. Ich bin fast aus de Latschen jekippt.« Sie gingen in die Kantine.
»Da drüben ist noch en Tisch frei. Elephteria, du gehen da rüber und halten Tisch frei«, sagte Christa, »wir bringen dir Essen mit.«
Frieda moserte: »Scheiße, schon wieder Sauerkraut. Die können sich allmählich mal wat andres ausdenken, wie immer derselbe Fraß. Einen Tag gibt es Sauerkraut mit Kartoffeln und der andre Tag Kartoffeln mit Sauerkraut.«
Dann zu Gerda: »Nu spann uns nit so auf de Folter, wat war denn los?«
»Also heute morgen war ich ja auf der Versammlung, und da haben wir über den Fall gesprochen.
Frieda: »Wat für ne Fall?«
»Über Maria haben wir gesprochen«, antwortete Gerda.
»Is se rausgeflogen, weil se so oft krank war, oder wat is los?« fragte Frieda neugierig.
»Nee, das nicht, aber sie hat am Samstag ein Kind gekriegt«, sagte Gerda.
»Waaas?« Frieda und Elephteria sahen sich erschrocken an.
»Die is doch vor en paar Tage ers beim Doktor jewesen, dat hat se mir selber erzählt, und der hat ihr jesagt, dat noch zwei Monate Zeit wär«, sagte Frieda.
»Stimmt, aber der hat wohl nicht richtig hingeguckt. Am Freitag hat sie hier noch geschuftet und am Samstag das Kind gekriegt. Ein ganz normales Neunmonatskind.«
»Aber die muß doch wisse, wann se dat Kind gemacht han, so doof is doch kene Frau, dat se dat nich weiß.«
»Klar hat sie das gewußt. Und das hat sie dem Arzt auch gesagt. Aber der hatte festgestellt: im siebten Monat, und damit war der Fall für ihn erledigt. Weißt du, was der gesagt hat, Sonderurlaub zum Faulenzen bekäm sie nicht, hat er ihr gesagt.«
»Is ja en janz schön Sauerei, wenn unsereiner wat hat, kriegt er, wenn er Jlück hat, mal ne Tag frei, wenn de alde Zierberg Wehwehchen hat, liegt er sechs Woche in Rio an der Strand un setz dat als Jeschäftsreise von de Steuer ab, weil er ja en Fabrik do hätt.«
»Ihr da nix machen von Betriebsrat?« fragte Elephteria.
»Nicht Betriebsrat, Elephteria – Vertrauensleute! Weißt du, Vertrauensleute von Gewerkschaft! Der Betriebsrat is ja noch nich mal inne Gewerkschaft.«
»Gut, ihr nix machen Vertrauensleute?«
»Da läuft doch nix«, sagte Frieda, »hast du denn schon mal wat davon jehört, dat wat passiert? Jut, du tus wat für uns, aber der Betriebsrat kannste doch in der Kamin schreibe.«

»Nee, nee Frieda. Wie willst du denn wissen, was in den anderen Abteilungen los ist. Aber wenn wir so nen beschissenen Betriebsrat wählen, dann sind wir selber dran schuld.«
»Jut, jut, da muß aber was gemacht werden. Nicht wejen de Maria, dat is jelaufen, und nach dem Doktor soll mer nischt mehr hinjehen. Aber für die Schwangere muß mer wat don. Wenn de dich nach de Schicht umziehst, wirst de anjerempelt und im Waschraum kannste dir die blöde Bemerkungen anhören, wenn se deinen dicken Bauch sehen. Außerdem is et nich anjenehm, mit so ne dicke Bauch rumzurennen. Da sollt et schon en extra Zeit für de werdenden Mütter jebe.«

Von den Frauen gingen diesmal viele zur Betriebsversammlung. Die Sache mit Maria hatte sich schnell in der Fabrik herumgesprochen.
Kantine, rechts vor der großen Fensterfront, stand der lange Tisch, an dem die Betriebsräte saßen, links davon das Rednerpult.
Allmählich füllten sich die Stuhlreihen. Ein paar Männer kamen auch. Aber keiner mußte stehen.
»Liebe Kolleginnen und Kollegen«, las der Betriebsratsvorsitzende seinen Bericht vor, »der Betriebsrat hat in seiner letzten Sitzung beschlossen, unseren verehrten Chef, Herrn Prof. Zierberg, zur Verleihung des Bundesverdienstkreuzes auch von der Belegschaft ein Präsent zu überreichen. Der Betriebsrat wird deshalb im Namen der Belegschaft die Plastik eines am Ort ansässigen Künstlers überreichen.«
Gerda schüttelte den Kopf: »Hört euch das Gelabere mal an. Die könnten genauso hier vor versammelter Mannschaft die Kollegen einladen, ›kommt morgen in die Kantine, der Betriebsrat kriecht dem Zierberg in der Mittagspause in den Arsch‹, und keiner würde sein Gesicht verziehen.«
»Viele Kollege da lese Zeitung oder stricken Pullova.« Bensen war in der Zwischenzeit auf Seite zwei angelangt: »Auf Wunsch verschiedener Belegschaftsmitglieder haben wir uns auch in diesem Jahr wieder an einer Fahrt mit dem klingenden Rheinländer angeschlossen. Das Ziel war Altenahr. Außerdem waren wir gezwungen, aus verschiedenen Gründen mehrere schriftliche Verwarnungen und Entlassungen vorzunehmen.«
Frieda murmelte. »Was haste gesagt?« fragte Christa.
»Bensen soll in der Sack hauen, dat Arschloch! Ers machen die vom Betriebsrat über en halb Jahr keine Betriebsversammlung un dann verzellt er uns jet vom klingenden Rheinländer.« Gerda sofort: »Und das mit den Entlassungen, das packt er so schön irgendwo dazwischen, und keiner merkt was.«
»Warum nix sage von Maria?«
»Das kommt noch.«
Bensen las weiter.

»Der Betriebsrat der Firma Zierberg stellte an die Firmenleitung einen schriftlichen Antrag, worin gebeten wird, ein Urlaubsgeld an die Belegschaftsmitglieder zu zahlen. Dieser Antrag wurde für dieses Jahr abgelehnt.«
»Und!? Und!? Was weiter?« rief Gerda nach vorn. »Du vergißt, daß hier in der Stadt fast alle Firmen Urlaubsgeld zahlen! Nur unsere Bude nicht!«
Keine Reaktion. »Dieser Oberarsch«, fluchte Gerda.
Bensen hob seine Stimme, wurde feierlich: »Liebe Kolleginnen und Kollegen, endlich ist die Voraussetzung für eine bessere Betriebsratstätigkeit geschaffen worden. Die Betriebsleitung hat dem Betriebsrat einen Betriebsratsraum zur Verfügung gestellt. Dadurch sind wir jetzt in der Lage, für die Belegschaft Sprechstunden abzuhalten, dienstags und freitags von 15.30 bis 16.45 Uhr.«
Gerda rieb die Hände über die Knie. »Das mußt du dir mal weg tun, da werden die jahrelang von der Firma in den Arsch gekniffen und sagen dafür auch noch danke schön.«
»Ein Höhepunkt im verflossenen Quartal war, wie jedes Jahr, unser Betriebsfest, es fand im Hotel ›Rheinterrasse‹ statt. Die Kolleginnen an den Spritzgußmaschinen und der Schwimmerabteilung beklagen sich wegen zu großer Wärmeentwicklung, vor allem an heißen Sommertagen. Auf Bitte des Betriebsrates wurden beide Maschinen mit einem Ventilator versehen.«
»Laß mich mal durch«, Gerda zwängte sich an den Kolleginnen vorbei, wartete an der Seite.
»Liebe Kolleginnen und Kollegen, neben Fußball besteht im Betrieb auch Interesse für Tischtennis. Die Trainingsabende müssen wir in einer Gaststätte durchführen. Die Betriebsleitung ist schon drauf angesprochen worden, ob es nicht möglich sei, einen geeigneten Platz für die Aufstellung einer Tischtennisplatte zur Verfügung zu stellen. Bis heute ist noch keine positive Entscheidung darüber gefällt worden.«
»Kein Wunder, du Idiot«, sagte Gerda halblaut.
Bensen sah kurz in die Versammlung, dann blitzschnell: »Ich sehe, keiner wünscht das Wort, damit ist die Be...«
»Nun mal halt, Kollegen«, rief Gerda dazwischen, »macht euch nicht so schnell dünn. Ihr habt doch bestimmt was zum Fall Maria zu sagen, oder?«
Die Strickerinnen und Zeitungsleser reckten plötzlich die Hälse, sahen zu Gerda rüber, dann zu Bensen.
Die Unterbrechung kam für den Betriebsratsvorsitzenden nicht unerwartet. Er wollte Gerda und die anderen beruhigen. »Ihr habt von dieser Sache gehört, Kollegen, der Betriebsrat ist der Meinung, daß man eine sorgfältigere Arbeit von Ärzten erwarten kann.« Um Kritikern das Wasser abzugraben, sagte er noch: »Dieser Fall macht deutlich, bei uns läuft da einiges falsch, das heißt, für die schwangeren Kolleginnen muß etwas getan werden.«

Jupp auf der anderen Kantinenseite sprang auf: »Kollegen, kommt doch mal zur Sache. Jedes Mal quasselt ihr bloß rum, aber getan wird von euch nix. Meine Frau hat im letzten Sommer en Kind gekriecht, und damals hatt ich euch schon gesagt, dat da wat gemacht werden muß. Hier werden de Frauen ja noch bestraft dafür, dat se Kinder kriegen.«
»Dat kann mer wohl sagen, sehr richtig.«
»Wie sieht denn der Vorschlag von oben aus? Statt die Frauen früher gehen zu lassen, vielleicht zehn Minuten oder 'ne viertel Stunde, wollen die Herren die Schwangeren voll durchmalochen lassen. Wenn mer sich dat jenau überlegt, kommen die dann noch später raus als die anderen.«
»Wie sehen da eure Vorschläge denn aus? frage ich euch.«
»Kollegen, wir haben darüber schon im Betriebsrat diskutiert. Und es gibt ja auch Vorschläge von uns. Wir sind der Meinung, daß man die Frauen fünf bis zehn Minuten vor Ende der Schicht entlassen soll.«
»Wat soll dat denn? Kollegen, wo liegt denn da der Unterschied zu dem Vorschlag von oben?« unterbrach er den Vorsitzenden.
»Stimmt, Jupp, genau«, rief Gerda, »was sollen die Frauen denn mit fünf Minuten. Da ist die Hetze ja noch schlimmer. Wie sollen die sich denn in fünf Minuten waschen und umziehen. Ich meine auch, 'ne viertel Stunde ist schon das Richtige.« Ein paar klatschten. In dem Applaus stand eine schwangere Kollegin auf, streckte ihren Bauch vor: »Und wie is dat mit dem Arbeitstempo? Mir is schon en paarmal schlecht geworden, und der Schill kam dann immer an und brüllte, ›weiter, weiter‹.« Gerda: »Stimmt, aber wir sollten doch fragen, wie das mit den fünf Minuten aussieht, die jetzt auf dem Tisch liegen. Werden die bezahlt?«
»Kolleginnen und Kollegen, wir dürfen unsere Forderungen nicht zu hoch schrauben, sonst kommen wir damit nie durch«, erwiderte Bensen.
Was gesagt werden mußte, war gesagt. Einen Moment lang Ruhe. Bensen nutzte seine Chance. Er wollte die Nörgler und Motzer zur Ruhe bringen. Diesmal sah er nicht in die Versammlung, nahm das Mikrophon: »Ich sehe, keiner wünscht das Wort, damit ist die Betriebsversammlung geschlossen. Ich bedanke mich für die rege Teilnahme.«

Im Umkleideraum diskutierten die Frauen nach Feierabend über die Betriebsversammlung.
»Haste gemerkt, wie die vom Betriebsrat Muffensausen gekriegt haben?« fragte Frieda.
Elephteria nickte.
»Wurd auch langsam mal Zeit, daß die Kollegen den Mund aufmachen. Die vom Betriebsrat sind dem Fröbel und Genossen lange genug in den Arsch gekrochen!« meinte Christa.

»Ihr hättet sehen sollen, wie bereitwillig die uns vom Vertrauenskörper zu einem Gespräch eingeladen haben«, berichtete Gerda, »jetzt, wo die Kacke am Dampfen ist, werden sie wach.« Frieda: »Ist doch alles nur Taktik – bis zu den Wahlen zum Betriebsrat wollen die ihre Schäfchen natürlich im trockenen haben. Oder meinst du vielleicht, die Geschäftsleitung ist nach der jahrelangen vertrauensvollen Zusammenarbeit mit dem alten Betriebsrat an einer Veränderung interessiert? Glaub das ja nicht, einen braveren Betriebsrat konnten die sich da oben doch gar nicht wünschen.«
»Jetzt macht denen vom Betriebsrat mal anständig Dampf unterm Hintern! So'ne Gelegenheit dürft ihr euch nicht entgehen lassen«, sagte eine andere Kollegin.
»Du hast gut reden«, entgegnete ihr Gerda, »wir paar Vertrauensleute können da nicht viel mehr machen, als denen vom Betriebsrat Empfehlungen zu geben oder Vorschläge zu machen. Mit den paar Männecken in der Gewerkschaft können wir nicht viel Druck auf die ausüben.«
»Ich bin in der Gewerkschaft«, sagte Frieda.
»Ja du, und was ist mit den anderen? Von den fast 3000 Leuten bei uns in der Bude sind nur ein paar mehr als 200 organisiert. Und der Betriebsrat wird sich hüten, für die IG Metall zu werben.«

Die Vertrauensleute hatten Erfolg. Gestützt auf die Aufregung, die der Fall im Betrieb hervorgerufen hatte, konnten sie einen Katalog von Forderungen an den Betriebsrat weiterleiten, den er sich zueigen machen mußte.

1. **Vorverlegung des Feierabends für Schwangere um 15 Minuten.**
2. **Volle Bezahlung der Ausfallzeit.**
3. **Drosselung des Produktionssolls der betreffenden Personen, sobald eine Schwangerschaft gemeldet wurde.**
4. **Für werdende Mütter Entspannungspausen, über deren Dauer und Rhythmus Vereinbarungen zu treffen sind.**

Es blieb bei den Forderungen. Kurz nach der Betriebsversammlung schlief der Betriebsrat wieder ein. Als sich ein paar Wochen später immer noch keine Änderung eingestellt hatte, drosselten die Schwangeren in allen Abteilungen ihr Arbeitstempo und hörten fünfzehn Minuten früher auf zu arbeiten. Ganz einfach so. Und wenn ein Meister mal auf die Idee kam, was dagegen zu sagen, hörten sie nicht hin oder drehten sich um und gingen weg. Die Geschäftsführung schritt nicht ein.

13

Während der letzten Wochen waren immer mehr Frauen eingestellt worden. An den Arbeitsplätzen wurde es von Tag zu Tag enger. Neue Maschinen wurden aufgestellt, schränkten den Platz der Frauen ein. Teilweise saßen die Frauen nur fünf oder zehn Zentimeter von ihrer Maschine entfernt. Und dann die Stühle. Den ganzen Tag mußten die Arbeiterinnen aufrecht sitzen. Die Lehnen ließen sich nicht befestigen, rutschten ständig an der Halterung herunter. Immer wieder hatten die Frauen neue Stühle gefordert. Die Meister, auch der Betriebsrat hatten »ja, ja« gesagt, »das wird gemacht.« Aber geändert hatte sich nichts. Die Produktion lief auf Hochtouren. Sonderschichten wurden gefahren. Weil Elephteria in Lohngruppe zwei arbeiten mußte und keine Zulage bekam, versuchte sie, Geld durch Überstunden zu verdienen.
Mitte der Woche wurde die Mehrarbeit für Samstags eingeteilt. Dreyer ging an den Arbeitsplätzen vorbei, bekam seinen Schnaps oder Zigaretten und trug dann die Überstunden ein.

Wenn mehr Arbeit verteilt werden mußte und seine »bewährten« Kräfte versorgt waren, wählte er nach »Nase« aus. Arbeiterinnen, die sich nie beschwerten, keine Kritik übten, waren ihm sympathisch, wurden eingeteilt. Die »roten«, wie er die anderen Frauen oft nannte, ließ er die Fußtritte spüren, die er von ihnen bekam.
Elephteria wußte aus anderen Abteilungen, es gab nicht nur Vorarbeiter wie Dreyer. Gerda hatte von einem Kollegen erzählt, der Vorarbeiter geworden war.
»Weißt du, das war keiner von denen, von wegen nach oben buckeln und nach unten treten. Nee du, der hat die Schwierigkeiten mit den Kolleginnen besprochen, war großzügig. Aber die blöden Frauen, was haben sie gemacht, als er mal weg war – nichts. Gefaulenzt haben die, und da hat der natürlich auf stur geschaltet.
Dreyer war bei ihr angelangt. Er stank wieder nach Schnaps. »Äh! Überstunden?«
Elephteria nickte. Er schrieb ihren Namen auf.
»Na, hasse wat da?«
Jedesmal hatte sie eine Flasche Klaren für ihn dabei gehabt, oder ihm eine Packung Zigaretten zugesteckt. Diesmal hielt sie ihm nichts hin.
»Nix da?« fragte er nochmal.
Sie hatte die Flasche Korn in der Tasche, für zu Hause gekauft.
»Na?«
Nee du, heute nicht, dachte sie. Aber was ist, wenn er mich wieder ausstreicht? Er streicht mich bestimmt aus. Lieber kein Schnaps als kein Geld.
Sie wollte ihn los werden, gab ihm die Flasche. Er grinste und ging weiter.
Dreyer wußte, Elephteria war kein Einzelfall mehr.
»Wat die rummaulen, die Itakker und die angere. Da hat bestimmt

die Schulte widder ihr Finger drin. Die müssen mal widder ene dropkriejen.«
Am Nachmittag. Elephteria sah Gerda mit zwei Männern in die Abteilung kommen. Sie mußten aus dem Betrieb sein, denn sie trugen die Firmenkittel mit dem Zeichen auf der Brusttasche. Sie gingen am Band entlang, sprachen mit jeder Arbeiterin, blieben an jedem Einzelplatz stehen, unterhielten sich mit den Kolleginnen.
Dreyer war nicht da.
Wie überall kamen sie nach einer Weile zu Elephteria, befragten sie über ihren Arbeitsplatz, gingen weiter.
Als die Gruppe sich von Elephteria verabschiedete, kam Dreyer zurück. Er wußte nicht Bescheid, vermutete, die Frauen hätten sich über ihn beschwert. »Warum kumme die sonns he hin?«
Nach der Schicht erfuhr Elephteria den Grund von Gerdas Besuch. »Jeden Tag kommen neue, und dann packt die Firma sie noch mit neuen Maschinen in die Hallen, und die sind viel zu klein.«
»Dat könnt dem Dreyer so passe. Vonwejen immer enger, eines Tages müß mer noch bei dem om Schößke sitze un arbide«, sagte Frieda. Die Frauen lachten.
»Jenau, und darum sind wir vom VK jetzt hin zum Betriebsrat und haben da mal was auf en Putz jeklopft, daß sich das mal angukken sollten in den Hallen.«
»Meinste denn, dat sich da wat tut?« fragte Christa.
»Auf jeden Fall haben wir zwei vom Betriebsrat mal hier reinjeholt. Dat haben die ja bis jetz noch nie jemacht.«

»Hat es mit den Überstunden geklappt?« fragte Dimitrios am Abend.
»Ja, für Samstag. Aber...«
»Was ist denn?«
»Ich habe ihm wieder was gegeben.«
»Ich hab dir doch gesagt, du sollst nicht mehr. Was das allein für Geld kostet. Fast soviel wie du durch die Überstunden reinkriegst.«
Er wußte natürlich, daß der Vergleich nicht stimmte.
»Wenn ihr das so weitertreibt, werdet ihr den nie mehr los.«
»Und die Überstunden? Die können dann die anderen machen. Sind genug da, die scharf auf Mehrarbeit sind.«
»Aber wenn ihr nichts unternehmt, dann dürft ihr euch nicht beschweren. Ihr müßt da einfach durch. Und für ein paar Wochen eben keine Überstunden machen. Wenn der nämlich merkt, daß er auf Widerstand bei euch stößt, gibt der von selber nach.«

14

Plötzlich stand er hinter ihr. Sie merkte sofort, daß er es war. Elephteria drehte sich um.
»Äh, du«, wurde sie angefahren, »du nix Überstunden kloppen, klar?«
Sie sah ihn überrascht an. Vorgestern hatte er sie doch erst in die Liste eingetragen.
»Warum nix Übastunde?«
Das war sein Stichwort. Er hatte nur drauf gewartet. »Da fragst du noch, du Kümmeltürkin?« brüllte er sie an, »erst hier schön lieb Kind tun und dann, wenn man nicht da ist, dann rennt ihr zum Betriebsrat. Ihr Passalakken ihr. Ihr faules Gesindel, ihr habt se wohl nicht mehr alle hier oben, ihr Makkaronifresser.«
Er holte aus, um sie zu schlagen. Schnell bückte sich Elephteria, und seine Hand fuhr über ihren Kopf hinweg gegen die Maschine. Der Schmerz steigerte seine Wut noch.
»Abschieben sollte man euch. Ihr seid doch das aufsässigste Pack, was mir je untergekommen ist. Ihr Scheißweiber!«
Elephteria, sagte sie sich, nicht aufregen, ganz ruhig bleiben! Dreyer hatte gerade Luft geholt, um weiterzuschreien. Elephteria ließ den letzten Kolben in der Halterung stecken, bewegte ihre Hände jetzt nicht mehr, saß ganz ruhig da. Sie hatte das Gefühl, ihre Knie würden wegknicken, als sie von ihrem Stuhl herunterkletterte, ihren Arbeitsplatz verließ, um sich bei Gerda zu beschweren.
»Bleibst du wohl sitzen!« Er kam nicht weiter. Gerda war auf einmal da, ging dazwischen. »Jetzt ist aber Schluß, Herr Dreyer, so geht's ja nun nicht«, sagte sie. »Wenn Sie nicht sofort aufhören, dann ist in fünf Minuten die ganze Abteilung auf den Beinen oder glauben Sie, die anderen Kolleginnen hätten nicht mitbekommen, was Sie hier mit Frau Papandreou machen? Ist ja nicht das erste Mal.«
»Drohen ist jetzt das beste«, sagte sich Gerda, verwundert, daß ihr die Aufregung nicht die Sprache verschlagen hatte. War ihr oft genug passiert, daß sie richtig in Fahrt war und dann nicht mehr sagen konnte, was sie wollte.
»Bis du doch still, die ...«
»Jetzt werden Sie nicht unverschämt! Die Zeiten sind jetzt vorbei, wo Sie mit uns umspringen konnten, wie es Ihnen in den Kram paßt.«
Er, selbstsicher: »Geht doch und beschwert euch, dann kriegt ihr da auch noch einen auf den Sack. Wenn die Frauen hier nicht richtig arbeiten, dann gehören sie nicht hierhin, und dat hier is so enne«, sagte er und deutete auf Elephteria.
»Dat Maul aufreißen und nix bringen, dat könne se. Der janze Tag auf dem Pott sitze un scheiße, aber nix arbeite.«
Er konnte so frech werden, weil die Frauen sich bisher noch nie

gewehrt hatten, und außerdem wußte er, daß sie beim Betriebsrat nichts erreichen konnten. So war es jedenfalls bisher fast immer gewesen.
Gerda kurz: »Das werden wir ja sehen«, und zu ihrer Kollegin: »Komm, Elephteria, wir gehen zum Betriebsrat und beschweren uns.« Dreyer war völlig verdutzt, als die beiden Frauen tatsächlich an den Arbeitsplätzen entlang zum Ausgang gingen. Gerda war sich klar darüber, daß von den Vertretern der Arbeiterinnen nicht viel zu erwarten war. Aber in den letzten Wochen hatten die Vertrauensleute immer mehr Druck auf den Betriebsrat ausgeübt, so daß er sich jetzt sicher um diese Sache kümmern würde, jetzt, vor der Wahl.
Bisher war die »partnerschaftliche« Zusammenarbeit mit der Geschäftsführung immer zu Ungunsten der Belegschaft ausgegangen. Die beiden Frauen betraten das Betriebsratsbüro. An den Wänden Bilder des Firmeninhabers, der Druck einer alten Stadtansicht, Wimpel. Dazu Urkunden von Fußballspielen der Betriebsfußballmannschaft. Einige Betriebsräte waren gerade dabei, die Reinigung der Fußballtrikots zu organisieren, als Elephteria und Gerda hinzukamen.
»Tag, Kollegen«, begann Gerda.
»Tach«, murmelte einer.
»Ich wollte mich bei euch beschweren!«
»Was jibt's denn?« fragte ein Betriebsrat.
»Beschweren wollen wir uns.«
»Beschweren?« fragte er zurück.
»Ja!«
»Dat hat ja wohl Zeit«, sagte er und wollte zu den anderen zurück.
»Aber es ist wichtig. Die Hemden, um die könnt ihr euch hinterher kümmern.«
»Wir haben am Samstag ein wichtiges Spiel, da müssen wir nur eben kurz was abklären.«
»Die spinnen doch wirklich«, sagte Gerda. Sie und Elephteria saßen auf der Bank im Betriebsratsbüro.
»Wo brennt et denn?« fragte der Vertreter des Betriebsratsvorsitzenden nach ein paar Minuten.
»Es geht hier um die Kollegin«, sagte Gerda.
»Ja, und?«
»Also, das war..., nee, erzähl du am besten«, schlug Gerda ihrer Kollegin vor.
»Isch imma gebe Schnaps oda Zigarette Dreyer, er nix schimpfe, wenn schlecht isch in Monat.«
»Sie meint, wenn sie ihre Tage hat«, erläuterte Gerda.
»Un isch frage Übastunde, und Dreyer sage isch kriege. Isch Schnaps gebe au und jetzt isch nix Übastunde.«
»Versteh ich nicht«, sagte der Betriebsrat.

»Is doch ganz klar«, erwiderte Gerda, »die Kollegin hatte zuerst die Überstunden zugesagt bekommen, und jetzt soll sie die nicht mehr machen können.«
»Versteh ich immer noch nicht.«
»Und der Dreyer meint jetzt, sie hätte sich darüber bei euch beschwert wegen dem Schnaps und so. Weil ihr gestern mit mir bei uns in der Halle wart und mit ihr gesprochen habt, als er wieder reinkam.«
»Und was sollen wir da machen?« fragte er.
»Was ihr da machen sollt?« Gerda, empört: »Das fragst du noch? So kann das auf keinen Fall weitergehen!«
»Ich kann mir das gar nicht vorstellen. Ich kenn den Dreyer schon seit dem Krieg, der macht so was nicht.
»Kollege, ich hab gesehen, was da passiert ist. Und wenn sich das nicht bald ändert, kann ich für nichts mehr garantieren. Du weißt ja noch, was im Mai '70 los war. Außerdem sind bald Wahlen«, drohte Gerda jetzt ganz unverblümt.
»Gut, Kollegin, nu reg dich nicht so auf, et wird nicht alles so heiß gegessen, wie et gekocht wird. Wir werden die Sache untersuchen und dann weiterleiten.«
»Ich weiß nicht, wie die Frauen reagieren, wenn sich das nicht bald ändert«, sagte Gerda. Sie verließen das Büro.
»Nix gut Betriebsrat«, bemerkte Elephteria draußen.
»Da hast du recht«, stimmte Gerda ihr zu, »und wenn wir nicht zusammenhalten, dann wird sich das mit dem Dreyer nie ändern. Ich hab schon in vielen Fabriken gearbeitet. So Leute wie Dreyer gibt es überall.«
»Wir zusammenhalten, ja, ja«, sagte Elephteria, »du mia gutt helfe, dank.«
»Nichts zu danken, is doch klar, daß ich dir helfe.«
»Du Gerda, isch jetzt kenne, was Gewerkschaff, isch jetzt gehe in Gewerkschaff.«
Die mußte ganz schön Lehrgeld zahlen, dachte Gerda. Laut sagte sie: »Freut mich ehrlich, Kollegin Elephteria.« Und sie freute sich wirklich.

15

Ende der Schicht. Heute war es drückend heiß gewesen. Den ganzen Tag über hatte die Sonne vom wolkenlosen Himmel auf die Glasdächer der Werkshallen geknallt.
Wie auch in den letzten Tagen hatten sich die Frauen schon vor sieben und wieder in der Frühstücks- und Mittagspause mit Limo und Cola eingedeckt. Das Wasser, was sie ausschwitzten, mußte wieder aufgefüllt werden. Zu der unerträglichen Hitze kam dann noch der Lärm am eigenen Arbeitsplatz und das schnarrende Geräusch der Prüfmaschinen für Vergaser, das überall in der Halle zu

hören war. Zwei-, dreitausendmal am Tag. Und wenn dann um fünf Uhr die Maschinen abgestellt wurden, in den Hallen nur noch die Stimmen der Arbeiterinnen als Murmeln zu hören waren, dann war der Lärm immer noch da. Er hing in den Ohren fest. Noch im Waschraum, selbst auf dem Weg zur Bahn.
Elephteria durchquerte mit den vielen anderen das Fabriktor. Die Hitze stand in den Straßen. Kein Wind. Die Kleider klebten am Körper. Dazu kam der trockene, feine Staub, der von den vorbeifahrenden Autos aufgewirbelt wurde. Sie war mal wieder geschafft. Fix und fertig. Müde war sie jeden Abend. Aber heute war es besonders schlimm gewesen. Da standen bestimmt 50, vielleicht sogar 80 an der Haltestelle, als sie sich den schmalen Fußweg hinauf dem Wartehäuschen näherte. Die Menschen schoben, drückten, stießen sich in die Wagen, bahnten sich mit ihren Ellbogen einen Weg nach drinnen. Besetzt. Überbesetzt. Die Durchgänge waren vollgestopft. Einige standen halb in die Zwischenräume gedrängt, die für die Beine der Sitzenden gedacht waren. Elephteria war eingekeilt. Sie brauchte sich nirgends festzuhalten. Die Leute um sie herum hielten sie, und die wurden wiederum von anderen gehalten. Der Schweiß der vielen Menschen machte die Luft unerträglich.
Am Bahnhof waren die meisten ausgestiegen. Die Bahn bog in die Innenstadt. Elephteria hatte einen Platz bekommen und konnte sich so zwei Haltestellen lang ausruhen. Sie schloß ihre Augen für einen Augenblick. Ich brauche noch Kaffee, Dosenmilch, Brot und Fleisch in Dosen, überlegte sie und fuhr nur eine weiter. Keine Ruhe. Sie stieg aus, kaufte ein und stand Schlange an der Kasse. Viele kamen jetzt von der Arbeit und kauften zwischen halb sechs und halb sieben ein.

Als sie endlich mit ihrer Tasche und den zwei Plastiktüten auf dem obersten Treppenabsatz vor der Speichertüre angelangt war, setzte sie ihre Last ab und verschnaufte einen Augenblick.
Dann nahm sie den Schlüssel, schloß auf, zog ihn wieder ab, brachte die Taschen hinein, lehnte sie an die Wand und verschloß den Eingang zum Speicher wieder. So, wie es Frau Huthmacher vor kurzem vorgeschrieben hatte. Alles wurde verschlossen. Wenn abends nach halb zehn noch Besuch kam, dann mußte sie jedesmal die zwei Etagen hinunterlaufen, um die Haustüre aufzuschließen. Es war schon ein paarmal passiert, daß Freunde zu ihnen wollten, wieder gegangen waren, bevor sie unten an der Türe angelangt war.
Sie überquerte den Speicher, drückte mit dem Ellbogen die Klinke zur Zimmertüre und stieß sie auf.
Erschöpft ließ sich Elephteria auf den nächsten Stuhl fallen und setzte die Taschen links und rechts neben sich auf den Boden. Die Beine von sich gestreckt, saß sie da, dachte an nichts mehr, schal-

tete ab, war für Augenblicke wie weggetreten.
Jetzt so sitzenbleiben und einfach einschlafen, war ihr erster Gedanke, nachdem sie sich etwas erholt hatte. Da meldete sich schon Dimitrios aus dem Nebenzimmer. »Was gibt's denn zu essen? Ich hab großen Hunger, den Fraß in der Kantine konnte man nicht runterkriegen. Hast du was davon gegessen?«
»Ja, warum nicht?« antwortete sie kurz und fing an zu kochen.
»Dauert das noch lange?« fragte er ein paar Minuten später. »Ich hab einen Mordshunger.«
»Ja, noch einen Augenblick«, entgegnete Elephteria kurz.
Seit Frieda und auch Gerda erzählt hatten, daß ihre Männer ihnen halfen, einkaufen gingen oder sich sonst irgendwie nützlich machten, ärgerte sie sich jedesmal, wenn Dimitrios sie mit der Hausarbeit allein ließ und sie ihn bedienen mußte.
Sie aßen wortlos.
Dann räumte Elephteria ab und begann mit dem Abwasch.
Dimitrios hatte sein Jackett übergezogen und wollte gehen. Er war fast an der Tür, als sie ihn fragte: »Wo gehst du hin?«
»Bier trinken«, antwortete er, ohne eine Erwiderung seiner Frau zu erwarten.
»Warum gehst du denn jeden Abend Bier trinken? Immer bist du weg!« stellte sie verärgert fest.
»Ich bin weg«, sagte er dann, ohne auf seine Frau einzugehen.
»Und ich? Ich hab auch den ganzen Tag gearbeitet, dann eingekauft, gekocht und jetzt gehst du Bier trinken, und ich muß weiterarbeiten.« Elephteria hielt ihn am Arm fest.
»Red nicht soviel, ich will jetzt weg!«
Wütend riß er sich los und wollte die Türe öffnen. Aber sie stellte sich ihm in den Weg.
»Nein«, weiter kam sie nicht. Dimitrios hatte ihr plötzlich einen Schlag ins Gesicht gegeben und sie dann zur Seite gestoßen. Noch bevor Elephteria richtig begriffen hatte, was passiert war, war er an der Speichertür, verschloß sie von außen und ging die Treppe hinunter.
Elephteria saß am Tisch und weinte.

16

Im allgemeinen blieben die Frauen an den Bändern sitzen, wenn um neun die Arbeit für eine Viertelstunde unterbrochen wurde. Der Weg zur Kantine war zu weit, da ging fast die halbe Zeit drauf. Heute standen sie alle um ihre Vertrauensfrau herum. Die Fragen gingen hin und her.
»Ist doch ganz klar, daß die eines Tages zusammenklappen mußte«, sagte Gerda gerade, als Elephteria hinzukam.
»Ja, hinten in der Vergaserfertigung war ich auch mal, aber ich hab dat nich ausgehalten. Un da hab ich wat jesagt. Bomms, am näch-

sten Tag war ich da weg.«
Elephteria hörte nur, daß Jowankas Name fiel. »Was mit Jowanka?« fragte sie. »Bis letzte Monat bei meine Arbeitsplatz.«
»Die is Freitag umgekippt, einfach so. Peng.« Eine Kollegin erklärte. Elephteria verstand jetzt schon besser, was die deutschen Kolleginnen sagten, sie mußten nur langsam sprechen.
»Hinten in der Vergaserfertigung werden ja die Teile auch geprüft. Das fertige Teil steckst du auf die Maschine, dann wird Benzin eingespritzt, und du mußt prüfen, daß auch alles dicht ist. Außerdem werden die Teile mit Benzin ausgesprüht. Und das alles ziehst du bei jedem Atemzug in die Nase.«
»Aber es muß doch da 'ne Abzugsanlage geben«, fragte eine Kollegin.
»Ja warte, erzähl ich gleich. Und das Benzin, wenn de das lange einatmest, dann wird dir ganz flau, so is et mir gegangen. Und als das nicht besser wurde, hab ich mich beschwert; ich hab gefragt, wann das denn geändert wird. Und am nächsten Tag, da war ich weg vom Fenster. Die vor mir da gewesen war, is et so gegangen und der davor auch, dat weiß ich.«
»Und warum is da nix geändert worden?« fragte Frieda.
»Die vor mir da gesessen hat, der hat der Einrichter gesagt: Dat haben wir nich nötig, wir haben doch genug Leute hier.«
»Und warum is et Jowanka dahinjejangen?« fragte Gerda.
»Isch wissen«, sagte Elephteria, und weil sie so schnell nicht deutsch sprechen konnte, übersetzte eine andere Griechin.
»Jowanka brauchte Geld. Sie hat in Jugoslawien einen Sohn, der bald heiratet. Und weil ihr Mann im Krieg gefallen ist, hat sie die ganzen Jahre für ihn gesorgt. Solange sie hier ist, hat sie immer Geld für ihn nach Hause geschickt. Und weil er jetzt heiratet, da wollte sie noch ein bißchen Geld schicken, aber weil sie eine Mieterhöhung gekriegt hat, mußte sie noch mehr verdienen und darum ist sie dahin gegangen.«
»Wieviel gib's denn da mehr?« fragte Frieda.
»10 Pfennig.«

Dreyer stand mit dem Meister an dessen Schreibtisch und sah, wie die Frauen sich aufgeregt unterhielten. »Was die wieder zu reden haben«, sagte er zu Meister Kleinschmidt. »Ich wette, da is wieder wat im Busch. Wenn diese Gerda, wie heißt die noch gleich weiter?«
»Schulte«, gab Dreyer dem Meister Hilfestellung.
»Ach ja, Schulte, also diese Gerda Schulte, das ist 'ne ganz gefährliche Frau. Die bringt ständig Unruhe in die Abteilung.«
Dreyer nickte. »Mal sehen, was da los ist«, sagte er geflissentlich und ging.

»Achtung, Dreyer«, rief Elephteria leise den Kolleginnen zu. Er kam näher. Eine Arbeiterin begann ihn aufzuziehen. Sie beachteten ihn gar nicht. »Au guck mal, der schöne Alfred. Schick sieht er heute wieder aus, so frisch die Treppe runtergefallen. Ist bestimmt wieder auf Brautschau...«
Man konnte ihm ansehen, wie wütend er war. Aber er ließ sich seinen Ärger nicht anmerken. Ohne ein Wort zu sagen, ging er an den Frauen vorbei. Denen würde er es schon heimzahlen, schwor er sich.

»Jowanka liegt bestimmt da in ihrer Baracke, und keiner kümmert sich um sie«, sagte Gerda.
»Aber wir können sie doch nicht besuchen.«
»Sollen sich mal andere drum kümmern«, sagte Christa.
»Ich glaub, denen ist es egal, ob eine Kollegin krank ist oder nicht. Die meisten sind jung und neu am Band«, sagte Gerda dann.
»Dat dauert nich lang, und die sind auch dran«, sagte Frieda.
Elephteria hatte zugehört und erinnerte sich an ihre eigene Krankengeschichte. »Aba heut nix gehe Jowanka, meine Mann schimpfe, isch spät kommen in Haus. Er nix essen und nix trinke, er dann bös, bös.«
«Laß deinen Alten mal alleine wurschteln, der geht doch sonst auch ins Café«, sagte Christa.
»Was wurts... isch nix kenne die.«
»Dein Mann kann ruhig ins Café gehen, wenn du nicht da bist«, erklärte Christa nochmal.
»Christa, so einfach ist dat hier nicht«, unterbrach Gerda die beiden, »wenn die zu Haus nicht spurt, dann kriegt se eine gelangt.«
Elephteria nickte.
»Aber ich finde«, sie wandte sich an Elephteria, »du kannst deinem Mann jetzt mal zeigen, daß er mit dir nicht machen kann, was er will.«
»Überleg doch mal«, Christa sprach langsam, damit ihre Kollegin alles verstand, »dein Mann schimpft ein-, zweimal, dann hat er sich beruhigt, verstehst du? Er dann nicht mehr schimpfen. Aber Jowanka ist krank im Bett, keine Mann, der helfen. Du mitgehen«, sagte Christa. »Dann ist Jowanka nicht so allein, und freue tut es sisch och«, Frieda lachte, machte das Wort freuen deutlich. »Wenn du krank, wir kommen auch in dein Haus und besuchen! Dein Mann ist doch hier in der Bude, sag ihm einfach Bescheid«, empfahl Christa.
Und Frieda: »Stimmt, wenn dein Mann Bescheid weiß, kann er zufrieden sein und braucht nich zu maulen.«
»Wenn de dein Baby häss, sin mer och do.«
»Gut, ich sage Mann, isch späta in Haus«, entgegnete Elephteria, »also nach der Schicht.«

»Ich glaube, das hier ist die Straße«, sagte Gerda, als sie sah, daß andere Frauen aus dem Betrieb nach rechts einbogen. Sie folgten dem ungepflasterten Weg, einen Drahtzaun entlang. Der Zaun war mehr als zwei Meter hoch, oben zusätzlich mit Stacheldraht bespannt. Sie waren am Tor angelangt. Unübersehbar daneben ein Schild. Die Frauen blieben stehen. Gerda hatte den Text überflogen und schüttelte verständnislos den Kopf.
»Seht euch das an«, sagte Christa, »Betreten für Besucher verboten. Nur den Bewohnern ist der Zutritt gestattet.«
»Was da drauf?« fragte Elephteria.
»Wir dürfen Jowanka nicht besuchen«, sagte Gerda.
»Das ist ja wohl das letzte«, schimpfte Frieda. »Jetzt gehe mehr gerad rein!«
»Das ist ja wie im KZ«, sagte Christa.
»Also wenn wir da nix unternehmen, dann können wir gleich einpacken.« Gerda ging als erste durch das Tor. Zuerst hatte das Schild den Frauen Angst eingejagt, aber dann sagten sie sich: So nicht, und gingen hinein. Auch Elephteria zögerte nicht. Sie erinnerte sich an ihren Lageraufenthalt. Wenn damals einer zu uns ins Lager gekommen wär, dachte Elephteria, dann hätten wir uns bestimmt auch gefreut. Sie gingen den befestigten Weg zwischen den Baracken entlang.
Bald hatten sie sich zu Jowankas Baracke durchgefragt, gingen den halbdunklen Mittelgang entlang. Ab und zu öffnete sich irgendwo eine der Türen, jemand kam heraus, mit Waschzeug in der Hand oder einem Kochtopf und verschwand wieder in einer anderen Tür. Durch die dünnen Wände hörten sie Frauenstimmen, hörten Musik, Streitereien. Es roch muffig, als ob wochenlang nicht gelüftet worden wäre. Sie hatten Jowankas Zimmertüre erreicht. Gerda klopfte an. Kein Herein war zu hören. Sie drückte die Klinke und öffnete die Tür. Die Frauen traten ein. Links und rechts Etagenbetten, vier an der Zahl. Neben den Betten links und rechts stand für jede Zimmerbewohnerin ein grauer Metallspind. Alle waren mit Vorhängeschlössern abgesperrt. Kein Bild an den Wänden, keine Blumen am Fenster. Zu jedem Bett gehörte ein Stuhl. Peinliche Sauberkeit.
Nur ein Bett war belegt, Jowanka war zu Hause. Sie schlief. Die Frauen nahmen sich Stühle und setzten sich an das Bett. Sie flüsterten. Jowanka lag direkt am Fenster. Es zog. Obwohl die Fenster geschlossen waren, bewegten sich die vor der Scheibe an einer Kordel aufgehängten Strümpfe.
Nach ein paar Minuten kam die erste Zimmerbewohnerin von der Arbeit zurück, sagte teilnahmslos »Guten Tag« so wie man »Guten Tag« sagt, weil man halt »Guten Tag« sagt. Sie schloß ihren Spind auf, packte ihre Tasche aus und begann in den Fächern herumzukramen. Sie schlug die Türe wieder zu, drückte das Schnappschloß und ging.

»Wenn dat bei uns de ganze Tag so 'ne Krach wär, sääß ich schon in de Klappsmühl«, sagte Frieda.
»In Lage viel Krach«, sagte Elephteria.
»Macht doch erstmal en Kaffee und packt den Kuchen aus«, schlug Gerda vor.
»Wo soll ich denn Wasser warmmachen?« fragte Christa halblaut.
»In Küsche Wassa«, antwortete Elephteria.
Jowanka reckte sich. Sie drehte ihren Kopf von der Wand weg. »Elephteria?« fragte sie, als sie auch ihre anderen Kolleginnen entdeckt hatte, »wo kommt ihr denn her?«
»Wir wollen dich besuche un ens wisse, wat mit dir los war«, antwortete Frieda.
»Willste was Kaffee?« fragte Christa.
»Nee, nee, Kaffe is nix gut für meine Bauch, aber ihr alle Kaffee.«
Dann fragte Christa: »Du muß mir nur sagen, wie und wo, ich brauch en Wasserpott.«
Jowanka erklärte ihr den Weg zum Kochraum und gab ihr den Schlüssel für ihren Spind, damit die Kolleginnen Tassen herausholen konnten.
»Du trinks doch sons immer Kaffee«, sagte Frieda, »wat is denn los?«
»Doktor sage nix Kaffee, sonst ich ganz kaputt.«
»Aber wie is das denn gekommen mit dir«, fragte Gerda.
»Isch hab immer viel Arbeit, schwer Arbeit. Immer schlecht hier.« Sie deutete auf ihren Bauch. »Isch kann nix machen schwer Arbeit, sonst isch ganz kaputt. Immer nur Spritzdeckel mit Petrolio den ganze Tag, und ich krieg nur 4,20 in Stunde. Und sonst anda Leute, Männa machen leicht Arbeit und kriegen noch mehre Geld. Ich hab auch Vorarbeiter sagen, warum isch kriegen keine Gruppe drei Lohn, isch auch schwer Arbeit macha. Er sagen nur, ja klar, du kriegen 10 Pfennig mea für petrolio. Aber isch nix mehr zehn Pfennig jetzt, isch nix mehr Arbeit Petrolio. Ganze Tage immer Petrolio in Nase und isch schlechte hier an Bauch. Doktor geben Tablett un sagen, gleich wieda gut, du gehen an Arbeitsplatz. Isch gehen immer, wenn Doktor sage, aba jetz isch kann nix mea.«
Jowanka holte gerade Luft. Gerda wollte sie was fragen. Die Tür wurde aufgestoßen. Im Rahmen stand ein älterer Mann. Frieda kannte ihn. Es war Janke, ein Altgedienter, schon von Anfang an im Betrieb.
»Ach, hier sind Sie«, brüllte er gleich los, »was wollen Sie denn hier?« Er ließ die Frauen gar nicht zu Wort kommen. »Wie kommen Sie denn einfach dazu, das Betriebsgelände zu betreten? Sie haben das Schild am Eingang doch gesehen! Ich habe Sie dabei beobachtet. Hier Besuch zu empfangen ist untersagt! Und daran haben Sie sich zu halten, verstanden?« Gerda regte sich selten auf.

»Was soll denn das heißen?« fragte sie wütend. »Sie haben hier überhaupt nichts zu sagen! Wir sind hier nicht im KZ! Is das klar? Und jetzt machen Sie die Tür von draußen zu. Wiedersehen.« Damit hatte er nicht gerechnet. Die Frauen im Lager hatten bisher immer seine Anordnungen befolgt. »Wenn ihr nicht innerhalb von fünf Minuten hier raus seid, dann hole ich die Polizei! Das hier ist Firmengelände, und da ist Fremden der Zutritt untersagt!« »Nu beruhig dich mal Alterchen«, sagte Christa, wollte die Situation etwas entspannen. »Wir sind doch bloß hier, um die Kollegin zu besuchen. Wir arbeiten auch hier und darum sind wir morgen beim Betriebsrat! Is das klar! So läuft das hier nicht mehr weiter. Und jetzt holn Sie mal die Polizei.«
Janke warf wütend die Tür hinter sich zu. »Ich glaub, wir gehen vorsichtshalber«, schlug Frieda vor. Die Frauen verabschiedeten sich von ihrer Kollegin. »Keine Angst«, sagte Gerda, »wir kommen wieder.«

17

Nächster Morgen vor der Schicht. Umkleideraum.
Gerda berichtet den Kolleginnen vom Lager. Elephteria versucht zu übersetzen und fügt eigene Erfahrungen dazu. Unter den Zuhörern sind ein paar Griechinnen aus dem Lager. Sie hatten bisher nie was gesagt. Eine sagt über ihren Schlafplatz: »Viele, viele Musik, viele nix schlafen bis 12 Uhr, 2 Uhr, und dann muß aufstehen um 6 Uhr. Ich ein Auto kaufen, ich in Straße parken, besser schlafen in Auto!«
Eine zweite Griechin erzählt: »Ich in Deutschland in Laga 3 Jahre, muß aufstehe so früh 5 Uhr, dann ich arbeit auch Überstunde, ich wollte mal mein Freundin einladen, die von mein Dorf, aba nix dürfen, dann ich möchte Samstag lustig sein und tanz, aba isch oft keine Lust, zu viel Arbeit, nix schlafe, das nix gut.«
»Kolleginnen, hört mal zu«, unterbrach Gerda, »da scheint ja noch mehr anzuliegen, als wir gestern erfahren haben. Ich werd heute morgen zum Betriebsrat gehen, mich beschweren. In der Mittagspause sag ich Bescheid.«

»Morgen Kollegen«, begrüßte Gerda die Betriebsräte. »Ja was gibt's denn schon wieder? Wem ist denn heute ein Ohr abgebissen worden?« fragte ein Betriebsrat und lachte. »Kollege, lachen wirste gleich nicht mehr!«
»Wieso?«
»Gestern waren wir zu fünft hinten im Wohnheim und wollten ne kranke Kollegin aus unserer Abteilung besuchen.«
»Ja, und?«
»Bist du schon mal da gewesen?«
»Ja, vor ein – zwei Wochen.«

»Und was sagst du zu dem Schild?«
»Wat für ein Schild?«
»Was da neben dem Eingang hängt! Da, wo Betreten für Fremde verboten draufsteht, oder so ähnlich jedenfalls.«
»Ach das, ja das kenn ich, und was ist damit?«
»Du kennst das und sagst da einfach ›und‹?«
»Kollegin, nu beruhig dich erstmal. Ich hab gehört, was da gestern los war. Janke hat heute morgen schon beim Chef angerufen und Bescheid gesagt.«
»Und da unternehmt ihr nichts?«
Er wurde förmlich: »Also so wie Janke das dargestellt hat, und ich bin sicher, daß es so war, bin ich mit der Geschäftsführung einer Meinung. Weißt du, früher, da gab es Besuchszeit, und die war überhaupt nich beschränkt. Es hieß nur, daß Besucher um zehn Uhr gehen müßten. Und was ist passiert? Das will ich dir gleich sagen. Mit dieser freiheitlichen Regel haben wir schlechte Erfahrungen gemacht. Da wurden von den Frauen nämlich nicht nur Frauen als Besucher gesehen, sondern auch Männer, die blieben sogar über Nacht. Das mußte natürlich geändert werden, das siehst du ja wohl ein. Darum geht es jetzt so, wenn Besucher in das Wohnheim wollen, dann können sie das in Ausnahmefällen tun. Sie brauchen nur zum Personalchef zu gehen und sich einen speziellen Passierschein ausstellen zu lassen. Aber nur für Frauen. Männer dürfen da nicht rein.«
Gerda hörte ihm nicht länger zu, sie sagte kurz: »Ich glaube, hier habe ich nichts mehr verloren.« Wütend warf sie die Türe hinter sich zu.

Noch vor der Sirene zur Mittagspause war Gerda wieder in der Abteilung. Die Frauen trafen sich auf dem Klo.
»Sag dat nochmal!«
»Ja, der sagte doch tatsächlich zu mir, das wär schon in Ordnung, so wie die Zustände da hinten sind.«
»Jetzt is et aber aus. Dat will ich dir sagen. Bei dem kannste ja vor die Hunde gehen, und der sagt du bist selber schuld. Also Kollejinne, hier müsse mer endlich mal wat unternehme.«
»Ja, das nix gut Betriebsrat«, sagte Elephteria, »wir machen weg Betriebsrat.«
»Das ist schneller gesagt als getan, da müssen wir schon bis zur nächsten Wahl warten«, sagte Gerda, »aber ich fahr nachher zur IG Metall und red mit den Kollegen!«
»Wie wäre et denn hiermit«, Frieda hatte einen Vorschlag. »Heut morje habt ihr ja jemerkt, wie sauer die Kolleginne ware. Besonders die Ausländerinnen! Et jeht also nich zuers um uns paar Deutsche, die mer noch he sind, et jeht um die ausländischen Kolleginne.«
»Ich versteh nich, wat du willst?« sagte Christa. Dann Frieda: »Is

50

doch klar. Mit uns is dat doch klar. Wir beschweren uns.«
»Das nix gut«, entgegnete Elephteria, »wir nix viel.«
»Wir müssen die Unterstützung von die Ausländerinnen in der Abteilung kriegen!« erklärte Frieda weiter. »Dat heißt, wenn wir aus unserer Abteilung die Kolleginnen rumkriegen, dat die mitmachen, dann geht sich morgen die ganze Abteilung beschweren.«
»Gar nich schlecht«, sagte Christa, »die, die han doch sowieso all en Stinkwut auf de Baracke und de alten Janke. Auf jeden Fall wegen dem Dreyer und seiner Arschkriecherbrigade.«
Die Frauen lachten.
»Das muß aber gut organisiert werden«, sagte Gerda, »ich bin heut nachmittag nicht da, wegen der Besprechung im Gewerkschaftshaus.«
»Dat is nicht schlimm«, sagte Frieda, »wichtig is, dat die Kolleginnen informiert werden, wir sollten da nix zu schnell machen. Wenn wir heute schon rumerzählen, was wir machen wollen, dann is morgen früh oben alles bekannt.«
»Gut, die paar Deutschen, die können wir natürlich informieren, dat geht schnell«, sagte Christa, »aber die anderen, was is mit denne, ich kann kein Wörtchen griechisch oder so«, sie drehte sich zu Elephteria.
»Kollegin, du, wie wäre et denn mit disch?«
Elephteria sah Christa an. »Nix verstehn«, sagte sie dann.
»Nu komm von wejen du nix verstehn. Du verstehn janz jenau. Brauchs ja nich so zo donn, hier von wegen – nix capito«, sagte Frieda dann.
»Also Elephteria, nu fang nicht an zu kneifen«, unterstützte Gerda Frieda, »du bist die einzige, die wir hier in der Abteilung von den Ausländerinnen gut kennen. Du hast gute Kontakte zu deinen Landsleuten und bist außerdem schon länger als ein paar Wochen hier.«
»Isch nix wisse was tun!« wehrte sie ab.
Gerda versuchte Elephteria zu überzeugen: »Du sollst den Griechinnen in der Abteilung erzählen, was wir gestern erlebt haben, denen sagen, daß ich mich beschwert hab und der Betriebsrat nichts machen will. Du mußt nur aufpassen, daß der Dreyer und die Meister nix merken.«
»Isch haben Angst.«
Gerda legte die Hand auf Elephterias Schulter: »Du brauchst keine Angst zu haben. Das steht im Gesetz, daß wir uns beim Betriebsrat beschweren dürfen. Und es steht nix davon drin, daß nur zwei oder drei das machen dürfen.« Elephteria hatte viele schlechte Erfahrungen gesammelt, im Lager, in der Fabrik. Ihre Erfahrungen waren die von vielen, das wußte sie. »Ja, isch sage Kollega.«

18

Der Wecker klingelte sie aus dem Schlaf. Elephteria stand zuerst auf und wusch sich. Als Dimitrios vom Klo auf der zweiten Etage zurückkam, war sein Kaffee nicht fertig.
»Wo ist denn der Kaffee?« fragte er seine Frau, die er im Nebenzimmer vermutete. Keine Antwort. Er ging nach nebenan, fand sie wieder im Bett.
»Was ist denn mit dir los?« fragte er gereizt, »warum ist der Kaffee noch nicht fertig?«
Er schwieg einen Moment, um ihr Zeit zu lassen, aufzustehen.
»Und wann willst du im Betrieb sein? Ist jetzt schon das zweite Mal, daß du dich morgens wieder ins Bett legst.«
»Daß ich schwanger bin, hast du wohl vergessen, wie?« fragte Elephteria.
»Nein, hab ich nicht«, erwiderte er patzig, »das ist aber kein Grund, mich so auf dem Trockenen sitzen zu lassen, du hättest wenigstens Kaffeewasser aufsetzen können!«
Als sie nun doch aufstand, wurde ihr wieder schwindelig. Ihr Bauch war durch Kleider nicht mehr zu verbergen. Siebter Monat. Vielleicht liegt es daran, daß er so gereizt ist, dachte Elephteria, als sie in den Spiegel sah. Ne Schönheit bin ich nicht mehr. Und nichts klappt mehr richtig. Ich schaffs einfach nicht. Er könnte wirklich ein bißchen Verständnis aufbringen! Sie setzte Wasser auf. Dann machte sie sich auf den Weg zum Klo. Besetzt. Sie benutzten es nicht als einzige. Da waren noch Krauses aus der zweiten Etage. Elephteria mußte warten. Wieder Schwindel. Sie lehnte sich gegen die Wand. Endlich. Die Wasserspülung wurde gezogen. Krause machte frei. Tatsächlich hatte Dimitrios Kaffee aufgebrüht, als sie wieder nach oben kam. Sie nahmen die gleiche Bahn. 26 E. Der alte Waggon schüttelte beide durch. Trotzdem fuhr Elephteria gern damit, fühlte sich hier wohler als in den vollautomatischen.

Sie dachte »Betriebsrat«, und ihr fielen die Lebensmittel ein, die sie dort noch kaufen wollte, drehte sich zu ihrem Mann, wollte ihn fragen. Seine Augen hingen an einer jüngeren Blonden mit vollem Busen.
Ich krieg ein Kind von ihm, und er sieht sich nach anderen Frauen um, dachte sie, »ich bin dir wohl nicht mehr gut genug , mit meinem dicken Bauch«, sagte sie, stieß ihn an. Er zuckte zusammen, erschrak.
»Wie, ach ... nein, ich hab aus dem Fenster gesehen –«, versuchte er sie zu trösten, obwohl er genau wußte, daß ihr Vorwurf stimmte. Trotzdem, gar nicht schlecht, die Kleine, dachte er dann. Elephteria reagierte gereizt: »Geh doch gleich hin zu ihr. Vielleicht hat sie Zeit für dich.«
»Was willst du eigentlich?« Dimitrios war wütend, »stänkerst den ganzen Morgen schon rum.«

»Kaiser.«
Sie drängten sich zum Ausgang.
Elephteria wollte ihn noch fragen, was sie für ihn vom Betriebsrat mitbringen sollte, da war er nach einem kurzen »Wiedersehn« schon gegangen.
Er benutzte den Seiteneingang, sie ging jeden Morgen durch das Haupttor.
Elephteria ging in Richtung Fabrik. Von weitem sah sie einige Kolleginnen vor dem Tor Blätter verteilen.
»Guten Tagg, Gerda«, begrüßte sie ihre Kollegin, »was du machen?«
Sie antwortete nicht sofort, sondern fragte Elephteria: »Habt ihr gestern überall Bescheid gesagt?«
»Ja, ja, wir alle sage von Lager und Betribbsrat«, antwortete Elephteria, »Meista nix merke.«
Sie deutete auf die Flugblätter in Gerdas Hand: »Was dies?«
»Flugblätter. Da steht alles Wichtige drin. Die haben wir gestern noch gedruckt bei der Gewerkschaft, damit alle Kollegen informiert werden können«, erklärte Gerda, »hier hast du nen Packen und verteile mit, dann kriegen wir den Rest noch vor Beginn der Schicht weg.«

Gibt es noch Leibeigene?
Liebe Kolleginnen und Kollegen. Sie werden sicher erstaunt sein, daß wir diese Frage im zwanzigsten Jahrhundert, im Zeitalter der Mondflüge, stellen. Aber folgende Begebenheit gibt berechtigten Anlaß zu dieser Fragestellung:
Am Montag, dem 13. September, bat die IG Metall den Betriebsrat der Firma Zierberg, bei der Werksleitung einen Passierschein zu beantragen, um zwei Beauftragten der IG Metall den Zutritt zum Wohnheim der Kolleginnen aus Jugoslawien zu ermöglichen. Die telefonische Nachricht besagte, der Personalchef könne ohne den Werksleiter nicht entscheiden. Daraufhin erbat am Mittwoch, dem 15. September, der 1. Bevollmächtigte der IG Metall telefonisch bei der Personalabteilung solch einen Passierschein. Im Laufe des Tages erhielt dieser durch den Betriebsrat die Nachricht, ein Besuch im Wohnheim sei möglich, aber der Werksleiter habe entschieden, der Personalchef werde dabei sein! Die IG Metall möge das nicht als Mißtrauensvotum betrachten. Da der Personalchef in Terminnot stehe, könne kein verbindliches Datum für den Besuch im Wohnheim genannt werden!
Einen Besuch mit dem Beauftragten des Werksleiters lehnt die IG Metall ab!
Durch zwischenstaatliches Abkommen – Jugoslawien und

Bundesrepublik Deutschland – ist festgelegt, daß Arbeitnehmer aus Jugoslawien unter gleichen rechtlichen Verhältnissen arbeiten wie deutsche Arbeitnehmer. Dem deutschen Arbeitnehmer ist nach Artikel 13 des Grundgesetzes die Unverletzlichkeit der Wohnung garantiert. Das heißt, der deutsche Arbeitnehmer kann ohne jegliche Beschränkung Besucher in seiner Wohnung empfangen. Dieses selbstverständliche Recht wird den Kolleginnen aus Jugoslawien verwehrt. Sie haben von der Firma Zierberg Wohnräume gemietet. An Miete zahlen sie 60,– DM im Monat. Sie bewohnen in der Regel mit drei Personen ein Zimmer. Trotz dieses Mietvertrages müssen Besucher Passierscheine beim Betreten des Wohnheimes vorzeigen. Diese Passierscheine aber stellt die Werksleitung aus! Der Werksleiter oder dessen Beauftragte legen also fest, wer dieses Wohnheim betreten darf oder nicht!
Wird hier nicht ein Recht praktiziert, daß im 19. Jahrhundert noch üblich war? Also zu einer Zeit, als es noch Leibeigene gab!
Deshalb stellen wir die Frage: »Gibt es in der Firma Zierberg noch Leibeigene?«

Mit freundlichen Grüßen
1. Bevollmächtigter

Elephteria nahm einen Schwung Flugblätter und begann sie unter die Kollegen zu verteilen.
»Isch nix capito«, winkte einer ab.
Den Blättern waren auch verschiedene Übersetzungen angeheftet.
»Du nehme Blatt«, rief sie ihren Kollegen nach, »auch Griechenland und Italia.«
Kurz vor sieben kam Dreyer vorbei. »Na«, fragte er, »wat habt ihr denn da?«
Gerda erklärte kurz. »Na, dann gib mir mal den Rest her. Isch verteil die dann drin im Betrieb.«
Die Frauen sahen sich verdutzt an. Dreyer und Flugblätter der Gewerkschaft verteilen! »Im Betrieb? Das ist doch wohl nicht möglich«, sagte Frieda.
Auf dem Weg zur Schicht kam Braunschweiger entgegen.
»Wer hat denn dem Dreyer die Flugblätter gegeben?«
»Wir«, antwortete Gerda erstaunt, »warum?«
»Ich hab den eben mit dem Packen am Papierkorb vor dem Pförtnerhäuschen gesehen, wie er die Blätter einzeln zerrissen hat.«

19

Für Dreyer war es ein Tag wie jeder andere. Er bemerkte nichts. Die Frauen hielten dicht. Keine besonderen Vorkommnisse. Wie immer fielen ihm die Frauen auf, die zum Klo gingen. Er hinterher, trieb sie an die Arbeitsplätze zurück. Es ärgerte ihn, daß sein Vorschlag noch nicht angenommen war. Vor Wochen hatte er schon beantragt, die Türen der Klokabinen auszuhängen, um eine bessere Kontrolle zu ermöglichen.
Die vom Betriebsrat sind ja endlich wach jeworde, dachte er und erinnerte die letzte Betriebsversammlung. Bensen hatte da die Kolleginnen ermahnt:
›Leider finden es einige Kolleginnen schön, trotz schriftlicher und mündlicher Ermahnungen, auf den Damentoiletten tagtäglich regelrecht Versammlungen abzuhalten. Um diesem Übel abzuhelfen, sind wir vom Betriebsrat gezwungen, schärfer durchzugreifen, wie wir es ja schon durch den Aushang angekündigt haben. Trotzdem haben einige Kolleginnen noch das Bedürfnis, sich mit drei oder vier in einer Toilette einzuschließen, um dort Gespräche weiterzuführen. Wir wollen unsere Rechte, wenn es eben geht, alle nützen. Wir müssen uns aber bewußt sein, daß wir auch Pflichten haben.‹
Kurz nach halb vier holte Dreyer sich seine Schnäpschen, ein paar Arbeiterinnen standen auf, machten Pause, rauchten.
Elephteria wurden die Knie weich, als sie auch von ihrem Stuhl herunterkletterte. Sie zündete sich eine Zigarette an. Ihre Hände zitterten. Nach dem ersten Zug warf sie sie wieder weg.
Mit Gebrüll kam Dreyer an. »Setz dich hin, du faule Schlampe, meins wohl, könntes hier der janze Tag blau machen wat?«
Weiter kam er nicht. Neben Elephteria, hinter ihr, den ganzen Arbeitsablauf entlang standen die anderen Frauen auf, stellten ihre Arbeit ein. Erst ein paar, dann immer mehr.
Dreyer dachte, er sähe nicht richtig.
Wo sollte er zuerst hinlaufen? Überall standen die Frauen wie ein Mann. Die Arbeit blieb liegen. »Los! Los! An die Arbeit mit euch! Wat is denn los? Setzt euch wieder hin, et is doch noch kein Feierabend!«
Er rannte zum Meister, versuchte die anderen Vorarbeiter, Einrichter und Kontrolleure zusammenzutrommeln.
Kaum war er weg, drehten die Frauen sich um und gingen an den leeren Stuhlreihen vorbei Richtung Ausgang.
Dreyer rannte zurück.
»Wo wollt ihr denn hin?« fuhr er sie an. Dreyer merkte, daß er mit seinem Gepoltere die Frauen nicht einschüchtern konnte. Auch ein paar seiner ›Liebchen‹ hatten sich den anderen angeschlossen.
Gerda stand vor Dreyer, klärte ihn auf: »Wir gehen zum Betriebsrat, uns beschweren.« Mehr sagte sie ihm nicht. Wat braucht der den Grund zu erfahren, dachte sie.

»Nu bleibt doch hier, macht keine Schwierigkeiten, die Angelegenheit wird bestimmt geregelt!« Dreyer versuchte unbeholfen die Frauen zu beruhigen. Er rannte an ihnen vorbei, wollte als erster am Hallenausgang sein, stellte sich den Frauen in den Weg, versuchte nochmal sie aufzuhalten. »Laßt euch doch nicht aufhetzen, dat stimmt alles gar nich, was euch da eingetrichtert wird!« Vergeblich. Sie schoben ihn einfach zur Seite. Wollten auf den Hof.
Aber Lindner, der Produktionsleiter, war plötzlich da. Sie bleiben stehen.
»Meine Damen, wo solls denn hingehen?« fragte er. Gerda erklärte. Er: »Meine Damen, wir werden das regeln. Nehmen Sie bitte die Arbeit wieder auf. Ich werde persönlich den Betriebsrat benachrichtigen und den Vorsitzenden herrufen.«
»Nee, nee, Herr Lindner«, erwiderte Gerda, »das machen wir nicht. Wenn wir erstmal sitzen, dann braucht Bensen bis hierhin doch ein paar Wochen, wenn er überhaupt noch kommt.«
Lindner wandte sich jetzt den Frauen zu, sprach sie an. Frieda stieß Gerda an den Arm, flüsterte: »Jerda, bei uns do hinge wolle en paar awhaue. Als die der Lindner jesinn han, han die jesagt, nä, mer jon ob der Klo.«
Frieda ging wieder zurück zu Elephteria, damit sich nicht noch mehr absetzten.
»Ich bitte Sie darum, die Arbeit unverzüglich wieder aufzunehmen«, forderte Lindner, als Gerda ihm wieder zuhörte.
Bevor wir hinterher hier mit ein paar Männecken dastehen, dachte sie, is es besser... Dann zu Lindner: »Gut, Herr Lindner, wir warten hier auf Bensen. Wenn er kommt und wir mit ihm gesprochen haben, dann sind die Kolleginnen auch bereit weiterzuarbeiten.«
Er nickte. »Herr Dreyer, kommen sie mal bitte.« Dreyer drängte sich durch die Frauen nach vorn. »Seien Sie so nett und gehen Sie zum Betriebsrat. Sagen Sie Bescheid, Herr Bensen möchte herkommen.«
Gerda grinste, als Dreyer geschickt wurde. Wat der flitzen kann, dachte sie.
Die Frauen standen in kleinen Gruppen am Ausgang, diskutierten aufgeregt, warteten.
Gerda sah nach hinten. Sind doch mehr als die Frieda gesagt hat. Haben sich nur die Kneifer verdrückt, wie immer.
Lindner unterhielt sich mit zwei Meistern.
Dreyer kam mit Bensen zurück.
»Was ist denn los? Was gibts denn?« fragte Bensen die Frauen. »Ihr könnt doch nich so einfach den Arbeitsplatz verlassen. Is ja fast ein wilder Streik, was ihr hier macht.«
»Nein, Kollege Bensen, das hier ist eine Beschwerdeaktion«, verbesserte ihn Gerda. Zu ihren Kolleginnen: »Seid doch mal nen

Augenblick ruhig Kolleginnen! Ich kann eure Wut ja verstehen, laßt mich aber mal was sagen.« Sie drehte sich wieder zu Bensen.
»Weißt du, Kollege Bensen, die Kolleginnen, die wollen sich wegen der Zustände im Wohnheim hinter dem Betrieb beschweren.«
»Aber wieso bei mir? Ich bin doch gar nicht zuständig.«
»Komisch, Kollege Bensen. Als ich gestern bei dir war, hast du ganz anders gesprochen. Da hast du die Verhältnisse, unter denen viele Kolleginnen leben müssen, die hast du noch gut gefunden.«
Pfiffe. Buhrufe.
»Das hast du mißverstanden. So war das nicht gemeint.« Er versuchte sich herauszureden.
Gerda wurde wütend. »Kollege, wann hast du denn schon mal wat für uns jetan! Jeschlafen haste. Jawohl, jeschlafen, alle wie ihr daseid im Betriebsrat! Un wejen der Baracken da wird jetz wat jemacht! Is dat klar?!«
»Soll ich die Dinger denn abreißen?«
»Das auch, aber du sollst oben mal fragen, wat die sich dabei gedacht haben. Da is et ja schlimmer wie im KZ.«
»Nu mal halblang, Kollegin! KZ is ja wohl en bißchen stark, wat?«
Gerda ging darauf nicht ein, sagte statt dessen: »Gut, aber setzt ihr vom Betriebsrat euch mit denen von da oben in Verbindung. Eure Kontakte sind doch so gut!« Die Frauen lachten. »Sagt denen, was wir wollen! Die Zustände da müssen geändert werden!«
»Beruhigt euch erstmal, geht an die Arbeitsplätze zurück, und dann werden wir weitersehen.«
»Nee, Kollege, erst rufst du bei der Geschäftsführung an und sagst eben Bescheid.«

Im Gespräch mit dem Juniorchef spielte Bensen die Aktion der Frauen herunter.
Gerda und Elephteria standen wütend neben seinem Schreibtisch, wie er telefonierte. »Jawohl, arbeiten wieder.«
Den jungen Zierberg konnten sie nicht verstehen.
»Ach, das sind nur einige Unstimmigkeiten in einer Abteilung, nur ein Mißverständnis, aber das wird schon geregelt.«
Gerda hielt sich nicht mehr zurück. Für Zierberg junior am anderen Ende sagte sie laut und deutlich: »Es geht hier um die KZ-Baracken hinter dem Betrieb und nicht um irgendwelche Kleinigkeiten, wie Bensen sagt!«
Dem Betriebsratsvorsitzenden fiel fast der Hörer aus der Hand. Er flüsterte kurz: »Ich rufe später zurück«, ins Mikrophon und unterbrach die Leitung.
»Wat soll dat denn heeße?« Er war wütend.
»Ganz einfach, wenn du denen da oben irgendwat verzellst, dann

dürfen wir doch wat dazu sagen, oder? Außerdem, damit dat gleich klar ist, wir gehen hier nicht eher weg, bis sich was getan hat!«
Bensen rief wieder beim Junior an, führte ein längeres Gespräch mit ihm.

»Na, was ist nu?« fragte Gerda. Bensen hatte den Hörer aufgelegt.
»Die Geschäftsleitung wird auf die Wünsche der Belegschaft eingehen. Das hat der Junior gerade bestätigt.«
»Nee, nee, wir lassen uns nicht verschaukeln. Gib uns das schriftlich. Mach nen Aushang am Schwarzen Brett.«

Der Aushang war ein erster Schritt. Bisher war der Betriebsrat Briefträger der Geschäftsführung gewesen, hatte ihre Entscheidungen nach unten weitergegeben, ohne viel Widerspruch.
Jetzt stand zum ersten Mal was über Verhandlungen am Schwarzen Brett, und die Arbeiterinnen wußten, ohne ihre Initiative wäre es nicht dazu gekommen.
In der folgenden Zeit gingen sie öfter ans Brett, wollten Neuigkeiten über die Verhandlungen erfahren. Aber die Gespräche zogen sich in die Länge. Termine wurden hinausgezögert. Oder vertagt. Als nach Wochen immer noch kein Ergebnis vorlag, wandten sich die Frauen an die Öffentlichkeit.
Rundfunk, Fernsehen und Zeitungen wurden informiert.

Eines Morgens brachte Gerda einen Zeitungsartikel mit in die Abteilung, wollte ihn rundgehen lassen.
»Lies doch vor«, sagte Frieda, »dann haben alle was von.«
»Die Gastarbeiterinnen sind auf dem Werksgelände untergebracht, je vier Frauen auf einem Zimmer. Für diese Unterkünfte werden ihnen pro Person monatlich sechzig Mark einbehalten. Obschon nach unserer Rechtsprechung sittenwidrig, ist den Arbeiterinnen jeder Besuch generell untersagt.«

Der Rundfunk berichtete. Leider konnten die Frauen die Sendung nicht hören. Sie wurde nachmittags, während der Arbeitszeit ausgestrahlt. Jedenfalls, die Frauen hatten Erfolg. Unter dem Druck der öffentlichen Meinung mußte das Lager geschlossen werden.
Die Bewohnerinnen wurden in einem von der Firma gemieteten Hotel untergebracht. Die diskriminierenden Beschränkungen blieben.

20

Sie hielten an der Ampel, bogen bei grün in die Batteriestraße ein. Wenn sie zur gleichen Zeit Schluß hatten, nahm Jupp seinen Kollegen von der Fabrik aus mit bis Ecke Hafenstraße.

»Steig schnell aus, sonst gibt et wieder en Hupkonzert«, sagte Jupp.
»Tschüss!« Dimitrios ging in die Rheintorstraße. Es war fast sieben. Die Leute in der Straße hatten Holzpflöckchen unter die Haustüren geschoben, hielten so die Türen auf. Aus den Wohnungen, den Kellern holten sie alte Tische, Stühle, Sessel, Sofas und stellten sie auf den Bürgersteig. Auch abgelaufene Teppiche, gebündelte Zeitungen und große Papiertüten, massenhaft Pappkartons.
Er wußte Bescheid. Am nächsten Morgen war Sperrgutabfuhr. Manchmal waren unter den Sachen, die andere als Gerümpel wegwarfen, noch brauchbare Schränke oder Stühle. Eine gute Gelegenheit, sich am Abend nach einem Kinderbettchen umzusehen. Vor drei oder vier Wochen erst hatte er einen schweren, gemütlichen Ledersessel auf der Breitestraße gefunden. Der hatte zwar im Regen gestanden, aber getrocknet war er noch gut zu gebrauchen.
Viele seiner ausländischen Kollegen, aber auch Deutsche suchten sich im Sperrgut die Einrichtung für ihre Wohnungen zusammen. Neue Möbel waren zu teuer.

Je näher er der Altstadt kam, desto grauer wurden die Häuserfronten, die Dächer. Es roch muffig, nach abgerissenen Häusern. Als er in ›seine‹ Straße einbog, sah er, woher der unangenehme Geruch kam. Während des Tages hatten Bagger das ›Centro Espagnol‹, einen Uraltbau Salzgasse Ecke Glockhammer, abgerissen. So wie das ›Centro‹ ganz in seiner Nähe, verschwanden mit der Zeit immer mehr Häuser. Erst wurden die alten Häuser niedergerissen und dann, nach ein, zwei Jahren, standen Neubauten da, mit neuen, deutschen Bewohnern. Manche Kollegen, Ausländer wie er, hatten vorher in den Altbauten gewohnt und waren dann vor dem Abbruch in andere billige Unterkünfte gezogen. Die Wohnungen in den neuen Häusern waren zu teuer für sie.
Gegen zehn wollte er los. Durch die angelehnten Fenster der Wohnung hörte er Regenwasser aus der Dachrinne auf den Gehsteig klatschen. Durch die verstopften Rohre floß es nicht mehr ab.
»Wart doch, bis der Regen aufhört«, sagte Elephteria, »sonst hast du nachher wieder ne Erkältung.«
»Wenn ich zu spät geh, ist das Beste weg, und ich finde kein Bett.«
Er nahm seinen Mantel, zog ihn über, ging.
Auf dem Weg zum Hammtorplatz sah er eine Polizeistreife, die gerade mit ihrem VW in die Büttgerstraße einbog. Er ging nach rechts in die Sebastianusstraße.
Mit der Polizei wollte er nichts zu tun haben.
Streifenwagen fuhren an den Abenden vor der Sperrgutabfuhr

durch die Straßen, wollten verhindern, daß Fremde die abgestellten Möbel oder Teppiche mitnahmen. Er war einmal dabei von einer Streife erwischt worden, hatte Bußgeld zahlen müssen. Damals hatte er erfahren, daß Sperrgut, sobald es auf dem Bürgersteig steht, städtisches Eigentum ist.
Es regnete immer noch. Außer den Taxifahrern, die an der Ecke auf Kundschaft warteten, war niemand auf der Straße. Gegenüber dem Taxistand, der erste große Sperrguthaufen. Er begann zu suchen. Scheinbar hatte jemand eine Waschmaschine oder einen Elektroherd gekauft, außer Pappe und Styrophor fand er nichts. Erst kurz hinter dem Landestheater hatte er Glück. Eingeklemmt zwischen einem ausgebrannten Kohleofen und einem verdreckten Holzkasten fand er vier Seitenteile eines Kinderbettes, leider ohne Matratzenrost.
Die Teile waren schnell mit einer Kordel zusammengebunden. Er nahm das Bündel unter den Arm und versteckte es in den Büschen um die Kirche an der Breitestraße. Weil er ein Lattenrost für die Matratze brauchte, suchte er weiter. Ihm fiel ein, daß er am Anfang in der Sebastianusstraße ein Rost mit zwei zerbrochenen Latten gesehen hatte.
Das läßt sich schnell machen, überlegte er, ging zurück. Unterwegs traf er Rashi mit seinem Caravan. Er hatte früher in der Salzgasse gewohnt. Rashi war auf Fahrräder spezialisiert. Mit seinem Wagen fuhr er die einzelnen Bezirke ab, suchte alte Fahrräder, Fahrradrahmen oder Einzelteile. Zu Hause baute er daraus neue Räder zusammen und verkaufte sie an Kollegen.
Die beiden wechselten ein paar Worte, trennten sich wieder.
Dimitrios hatte Glück. Das Lattenrost war noch da. Er mußte aber erst noch einige Bretter und Müllsäcke runterstellen.
Plötzlich: Schreck, Polizei. Er ließ das Rost fallen, ging schnell auf eine Haustüre zu, drückte die Tür auf und rein.
Eine Streife kam langsam die Straße heruntergefahren.
Er wartete drin, bis der Wagen vorbei war, dann, draußen, nahm er die Latten unter den Arm und ging erleichtert in Richtung Breitestraße. Er war schon auf dem Rückweg. Wieder Polizei! Dimitrios war völlig überrascht, stellte sein Bündel schnell an Sperrgut, duckte sich in einen abgestellten Kleiderschrank, bis der VW vorbei war.
Jetzt kommen die bestimmt nicht mehr, beruhigte er sich, sind noch nie dreimal dieselbe Straße gefahren.
Elephteria war froh, daß er ein Kinderbett gefunden hatte. Sie hatte ihm schon einen Retsina zum Aufwärmen hingestellt. Richtig warm aber wurde er erst bei ihr im Bett.

21

Elephteria hatte zwei Konservendosen geöffnet und kochte das Abendessen. Dimitrios schlief nebenan.
»Dimitrios! Dimitrios!«
Aus dem Nebenzimmer hörte sie ihren Mann brummen. Die Sprungfedern quietschten, als er sich aus dem Sessel erhob. Er kam zu ihr in den Nebenraum, den sie im Laufe der Zeit zu einer Wohnküche gemacht hatte.
Verschlafen fragte er: »Was ist? Mußt du mich unbedingt wecken?«
»Vorn hat jemand an die Speichertür geklopft. Du hast bestimmt wieder den Schlüssel stecken lassen, und jetzt kann Frau Bienefeld nicht rein und ihre Wäsche aufhängen.«
Dimitrios schlug die Zimmertür hinter sich zu, ärgerlich, daß er aus dem Schlaf gerissen worden war. Er duckte sich, wegen den Wäscheleinen, die vor der Tür quer über den ganzen Speicher gespannt waren. Er ging den schmalen Korridor entlang, der Putz blätterte von den Wänden, und bei jedem Schritt knarrten die Bodendielen. Er drehte den Schlüssel, zog ihn ab, öffnete die Tür.
Er wollte sich gerade entschuldigen, als er sah, daß nicht Krauses Tochter, Frau Bienefeld, draußen stand, sondern Frau Huthmacher, die Hauseigentümerin.
»Gute Abend, bitte kommen rein für Tasse Kaffee.«
»Nein danke, ich wollte nicht lange stören, nur kurz fragen, wann das Baby kommt.«
»Eine oda zwei Monat, dann Baby da.«
»Und wann ziehen Sie aus?«
»Nix verstehe.«
»Ich dachte, Sie wüßten Bescheid. Wenn Ihr Baby da ist, dann müssen Sie sich nach einer anderen Wohnung umsehen.«
»Nix versteh, was tun, wenn Baby hier?«
»Wenn Baby hier – verstehn?«
»Ja.«
»Also, wenn Baby hier, dann du und Frau raus aus Wohnung.«
»Wir hier rausgehen, wenn Baby da?«
»Ja.«
»Warum, wenn kleine Kind hier?«
»Ich habe die Wohnung damals an ein kinderloses Ehepaar vermietet, also müssen Sie raus, wenn das Kind da ist.«
»Das nix gut. Wo wir gehen mit kleine Kind. Wir nix neue Wohnung kriege. Hier gute Wohnung.«
»Das ist mir gleich, sehen Sie sich bitte nach einer anderen Wohnung um, ich habe schon neue Mieter da für die Zimmer.«
Sie drehte sich um und ließ Dimitrios im Türrahmen stehen. Er hörte noch, wie sie die knarrenden Treppenstufen runterging und ihre Wohnungstüre ins Schloß fiel. Er schlug die Speichertüre zu, daß der Putz aus dem Rahmen rieselte.

»Soweit kommt das noch, daß die uns auf die Straße setzt, wenn das Baby da ist«, sagte er zu Elephteria, »wie sollen wir mit Kind an eine andere Wohnung kommen? Wir haben immer getan, was sie wollte! Die Miete hat sie pünktlich gekriegt, wir haben keinen Krach gemacht. Das steht fest, rauswerfen lassen wir uns nicht! Soll sie doch mit der Polizei kommen.«

Nach dem Abendessen ging er ins Café. Wie immer. Elephteria blieb zu Hause. Wie immer.

22

Anna war erst drei Tage alt. Als Dimitrios seine Frau im Krankenhaus besuchen wollte, schlief sie.
»Hier, das hat Ihre Frau aufgeschrieben, der Doktor hat ihr gesagt, das braucht sie.«
Das Baby war unerwartet vierzehn Tage zu früh gekommen, und Elephteria hatte keine Zeit mehr gehabt, alle notwendigen Sachen zu besorgen.

Dimitrios ging zum Kaufhaus an der Ecke. Die Abteilung, die er suchte, lag links vom Eingang im Erdgeschoß.
Er ging an den Verkaufsständen entlang, wollte sich selber helfen und nicht fragen. Vorne zum Aufmachen, mit Haken dran, stand auf dem Zettel, damit das Baby gefüttert werden kann. Aber er fand nicht, was er suchte. Er sah sich um. Bin wirklich der einzige Mann hier. Das hätte sie auch selber machen können.
»Kann ich Ihnen helfen?«
Am liebsten hätte er der Verkäuferin den Zettel gegeben und nichts gesagt, aber sie konnte ja kein griechisch. Er schluckte, wurde rot. »Isch, eh, isch für mein Frau mit Baby in Hospital, kaufen hier.« Er legte sich die Hände auf die Brust. »Für Baby trinken.«
»Achso, nen Stillbüstenhalter wollen Sie.«
Sie zog eine Schublade auf und holte eine Pappschachtel heraus, packte sie ein. »Sonst noch was?« – »Papier.« – »Papier?« – »Papier für Frau, weich Papier, für wo Baby rauskommt.« Binden bekam er und dann kaufte er noch ein Nachthemd. Er ging den Zettel nochmal durch: alles. Er war erleichtert.
Mit der Rolltreppe fuhr er in die Spielwarenabteilung. Auf jeden Fall mußte er noch was für Anna mitnehmen.
Autos, Gesellschaftsspiele, Eisenbahn, Roller. Er sah sich um, erstand schließlich eine Puppe.

23

Nach der Geburt acht Wochen Mutterschutz. Elephteria brauchte nicht zur Arbeit in die Fabrik. Allmählich gewöhnte sie sich an den Rhythmus, der ihr durch das Kind aufgezwungen wurde.
Alle vier Stunden wachte die kleine Anna auf, wurde trockengelegt, gefüttert. Zwischendurch ging Elephteria einkaufen, meist bei Albrecht oder bei Chrissoverci, Ecke Münsterstraße.
Die Kleine war schon fast drei Wochen zu Hause. Elephteria bereitete gerade die Abendmahlzeit zu. Das Mädchen schlief noch.
Auf einmal ging die Lampe aus, im Nebenzimmer wurde der Fernseher dunkel. Der Strom war wieder weg. Dimitrios tastete sich von Stuhl zu Stuhl, dann zur Tür in die Wohnküche.
»Ich geh mal runter und seh nach, was los ist«, sagte er und ging über den Boden zum Treppenhaus. Er duckte sich, um nicht an den Wäscheleinen hängenzubleiben, vergaß dabei aber den Balken, der schräg durch den Raum nach oben das Dach abstützte.
Elephteria hörte den dumpfen Schlag. Ihr Mann fluchte.
»Ist was passiert?«
»Hast du doch gehört, bin gegen den scheiß Balken gelaufen!«
Weder auf dem Speicher noch im Treppenhaus brannte Licht.
»Elephteria, hol mal ne Kerze«, rief Dimitrios von der Speichertüre, »ich muß runter, hier ist auch kein Strom.«
Kerzen hatten sie fast immer im Haus. Die Sicherungen brannten öfter durch. Das Haus, 1894 gebaut, hatte viel zu schwache elektrische Leitungen, um die Waschmaschinen, die Kochplatten und Radiatoren mit Elektrizität zu versorgen. Daß es noch nicht gebrannt hatte, grenzte an Wunder.
Dimitrios wollte den Knauf am Schloß des Holzkastens mit den Sicherungen drehen, aber ohne Erfolg. Der ist doch sonst immer auf, dachte er. Die angedrohte Kündigung hatte er fast vergessen. Frau Huthmacher hatte sich in den drei Wochen, die das Baby bereits zu Hause war, nicht gemeldet.
Er rüttelte an der Kastentüre. Verschlossen. Ihm fielen die Handwerker ein, die am Nachmittag an den Sicherungen gearbeitet hatten. Die haben vielleicht ihr Werkzeug hier eingeschlossen.
Er ging zur Treppe. Bestimmt hat Frau Huthmacher den Schlüssel. Die Hausbesitzerin wohnte in der ersten Etage. Ihre Wohnung erstreckte sich über Vorder- und Hinterhaus. Sie wohnte allein. Dimitrios wußte, daß ihre Zimmer nach hintenraus lagen. Dort war er damals gewesen, als er die Wohnung gemietet hatte.
Er ging auf den engen Hinterhof, sah hinauf in den ersten Stock. Bei der Wirtin brannte Licht. Er sah die erleuchteten Fenster der anderen Wohnungen. Nur bei ihm, im Treppenhaus und auf dem Speicher war es dunkel. Die hängen ja alle an einer Leitung, dachte er. Aber warum ist der Kasten nur zu. Die hätten ihr Werkzeug auch mitnehmen können.
Er tastete sich die Stufen zur ersten Etage hinauf, drückte den

Klingelknopf. Nichts. Er schellte nochmal. Wieder nichts. Die Schelle war abgestellt. Da stimmt doch was nicht. Er klopfte laut an die Korridortür, aber es blieb still. Vielleicht alles nur Zufall, die ist bestimmt eingeschlafen.
Als er wieder nach oben kam, schrie das Baby. Das Wasser war kalt, die Flasche nicht fertig.
Dimitrios sah aus dem Fenster rüber zur Wohnung seines Freundes Paulos. »Komm, wir gehen rüber, da können wir die Kleine fertig machen.« Elephteria nickte. Sie zog das schreiende Baby warm an, schlug es in Wolldecken ein, versuchte ihr Töchterchen zu beruhigen.
Auf dem Weg drückte Dimitrios bei Frau Huthmacher nochmal die Klingel. Sie war immer noch abgestellt.
»Ich glaub, die hat selber den Strom abgestellt«, sagte Elephteria.
»Denk mal dran, was sie gesagt hat, wegen dem Kind.«
»Hab ich auch schon dran gedacht. Aber ich glaub das nicht.«
Paulos freute sich über den Besuch. Ohne große Schwierigkeiten konnten sie bei ihm die Mahlzeit zubereiten.
Elephteria fing gerade an, das Baby zu füttern, als Dimitrios sah, wie gegenüber in ihrer Wohnung die Lampen wieder aufleuchteten.
»Hast doch recht gehabt«, sagte er zu seiner Frau, »bei uns ist wieder Licht. – Diese alte Hexe, so kriegt sie uns nicht aus der Wohnung raus!«

24

Die Kleine war wachgeworden, schrie.
»Gleich«, sagte Elephteria, »bist sofort dran, Spätzchen, muß nur noch Badewasser aufsetzen.«
Sie holte das Wännchen draußen vom Speicher. Dann nahm sie den großen Wasserkessel, hielt ihn unter den Hahn und drehte auf, weiter auf.
Nichts!
Kein Tropfen!
Nur Blubbern in der Leitung.
»So ein Mist. Gerade jetzt!«
Sie nahm Anna auf den Arm und ging zur Bodentür.
Im Treppenhaus hörte sie die Männer keuchen. Dimitrios und sein Freund Paulos trugen einen Schrank nach oben. Die Holztreppe knarrte unter der schweren Last.
»Dimitri?« fragte sie nach unten.
»Ja?«
»Der Wasserhahn, da kommt nichts mehr raus.«
»Was?«
Sie beugte sich etwas über das Geländer.

»Es ist kein Wasser da!«
»Warte, bis wir oben sind.«

Er wußte nicht, wo sich der Haupthahn der Wasserleitung befand. Aber irgendwo mußte er sein. Vielleicht ist ein Rohr gebrochen, dachte Dimitrios. Er ging den Rohren nach, fand aber den Haupthahn nicht. Mal bei Huthmacher nachsehen. Der Keller war verriegelt, Pappkartons versperrten die Sicht nach innen. Er ging ins Erdgeschoß, dann in den Hof, sah zur ersten Etage hoch. Wie beim Strom, dachte er, bestimmt steckt die wieder dahinter. Wut kroch in ihm hoch. Er sprang die Stufen zum ersten Stock rauf, klingelte. Niemand kam, nichts rührte sich. Er wußte, sie war da. Eben hatte er Licht in ihrer Wohnung gesehen. Zum zweiten Mal drückte er den Klingelknopf. Wieder nichts. Dann schellte er Sturm. Er nahm seinen Finger nicht mehr vom Knopf. Die Schelle war im ganzen Haus zu hören. Als sich immer noch keiner meldete, platzte ihm der Kragen. Er schlug gegen die Wohnungstüre, machte seiner Wut Luft. Die Holztür ächzte unter seinen Schlägen, vibrierte in der Verschalung.
»Sie jetzt Wasser andrehen«, brüllte er, »sonst schlagen isch Tür kaputt! Sie kleine Kind totmachen. Machen Licht weg vor paar Tage, und wir nix machen Essen für Baby. Jetzt machen Wasser ab, und wir nix baden Baby!« Dann fielen ihm nur noch griechische Flüche ein.
Elephteria und Paulos hatten auf ihn gewartet. Als sie den Lärm im Treppenhaus hörten, kamen sie runter, versuchten Dimitrios zu beruhigen. Aber er hörte nicht auf, an die Tür zu schlagen. Endlich regte sich was. Man hörte drin eine Tür. Durch das Oberlicht des Eingangs konnten sie sehen, wie Licht anging. Jemand kam nach vorn. Frau Huthmacher sprach durch die verschlossene Tür.
»Wenn Sie nicht sofort von meiner Wohnungstüre verschwinden, hole ich die Polizei und verklage Sie wegen Hausfriedensbruchs. Haben Sie verstanden! – Ich lasse mir Ihre Unverschämtheiten nicht länger bieten. Sehen Sie sich vor. Sie wissen genau, daß ein Kind in diesem Haus nicht in Frage kommt.«
Sie schaltete das Licht wieder aus und ging zurück.
Dimitrios kam sich vor, als sei er der Schuldige. Frau Huthmachers Drohung hatte Wirkung. Er verkniff sich die Wut. Mit der Polizei wollte er nichts zu tun haben. Sowas konnte Entlassung bedeuten, unter Umständen Ausweisung. Und nach Griechenland wollte er noch lange nicht zurück.

25

Die Wohnungssuche über die Lokalzeitungen und verschiedene Makler war ohne Erfolg geblieben. Auch die Kollegen hatten nicht helfen können. Dimitrios war nicht ins Café gegangen. Elephteria

saß mit ihm vor dem Fernseher, aber sie sahen nicht hin, hörten nicht zu.
Auf die Drohung der Wirtin mit abgestelltem Strom und Wasser hatten sie nicht reagiert. Frau Huthmacher war wieder aktiv geworden. Auf dem Tisch lag die Kündigung der Wohnung zum nächsten Ersten, wenn das Kind nicht die Wohnung verläßt.
So schnell kriegen wir nie ne andere Wohnung, dachte Dimitrios.
Was wird nur mit Anna! Elephteria seufzte.
»Vielleicht sollten wir doch«, sagte Dimitrios.
»Bitte?«
»Karl hat mir das gesagt. Der wohnt Richtung Mönchengladbach, nicht weit von hier. Da ist en Kinderheim in der Nähe. Da bringt ihr die Kleine hin, bis ihr was gefunden habt, hat er gesagt.«

Kinderheim? Mit dem Problem waren sie früher nie konfrontiert worden. Zu Hause auf dem Dorf, da gabs die Schwierigkeit nicht. Die Familien waren groß. Keiner wäre auf den Gedanken gekommen, ein Kind ins Heim zu geben.

Was hat Gerda noch gesagt? dachte Elephteria. Zu Dimitrios sagte sie: »Nein, nicht ins Kinderheim! Da kriegen die Kinder nichts Richtiges zu essen. Wir können doch das Baby nicht so einfach weggeben!«
»Da ist alles schön sauber und ordentlich. Und hier? Hier fliegen wir raus. Und was machen wir dann?«
»Aber ich will nicht! Wie stellst du dir das denn vor? Da ist keiner, der sich um die Kleine kümmert. Nur mal so nachgucken ab und zu.«
Er rückte näher an seine Frau, zog sie zu sich heran. »Überleg doch mal. Wenn wir nichts machen, fliegen wir in drei Wochen hier raus. Und dann? Dann liegen wir auf der Straße.« Er gab ihr einen Kuß auf die Wange. »Karl hat gesagt, das ist viel leichter mit ner Wohnung, wenn man nicht gleich mit nem Kind ankommt.«
Elephteria weinte. Sie legte ihren Kopf an seine Schulter, wischte sich mit dem Handrücken über die Augen.
»Wie lange denn?«
»Ist doch klar. Nur bis wir ne Wohnung haben.«
»Und besuchen?«
»Jede Woche. Am Wochenende können wir sie abholen und was unternehmen.«
Sie stand auf, ging in die Küche, blieb an Annas Bettchen stehen, weinte wieder.

26

Als Dolmetscherin war Elephteria jetzt immer dabei, wenn die neuen Kollegen in der Abteilung vom Vertrauenskörper begrüßt wurden. Fast die Hälfte in der Abteilung waren Griechinnen. Sie kamen oft zu ihr, wenn sie Rat suchten.
Aber auch die Beschwerdeaktion hatte sie bekannt gemacht.
Frühstück. Elephteria stand auf, reckte sich, stützte die Hände in die Seiten und beugte ihren Oberkörper vor und zurück. Hinter ihr, eine Stimme. »Kollegin Elephteria?« Es war die Neue von der vergangenen Woche. »Was gibts denn?« – »Der Vorarbeiter hat mich schon ein paarmal angebrüllt, weil ich auf dem Klo war. Aber ich hab meine Tage, das haut mich jedesmal ganz schön um.«
»Weißt du, ich bin immer zum Meister hingegangen und hab ihm Bescheid gesagt.«
»Ich kann das nicht. Das geht den doch nichts an, wann ich meine Tage hab.«
»Meinst du, mir hat das Spaß gemacht, ihm das jedesmal auf die Nase zu binden?«
»Nein, nein, das mach ich nicht. Ich geh da nicht hin, kann ich nicht.« Sie ging wieder. Elephteria hielt sie nicht auf. Sie erinnerte sich, wie schwer es ihr gefallen war, schließlich doch zum Meister gehen zu müssen.
Wenn wir noch die Bandpausen hätten, dann wär das kein Problem! Aber seit die einfach abgeschafft worden sind, muß man sich immer die blöden Bemerkungen von Dreyer anhören, wenn man gerade vom Klo kommt: »Na, heut arbeitste wohl auf'm Pott wat? Los! Los! An die Arbeit – keine Müdigkeit vorschützen!« All die Reden.

27

»Also eins kann ich euch sagen, wenn dat noch lang so jeht, dann schmeiß ich de Klamotte eines Tags hin. Der Dreyer, der Scheißkerl, der meint, der könnt mit misch alles mache. Ever da hät er sisch janz schön jetäuscht! Dat kann isch eusch sagen!«
Frieda kochte. Sonst war sie eine der Stillen im Lande. »Ers kütt der zu misch hin, heut morjen, un sagt misch, isch käm von minne Arbeitsplatz weg. Un als isch en paar Mol op der Klo jewess wor, isch han widder de Tage jekritt, do brüllt misch dä Oberarsch so an: hier wird gearbeitet, wir sind kein Sanatorium! Wenn du nich spurst, biste morgen auch hier weg!« Die Kolleginnen mußten lachen, weil Frieda Dreyer nachmachte. »Siebzisch haben mer dat ja ooch jemacht, die Klamotte hinjeschmisse!« »Wie siebzig? Was war denn siebzig?« fragte eine Kollegin. »Da han mer doch jestreikt!« Frieda war sauer, daß keiner davon wußte. Sie dachte: Sin bestimmt all später jekomme.
Schallendes Gelächter. »Habt er dat jehört! Frieda und streiken!«

feixte eine Kollegin.
»Stellt euch vor, et Frieda vorm Tor Flugblätter verteilen. Un wenn dann ener kütt von de Firma, is se flott weg.«
»Wenn de damals so groß warst, warum kneifste denn jetz immer die Backen zu un stehs stramm, egal wat der Dreyer mit dir macht: Hinterher, da kammer immer groß erzähle. Wenn der Dreyer nich dabei is, dann kriegt ihr der Mund auf.« Niemand nahm Frieda ernst.
Gerda ging dazwischen: »Jetz is aber Schluß! Was habt ihr denn für ne Ahnung, was damals hier los war. Polizei war hier und so weiter! Ich hab da ja noch woanders gearbeitet, aber die –« sie wendete sich zu Frieda: »Komm erzähl mal!« – »Nee, ers macht er et Hännesken mit misch, un jetz soll isch, nee, nee.« »Nu erzähl schon.« »Komm Frieda. Mer han dat nich so jemeint.« «Also, jut, meinetwejen.« »Na endlich. Aber nicht so schnell, damit Elephteria auch was mitkriegt.« »Damals wurde mer ja all noch nach Jruppe eins bezahlt.«
»Wat is denn eins? Jibbet denn sowat auch?«
»Wat meinst du, vorher hatte mer auch noch null. In eins kriegten wir so drei Mark un en paar Kleine. Un dann wurd die Arbeit, die wurd immer schleschter. Aber die Stückzahlen ersmal, die han se immer höher jesetz. Wat meinse, wat dat für en Tempo war. Isch war immer janz kapott, wenn isch noh Hus kam. Un wenn de wat nich jekonnt has, is der Meister anjekomme un hät disch anjeschrie.« »Un wat habt er dajejen jemacht?« fragte eine.
»Nu wart enns aff!«
»Red nicht immer soviel Platt, Frieda – Elephteria versteht ja nix.«
»Also zuers han mer Unterschrifte jesammelt. Fast 600 han unterschriebe. Wir wollten uns nur beschwere, wollte nisch mehr so anjebrüllt werde, und dat Tempo dat sollt nisch mehr so hoch sein. War ne janz schöne Dampf, unterm Arsch vom alte Bensen.«
»Wat hat denn die Geschäftsführung gemacht?«
»Dat kann isch disch sagen. Die meinten, wir hätte nur soviel Unterschrifte jekritt, weil mer mehr Jeld wollte. Aber dat war nich richtig. Da noch nich. Un dann haben wer der Betriebsrat jesagt, er soll mit de Jeschäftsführung verhandele.«
»Die han euch dann so einfach mehr Jeld jejeben, wat?«
»Red doch nich so ne Stuß! Nix is rausjekomme, jar nix. Et sollt so weiterjonn, wie et immer war. Da hammer de Klamotte einfach hinjeschmisse.«
»Wie, hinjeschmisse? Wie ging dat denn?« fragte Gerda.
»Mer han uns zusammejesetz un überlegt, wie mer de Firma krieje könne. Am beste beim Produksionsausfall hat da irjendeiner jesagt. Wenn die nix verdiene könne, werde se weisch!«
»Un wat war mit de Polizei?«
»Dat kommt später. Mer han überlegt, wie auch die andere krieje,

dat se mitmache, dene jing et doch auch so dreckig. Da han mer dann rumjehört, wie de Stimmung war. All ware se sauer, isch kann eusch sagen. – Naja, jeder von uns is dann in en Abteilung jeschick worde un hat mit de Kollege jesproche. Fast all wollte se mitmache. Bis auf en paar Männekes. Die hänge jo immer danäbe. Am angere Morje war et dann soweit. Misch war janz schön weisch in de Knie. Isch hat sowat noch nie mitjemacht.
Ihr wißt ja, wie dat is, wenn dat morjens losjeht. Ers is et still und dann so um sieben, dann jeht der unheimlische Krach los, und du kanns dein eijen Wort nich mehr verstonn. Aber an dem Morjen, da rauschte nix, da war kenne Krach. Still war et, janz still. Un die Meister hätt er mal sehe solle und de Vorarbeiter, de Kontrolleure un de Einrischter. All kamen se an, brüllten gleich los, wie se et ja noch immer donn. Wat is denn hier los? Die Schicht hat eben anjefangen. Los, los, Arbeit, Arbeit! un so weiter. Ihr kennt dat ja. Un dann is uns Jisela, die is heut nich mehr hier, die is jejange, auf eijene Wunsch, wie et hieß. Naja, et Jisela is aufjestande un hat für der Meister jesagt, dat mer streike un dat die Schinderei, dat mer uns die nich jefalle lasse. Die andere Abteilunge wäre auch mit von de Partie. Einer von dene Meister, der hat jesagt, dat dat alles jar nich stimmen würd un die andere arbeite würde. Wir han jedacht, jetz is et aus, jetz könne mer de Papiere hole un de Sache packe. Et Jisela hat Pudding in den Knie jehabt, dat konnste sehe. Aber dat hat dann jesagt: Wir streiken, wir wolle fuffzig Pfennig mehr. Dat war jenau richtisch. Denn die andere Abteilunge han doch jestreik.«
»Un de Meister, wat han die jemacht?«
»Als die merkten, dat se bei uns nich lande konnten, han se bei de ausländische Kollege anjefange un se bang jemacht. Anjebrüllt han se die, sowat jibt es jar nischt, un jedroht: Wenn de jetz nischt mit der Arbeit anfängs, kannste dir die Papiere hole, un dann fahre mer disch zum Flughafe! Un de Polizei han se jeholt.« Die Werkssirenen unterbrachen Frieda. »Isch glaub wir jehen besser rüber.« »Los, nu erzähl doch wenigstens, wie et ausjejangen is. Wat habt ihr denn erreischt?« »Jut«, sagte Frieda, »die Polizei war da, aber mer hatte kein Angst. Mer ware ja viel. Durchjehalde han mer! Vier Tag lang. Un der Betriebsrat, der mußt verhandele. So wie mer dat von Anfang an jewollt han. Sons wär doch nix passiert. Aber nach vier Tag hatte mer et jeschafft. Gruppe eins war weg. Mer ware all in Gruppe zwei.«

28

Fast zehn. Dimitrios bog zum Glockhammer ein. Er konnte von der Ecke schon, hoch über der Dachrinne, die kleinen Fenster der Wohnung sehen. Die Zimmer waren dunkel.
Sie hat sich bestimmt schon hingelegt, dachte er. Oben waren die

Räume verschlossen. Er klopfte, denn Elephteria schloß ab, wenn sie allein war. Nichts rührte sich. Er schloß auf, knipste das Licht an. In der Küche war sie nicht, nicht nebenan. Über die Altstadtdächer hinweg sah er zur erleuchteten Rathausuhr. Schon viertel vor zehn! Keine Nachricht an der Tür, kein Zettel auf dem Tisch.

Seine Freunde wunderten sich, als er plötzlich wieder dasaß. »Was ist denn los?« fragte Paulos, »du bist doch eben erst gegangen.«
«Elephteria ist nicht zu Hause.«
»Wie, nicht zu Hause? Ich dachte, die wär den ganzen Abend dagewesen.« »Nein. Sie hatte mir heute in der Mittagspause gesagt, der Dreyer hätte sie für Mehrarbeit eingeteilt.«
»Aber doch nicht bis elf!« meinte Evangelos.
»Wann hat sie denn angefangen?«
»Um sieben, ganz normal. Wir sind mit der gleichen Bahn gefahren.«
»Bist du ganz sicher, daß sie nicht zu Hause war?« fragte Kostas.
»War sie vielleicht auf dem Klo oder so?«
»Nein, war sie nicht.«
»Ich glaub, wir machen uns auf die Suche«, schlug Paulos vor. Sie waren zu acht, verteilten sich auf zwei Wagen, suchten im Schrittempo die Straßen der Innenstadt ab, bis hin zum Bahnhof.

In der Pause um neun ging sie zum Colaautomaten, schwatzte dann mit Elena. Rechts neben ihr saß Jowanka, mit ihr sprach Elephteria seltener. Die Kollegin konnte kein Griechisch und sie kein Jugoslawisch. Trotzdem verstanden sich beide, halfen, wenn Not am Mann war.
Sie zwinkerten sich zu und grinsten, als Dreyer mit muffigem Gesicht vorbeiging.
Dann kam er zurück, fragte: »Wer will Überstunden kloppen?« Weil sich nicht gleich genug meldeten, es war immerhin Freitag, nahm er alle, die wollten. Auch Elephteria ließ sich aufschreiben. Auch als Dreyer darauf hinwies: »Dat dauert heut abber länger als sonns«, blieb sie dabei.
Der Feierabend geht so schnell vorbei, da werd ich das auch noch überstehen, dachte sie.
Die kurze Pause am Ende der regulären Arbeitszeit um fünf nutzte sie zum Einholen beim Betriebsrat. Pulverkaffee brauchte sie noch, Fisch in Dosen, Mehl und Öl. Sie war hungrig, verschlang die beiden Teilchen, die noch übrig geblieben waren.
Die Zeiger der Uhr rückten auf sechs vor, es wurde sieben. Um acht sah Elephteria nochmal auf die Hallenuhr. Zwölf Stunden war sie schon in der Fabrik. Bis auf kleine Pausen zwölf Stunden sitzen! Der Hintern tat ihr weh, der Rücken schmerzte. Ihre Beine waren schwer wie Blei. Bei Überstunden gab es kurze Pausen. Elephteria

nahm sie kaum noch wahr. Die Abstände wurden immer kürzer. Sie schlief fast ein, bemerkte es erst, als ihr Kopf durch einen Ruck nach hinten knickte. Sie hatte Glück, daß ihre Hände nicht in die Maschine gerieten. Ihre Bewegungen: automatisch. Ihr Kopf: leer, eingeschlafen, ausgepowert.

Nachdem Dimitrios mit seinen Freunden die Innenstadt abgesucht hatte, waren sie schließlich zur Polizei gefahren. Wer von ihnen dachte daran, sie noch in der Fabrik zu suchen.
Aber auch dort war kein Hinweis auf Elephteria eingegangen. Es war fast eins, als Dimitrios doch zur Firma fuhr und vor dem Haupttor hielt. Die Straßen waren menschenleer, in den Häusern ringsum, kein Licht. Die Verwaltungsgebäude der Fabrik lagen im Dunkel.
Nur die Produktionshallen waren hell erleuchtet.
»Gibts denn bei euch Nachtschicht?«
»Nein!«
»Aber da brennt überall Licht.«
»Komm, wir gehen mal bis zum Tor, da haben gerade welche Schluß gemacht.«
An den Kopftüchern konnte man sie erkennen. Frauen verließen das Werksgelände. Elephteria war nicht dabei.
»Wo kommt ihr jetzt her?« fragte Dimitrios eine Griechin.
»Überstunden. Überstunden haben wir gemacht.«
»Kennst du Elephteria?«
»Weiß ich nicht, aber da kommen noch mehr.«
Die Männer warteten. In kleinen Gruppen verließen die Frauen das Werk.
»Da ist sie! Da drüben, Elena ist dabei.«
Dimitrios lief auf seine Frau zu, nahm sie in die Arme. Elephteria war fertig. Die Männer fragten nichts, griffen ihr unter die Arme und brachten sie zum Auto.
Dimitrios legte ihren Kopf an seine Schulter. Sie schlief schon.
Elena hatte vorn auf dem Beifahrersitz Platz bekommen.
»Seit wann macht ihr denn Nachtschicht?« fragte Kostas Elephterias Kollegin. Sie antwortete nicht.
»Laß sie erstmal in Ruhe«, sagte Christos, »siehst doch, wie fertig die sind.« Sie brachten Elena nach Hause und fuhren dann zum Glockhammer.
Dimitrios trug seine Frau nach oben und legte sie ins Bett. Dann ging er mit seinen Freunden runter, wollte sie rauslassen.
Sie standen im Treppenhaus. Dimitrios bedankte sich.
»Hast du noch was erfahren von deiner Frau?«
»Nein, sie hat mich anguckt, war aber ganz weg. Werd sie morgen früh fragen.«
»Du arbeitest doch auch da. Was ist denn bei euch los?«
»Haste ja mitgekriegt. Ich kann euch sagen. Am Montag bin ich

71

bei denen! Das muß sich einer vorstellen. Da lassen die die Frauen 18 Stunden arbeiten.«

»Du machst doch auch Überstunden.«

»Klar, zwei, drei Stunden vielleicht, oder samstags mal vier oder so, aber sowas, nein, ist bei mir nicht drin. Ich sag euch, das liegt nur an diesem Dreyer, das Schwein.«

»Wer?«

»Der Dreyer, der nimmt die Frauen aus, wo er nur kann.«

»Wie ausnehmen? Versteh ich nicht.«

»Mit Schnaps, Zigaretten, die müssen dem sowas mitbringen, wenn sie Überstunden machen wollen.«

»Das gibts bei uns auch. Was meinst du, was los ist, wenn bei uns Mehrarbeit eingeteilt wird«, sagte Kostas.

»Findest du das denn richtig?« fragte Paulos.

»Nein, aber da kannste nichts gegen machen. Entweder du ziehst mit, oder du kannst deine Sachen packen.«

»War bei uns so ähnlich. Aber warum macht ihr da nichts?«

»Ich hör nur immer, macht was.«

»Wenn man sich das genau überlegt, dann seid ihr da selber dran schuld. Ihr laßt euch alles gefallen! Wir haben uns die Sache mit den zwei Maschinen nicht gefallen lassen. Wo wir da an einem Morgen plötzlich zwei Maschinen bedienen sollten.«

»Und was habt ihr gemacht?«

»Gestreikt! Ganz einfach. Nach dem Frühstück haben wir nicht weitergemacht.«

»Nein, streiken? Ich weiß nicht«, sagte Kostas.

»Bei Zierberg ist das nicht drin. Da müssen wir uns schon was anderes überlegen.«

»Wichtig ist auf jeden Fall, daß die Kollegen merken, daß wir für andere schuften. Was machen wir denn anderes als Sklaven?«

»Ruhe! Ruhe da unten! Wer macht denn da so nen Krach? Mitten in der Nacht!«

»Pst, Frau Huthmacher.«

Dimitrios zog die Haustüre auf und ließ sie wieder ins Schloß fallen.

»Na endlich!« hörten sie dann, »immer diese Itakkerbande.« Oben schlug die Wohnungstür zu.

»Ich kann euch sagen! Ob wir scheißen gehen oder Besuch kriegen oder einkaufen. Die steht immer hinter der Tür und beobachtet uns durch das Guckloch.«

29

Gerda brauchte nicht lange zu suchen. Die Hausnummer hatte sie seit ihrem letzten Besuch vergessen, aber an die schöne alte Hausfassade erinnerte sie sich noch gut.

Das Haus mit der roten Sandsteinfront war unter den Neubaufas-

saden gut zu erkennen. Mensch, damals da haben die noch was aus den Häusern gemacht, aber jetzt bei den neuen. Trotzdem, dadrin wohnen? Nee. Kein Bad und ein Klo für zig Leute, nee.
Sie klingelte, wartete. Dann summte der Öffner, aber die Tür ließ sich nicht aufdrücken. »Ist doch gerade neun durch. Also, der Alten wär ich schon lange aufs Dach gestiegen«, sagte sie halblaut, schellte nochmal. Warum macht denn keiner auf? Sie lauschte in den Flur, drückte zum dritten Mal auf den Knopf. Bis zu sich runter konnte sie die Schelle hören, die sie schon beim ersten Besuch erschreckt hatte.
Jemand schaltete das Licht ein. Na endlich! Sie horchte wieder ins Treppenhaus. Stufen knarrten. Schritte auf der Zwischenetage. Hinter der Milchglasscheibe der Haustüre stand eine Frauengestalt. Elephteria öffnete.
»Gerda?« sagte sie erstaunt.
»Nabend, Elephteria. Ich wollte dich nur kurz was fragen.«
»Du kommen rein«, sagte Elephteria und bat ihre Kollegin zu einer Tasse Kaffee nach oben.
Gerda hatte schon öfter griechische Kollegen besucht und dabei auch die Wohnungen gesehen. Sehen alle gleich aus. Holen alle ihr Zeug aus dem Sperrgut. Was sollen se sonst machen? dachte sie.
Neue, unerfahrene Kollegen fielen oft auf die Angebote von Möbellagern herein. Die Besitzer fuhren die Sperrgutbezirke mit Lastwagen ab und sammelten die abgestellten Stücke. Nicht selten waren es Griechen, Türken oder Italiener, die ihren eigenen Landsleuten die alten Möbel zu Wucherpreisen verkauften.
In Elephterias Zimmern standen Sessel mit abgewetzten Lehnen, alle möglichen Stühle an einem viel zu kleinen, wackeligen Tisch. Niemand konnte sich so einrichten, wie er es wollte.
Auch wenn man nichts Gutes hat, kann man aus so Zimmern noch mehr machen, als se bloß mit Möbeln vollzustellen, dachte Gerda.
Sie waren in der Küche. Gerda wartete nicht, bis der Kaffee eingegossen war. Sie fragte gleich: »Sag mal, Elephteria, was war denn letzte Woche los? Ich hab vorhin die Frieda in der Stadt getroffen, die sagte mir was von 18 Stunden Arbeit, aber was Genaues wußte die auch nicht.«
Dimitrios platzte heraus. »Ja, das war nix gute, was machen Firma mit Frau. Das war Schweinerei mit 18 Stunde Arbeit. Wir sind nix Sklave von die Firma.« Er holte Luft. »Mit Freund und Kollega suche in Stadt Frau, aber nix finde.«
Elephteria nickte. »Dreyer frage: Überstunde? Isch sage ja, das gutt, nix gebe Schnaps und Zigarrette. Aber isch nix denke Arbeit bis eine Uhr in Nacht!«
»Ist das wirklich wahr?« Gerda setzte sich aus dem gemütlichen Sesselpolster vorn auf die Kante. »Wirklich 18 Stunden?«
»Ja! Bis eine Uhr in Nacht.«
»Also, ich kann euch sagen, ich hab schon viel erlebt, aber das ist

wirklich das Schlimmste an Ausbeutung, was ich in unserer Bude erlebt hab.«
»Warum du nix wisse?« fragte Elephteria. Sie glaubte, die Vertrauensleute seien am ehesten über Vorfälle im Betrieb informiert.
»Woher denn? Ich kann doch nicht überall zugleich sein. Und wenn ich Frieda nicht getroffen hätte, dann wüßt ich immer noch nichts. Erst war ich bei ner Schulung für Vertrauensleute und dann bin ich noch fast ne Woche, heute eigentlich auch noch, bin ich krank geschrieben. Mensch ich hatte vielleicht en Fieber! — Aber ihr müßt einem doch sowas sagen, wenigstens mal anrufen, damit man informiert ist.« Gerda ließ sich in die Polster zurückfallen. »Ihr seid vielleicht welche, machen einfach bis ein Uhr Überstunden. Sowas gibt es gar nicht! Und ihr laßt euch das einfach so gefallen?!«
»Was wir machen da?« fragte Elephteria.
»Isch gehe Betribbsrat Montag. Das 18 Stunde Arbeit nix gutt.« Dimitrios schlug mit der Hand auf den Tisch. Gerda schüttelte den Kopf. »Nee, so einfach sollten wir denen von der Firma das nicht machen. Auf jeden Fall müssen wir die Kollegen, alle meine ich, die müssen informiert werden. Wir müssen denen sagen, was bei euch gelaufen ist. Wenn wir nur zum Betriebsrat rennen, dann kommt nichts raus. Das hat die Firma bis jetzt immer ausgenutzt.«
»Isch nix verstehe!« sagte Dimitrios.
»Ich meine, weil keiner Bescheid wußte, was in den einzelnen Abteilungen passierte. Die konnten mit uns machen, was sie wollten. So wie jetzt die Sache mit den 18 Stunden.«
»Wir schnell Flugblatt mache«, schlug Elephteria vor.
»Nix gutt Tag, Sonntag, Gewerkschaftshaus zu heute.«
»Kein Problem«, sagte Gerda, »das kriegen wir schon hin.«

30

Montagmorgen ging das Flugblatt von Hand zu Hand. In kurzer Zeit hatte sich die IG Metall zum zweiten Mal für die Belegschaft eingesetzt. Erst waren es die Massenunterkünfte und jetzt:

An alle Arbeitnehmer der Firma Zierberg

Liebe Kolleginnen und Kollegen!
Neue Probleme, neue Fragen.

Es ist noch nicht lange her, und schon wieder sind wir veranlaßt, folgende Fragen zu stellen:
Ist es dem Werksleiter bekannt, daß in der Woche vom 20.9.–24.9. in der Produktion Arbeitnehmer 18 Stunden,

von 7 bis ein Uhr nachts ununterbrochen gearbeitet haben?
Wenn die Frage mit ›Ja‹ beantwortet wird, fragen wir weiter: Warum wurde die nach dem Gesetz und Tarifvertrag notwendige Zustimmung des Betriebsrates zur Mehrarbeit nicht eingeholt? Gelten für den Werksleiter solche Tarifverträge und die Arbeitszeitordnung nicht? Trifft es zu, daß in jüngster Zeit sonntags produziert wurde? Haben das Gewerbeaufsichtsamt und der Betriebsrat diese Sonntagsarbeit genehmigt?
Wenn es zutrifft, daß Arbeitnehmer 18 Stunden ununterbrochen gearbeitet haben, fragen wir: Ist das nicht eine schamlose Ausbeutung der menschlichen Arbeitskraft?
Wir sind heute schon gespannt auf die verniedlichenden Antworten des Arbeitgeberverbandes. Eine könnte lauten: Es waren keine 18 Stunden. Die IG Metall vergaß, die Pausen abzuziehen.

Mit freundlichen Grüßen
1. Bevollmächtigter der IG Metall

In den Pausen gab es nur ein Thema. Überall lagen die Flugblätter aus, in den Abteilungen, auf den Bänken im Hof, auf den Tischen der Kantine.
An Übersetzungen war gedacht worden.
Elephteria nahm ein paar Flugblätter mit, als sie zum Mittagessen ging.
Sie war müde. Bis fünf Uhr nachts hatten sie das Informationsblatt für die Kollegen abgezogen. Jetzt irgendwo hinlegen, die Augen zumachen. Elena saß mit Landsleuten an einem Tisch. Ein Stuhl war noch frei.
»Mahlzeit.«
»Mahlzeit.«
»Was gibts denn heute?« Sie sah auf die Teller der anderen.
»Wißt ihr, was das ist?«
»Nein.«
»Und wie schmeckt es?«
»Wenn du großen Hunger hast, kannst du meins mitessen.«
»Nein, ich hol mir lieber ein Stück Kuchen und einen Kaffee.« Sie brachte Kaffee für die anderen Kolleginnen mit.
»Schon gelesen?« fragte Elephteria und hielt das Flugblatt hin.
»Klar, was meinst du, wovon wir die ganze Zeit reden«, sagte Elena.
»Ich finde aber, die Gewerkschaft könnte ruhig öfter mal was für uns tun.«
»Stimmt. Guck dir mal die Sauerei mit der Gruppe zwei an. Mein

Mann und ich arbeiten in der gleichen Abteilung, aber er verdient mehr als ich.«
»Oder bei uns. Da sitzen auch Männer am Band, und die kriegen mehr als wir.«
»Genau. Auf uns bleibt es hängen.«
»Die Firma verdient dadurch nur. Durch uns, die Frauen, werden die da oben reich.«
»Und was macht da die Gewerkschaft?«

31

Januar. Vor dem Eßsaal. Es war viel zu kalt für ein Gespräch draußen auf der Bank.
Gerda hatte die anderen am Vormittag zusammengetrommelt.
»Heute nach dem Essen in der Umkleide.«
»Wo bleiben die beiden denn«, fragte Gerda ihre Kollegin Frieda. »Die mußte so lang waade, bis die jett ze Esse jekritt hann.« »Die halbe Pause ist schon vorbei, wo die nur bleiben.« »Wat jibt et denn, dat mer uns hier –« Die Schwingtür wurde aufgestoßen. Christa und Elephteria kamen kichernd herein. »Wat jibt et denn so ze lachen?«
»Drüben in de Kantine dat Jesich hättet er sehe solle. Dreyer saß bei uns direkt nebenan und hat en harte Kartoffel aufm Teller jehabt. Jedenfalls willer die mit der Jabel klein machen, und da flutscht ihm dat Ding vom Teller, quer über der kleine Tisch, der Schultheiß fast in et Jesich.«
»Un wat hätt et Schultheiß jedonn?«
Gerda unterbrach: »Klönen könnt ihr gleich noch. Wir haben nicht mehr viel Zeit, und heute abend muß ich sofort weg.«
»Wat gibt et denn eigentlich?«
»Also, so vor zwei Wochen war die Anke Fuchs beim Löwenthal im ZDF.«
»Fuchs, Fuchs, irgendwoher kenn isch die. De Nam han isch schon ens jehört.«
»Die ist aus dem IG-Metall-Vorstand.«
»Und wat macht die ausjerechnet beim Löwenthal?« fragte Christa. »Is doch egal, ob beim Löwenthal oder sonstwo. Wichtig ist nur, was sie über die Lohngruppen gesagt hat.«
»Wat hat se gesagt?« »Daß endlisch Schluß sein muß mit der Diskriminierung der Frau.« »Wat für e Ding is dat – diks...?«
»Diskriminierung, klar?« »Nee.« »Dis-kri-mi-nie-rung. Das heißt soviel wie Benachteiligung.« »Un waröm sachst de uns dat nich deutsch?«
»Weil, weil... ja du hast ja recht, aber Benachteiligung ist nicht genug. Da ist noch viel mehr gemeint.«
»Und wat war weiter?«
»Die Kollegin sagte im Fernsehen, daß Schluß sein muß mit den

Leicht- oder Frauenlohngruppen. Und die Kollegen von der IG-Metall sagen schon lange, daß die Zeit der passiven Puppen vorbei ist.«
»Aber isch nix wisse Fraulohn. Was das?«
»Das kannste mir auch nochmal erklären, genau weiß ich da auch nix Genaues.«
»Weißt du, Christa, uns Deutsche betrifft das ja weniger, es geht zwar auch um uns, aber in erster Linie geht es um unsere ausländischen Kolleginnen, wie zum Beispiel Elephteria.«
»Gut, erklären kannst du et aber trotzdem mal.«
»Im Grunde ist das ganz schnell erklärt. Elephteria, welche Gruppe kriegst du?«
»Zwei.«
»Und die Männer bei uns?«
»Isch nix wisse.«
»Vier, vier kriegen die, machen datselbe wie wir«, sagte Christa.
»Genau. Für die gleiche Arbeit kriegen die Männer mehr als wir. Und die Unternehmer behaupten jetzt, wir würden leichte Arbeit machen. Darum Leichtlohn.«
»Das nix gutt. Isch immer kaputt. Immer Bein müde und hier«, sie zeigte auf ihren Rücken, »das immer tut weh. Das nix leicht Arbeit.« »Siehste, jetzt hat die IG Metall die Lohngruppen eins und zwei gekündigt.« »Eins hammer doch jar nich mie. Dat hammer 70 auch alleen jeschafft. Dat de Jewerkschaff da auch schon dropp kömmt, is ja doll.«
»Jetzt haben sie et jedenfalls gemacht, gleich für Gruppe zwei mit.«
»Ewer dat heißt jar nix. Jeschlofe han se, un sonns nix.«
»Un du bist immer hellwach, du weißt immer genau Bescheid, was du tun und lassen sollst. Du hast ja selber erzählt, daß ihr Deutsche beim Streik 70 die Jugoslawinnen erstmal vorgeschickt habt.«
»Jetzt hör opp. . .«, drohte Frieda.
»Wat soll dat denn«, Christa stellte sich zwischen die beiden, »so kommen wir doch nicht weiter. Wenn ich et Gerda richtig verstanden hab, dann sollten wir uns überlegen, wie wir den Kolleginnen dat am besten verklikkere, un se drauf aufmerksam mache, dat se zu wenig Geld kriegen.«
»Das gutt. Isch sage Kollege von Griechland. Viel nix wisse von mea Geld für deutsch Frau oder deutsch Mann. Aber isch alle sage. Kollega nix spreche mit deutsch Frau, weil sie nix kann Deutsch. Darum nix wisse.«
»Ja, jetzt so vor der Wahl ist das noch ein bißchen mehr Feuer unterm Hintern vom alten Bensen. Und kennt ihr nicht noch ein paar Kollegen, die in der Gewerkschaft mitmachen wollen, als Vertrauensleute oder so?« »Bis de da mal einen kriegst, da haste eher sechs Richtige im Lotto.«
»Isch wisse Kollega, an Platz neben mein Platz. Kollega Elena auch von Griechland.« »Gut, dann bring die doch mal mit.«

77

Karsamstag, langes Wochenende. Ostern, das höchste Fest der Griechen stand bevor.
Gründonnerstag war Elephteria spät nach Hause gekommen. Die Geschäfte hatten schon geschlossen.
Sie wollte frisch einkaufen. Das beste war, Samstag früh auf den Markt zu gehen.
Sie kam von der Münsterstraße auf den Platz vor der Kirche. Dicht gedrängt standen die Obst-, Gemüse- und Blumenstände. Der große Ansturm hatte eingesetzt. Elephteria schlängelte sich durch die Leute auf die andere Marktseite. Da standen die Metzger. Fleischer Nolles war jeden Samstag mit seinem Verkaufswagen am gleichen Platz. Da verfehlte ihn keiner.
Seit sie am Glockhammer wohnten, ging sie samstags zu ihm einkaufen. Er hatte sich auf die Küche seiner ausländischen Kunden eingestellt. Elephteria stellte sich an.
»Was darfs denn sein, junge Frau?« fragte er. »Hammel? Lamm? Was gibts Leckeres zu Ostern?« Sie kaufte Lamm. Elephteria beugte sich dann etwas über die Glastheke und zeigte, was sie noch wollte.
»Ah. . . ja, Leber – Lunge und Herz.« Er zeigte ihr die Stücke. »Das genug?«
»Gutt, gutt«, erwiderte sie. Während der Metzger das Fleisch auswog und die Innereien hinzulegte, pries er über die Köpfe der Kunden hinweg seine Ware an.
»Wunderbar, wunderbar! Leute kauft! Das Beste vom Besten! Rind, Schwein, Kalb, Lamm, Hammel! Leute kauft. . .«
Sie hatte alles beisammen und ging nach Hause. Die Treppe mußte noch geputzt werden, runter bis zur zweiten Etage.

Während sie zu Hause beschäftigt war, fuhren Dimitrios und Paulos zum Kinderheim, holten die kleine Tochter ab.
Ein Glück, daß die Huthmacher weggefahren ist.
Elephteria freute sich, endlich ihr Töchterchen zu Hause zu haben, wenigstens für ein paar Tage.
Nachmittags kochte sie Ostereier, färbte sie rot. Bei den Griechen gab es nur rote Eier, bunte kannte sie nicht. Abends begann Elephteria mit den Vorbereitungen für die ›Mayirista‹. Aus den Innereien, die sie bei Nolles gekauft hatte, kochte sie die Ostersuppe, die nach dem Gottesdienst in der Nacht gegessen wurde.

Eigentlich hatten beide zur Religion keine Beziehung mehr. Aus Tradition gingen Elephteria und ihr Mann am Abend zum Ostergottesdienst. Fast jeder ging hin, gleich, ob Christ oder nicht. Und jeder hatte sein Osterei und eine Kerze dabei. Elephteria wunderte sich. Die Landsleute kamen scharenweise. So viele hatte sie nicht erwartet. »Kommen die alle hier aus der Stadt?« fragte sie ihren

Mann. »Hm, kommen bestimmt auch ein paar aus den Dörfern in der Umgebung.« Sie betraten die Kirche. Der Raum lag im Dunkel. Geflüster. Der Pope kam. Singend und mit einer brennenden Kerze in der Hand ging er langsam nach vorn. Zuerst brannte nur seine, dann eine zweite, eine dritte. Einer gab dem anderen das Licht weiter. Bald war der ganze Raum erleuchtet. Elephteria fand es fast so schön wie in ihrer Dorfkirche zu Hause.
Der Gottesdienst war vorüber. Draußen auf dem kleinen Platz vor der Kirche standen die Leute, titschten nach dem alten Brauch die roten Eier, wünschten sich ein frohes Fest.

Zu Ostern traf man sich mit Freunden und Bekannten. Dimitrios und Elephteria gingen zu Kelidis Restaurant. Schon von weitem konnten sie sehen: statt der üblichen Hähnchen schmorte an einem riesigen Spieß ein Lamm.
»Guck dir das an! Hab ich nen Hunger.«
Kelidis hatte den großen Raum gegenüber der Imbißstube zusätzlich ausgeräumt.
An einer Wand groß die griechische Flagge, an den anderen Wänden waren Fotografien aus der Heimat und Plakate angeheftet. Vom Tonband spielte Musik. Es duftete nach Lammbraten.

Elephteria und Dimitrios saßen am Fenster. Das Kind schlief im Wagen. Zum Braten aßen sie Salat, Oliven, Zwiebeln und Brot. Ab und zu ein Stück Schafskäse.
Es gab Uso und Bier, Witze wurden erzählt, gelacht. Nach dem Essen ein Kaffee. Dann wurden Tische und Stühle zur Seite gerückt. Erst tanzten ein paar Männer den ›Kalantainos‹, immer mehr kamen dazu, schließlich waren alle aufgestanden, bildeten einen Kreis um die Tanzenden und klatschten den Rhythmus der Musik. Die Frauen tanzten nicht mit.

33

»Die nächste Ecke gleich, da müssen wir rechts rein«, sagte Christa.
»Wat für en Nummer?«
»Achtzehn, is en Altbau, hat Gerda gesagt.«
»Da drüben, ich glaub, dat isset. – Huthmacher. Ja hier. – Huthmacher, davon hat sie mal erzählt.«
Frieda drückte den obersten Klingelknopf. Sie warteten einen Augenblick. Der Türdrücker summte. Elephteria stand oben am Treppenabsatz und begrüßte ihre Kolleginnen.
»Kollega Gerda schon da«, sagte sie und ging voraus. »Passen auf. Du nix bum mit Kopf an Holz.«
Drin begrüßten sie Gerda und Dimitrios. Sie setzten sich. »Isch kaufen Kuchen«, sagte Elephteria und bot Teilchen an.

»Machst du mal Kaffee?« sagte Dimitrios.
Er wartete. Als keine Antwort kam, seine Frau nicht aufstand, »willst du keinen Kaffee machen?«
Der könnte seiner Frau ruhig mal ein bißchen helfen, dachte Gerda, sitzt da, kommandiert rum und will sich bedienen lassen.
»Wo ist denn der Wassertopf«, fragte sie dann, »und der Kaffee?«
»Da in Küsche.«
»Kommt, gehen wir rüber Kaffeekochen.«
Dimitrios saß plötzlich allein da.
Nach ein paar Minuten kamen sie zurück. Gerda nahm die Kaffeekanne. »Bitte, mein Herr, wünschen der Herr Kaffee? – Etwas Kuchen vielleicht?« Christa und Frieda grinsten. Sie goß Dimitrios Kaffee ein. Er trank nicht. Elephteria sah zu ihrem Mann, ängstlich.
Er stand auf, zog sich den Mantel über und ging.
»Guck disch der ens an! De Jung is am Schmolle.« Witzelte Frieda. »Aber det tut jut, so en Tässken Kaffee un en Stücksken Kuchen. Wenn mer dat jeden Tag im Betrieb hätte, dann.«
»Wißt ihr, wen wir vorhin jesehen haben?« fragte Christa. »Den Fröbel!«
»Is doch jar nich wahr. Der sah nur so aus. Außerdem hat der dunkele Haare, mit so Löckskes drin.«
»Is doch egal, aber da sind wir wenigstens beim Thema«, begann Gerda.
»Beim Thema?« fragte Christa.
»Du kanns doof frage, die Betriebsratswahl, Bensen und Fröbel ist kein großer Unterschied, oder?«
»Klar, dat wir den Alten nicht mehr wählen.«
»Alle einig.«
»Aber wir müssen uns überlegen, wie wir das schaffen. Wir haben in letzter Zeit immer mehr Mitglieder für die IG Metall gekriegt, aber da sind noch ne Menge, die die Gewerkschaft nicht für nötig halten.«
»Betribbsrat nix gutt, müsse weggemacht. Nix gute für uns.«
»Stimmt. Weißt du noch, damals die Sache mit den Bandpausen? Ich seh noch wie heut, als Elephteria aufgestanden ist und sich en Zigarettchen angesteckt hat und dann ganz blöd geguckt hat, als die anderen weitergearbeitet haben.«
»Ja, dat stimmt, aber dat Schlimmste, dat war doch, dat dä Bensen da auch noch für ›ja‹ jesagt hat. Ers de Pause weg, kein Geld mehr dafür, dann kame de Springerinne, un dat wurde dann och immer weniger.«
»Aba Schnaps nix gutt. Un viel, viel Übastunde.«
»Achja, die Sache, wo ihr da 18 Stunden geschuftet habt, und der Betriebsrat wußt nix davon.«
»Sachen sind dat. Un wie der Dreyer dir eine langen wollte.

Weißte dat noch?«
»Ja isch kenne. Dreyer auch wegmache!«
»Geht nicht, Elephteria. Der ist nicht im Betriebsrat. Aber hat auch gemerkt, daß er nicht mehr so kann wie früher.«
»Wat der für Muffensausen gekriecht hat, als wir uns beschweren wollten. Wie der jerannt is!«
»Um noch ens auf de Wahl zu komme. Wat sollen wir denn da nu machen?«
»Genau das, was wir eben auch gemacht haben. Erzählen. Erinnert die Kolleginnen an die schlechten Erfahrungen. Die Sache mit den Baracken. Da mußten wir erst kommen, mit der IG Metall, damit sich überhaupt was tat.«
»Willste noch Kaffee?«
»Mir auch noch wat.«
»Du auch Elephteria?«
»Aber dadurch kriegste die Leute nicht dazu, bestimmte Kollegen zu wählen. Ihr kennt se auch, die kriegen den Arsch doch nicht hoch. Und dann dürfen wir die Schultheiß nicht vergessen. Die schießt bestimmt wieder quer. Die mit ihrem ewigen: Haut doch ab nach drüben.«
»Die schwadroniert mie rum, als dat se ene ob der Kaste hat.«
»Un wie is dat mit de Liste? Dat läuft doch wieder so, der Bensen steht oben, und alle machen se bei dem dat Kreuzken.«
»Nix richtige Liste das. Meine Mann sage IG Metall anda Liste.«
»Stimmt, bist ja gut informiert. Die Metall stellt diesmal ne eigene Liste auf. Bensen und seine Leute haben en Mordstheater gemacht, aber wir sind mit unserem starken Vertrauenskörper nicht mehr unterzubuttern.«
»Bensen hät ja och lang jenuch jepennt un is mit denne von de Jeschäftsführung in de Altstadt jefahre.«
»Aber wie wollt ihr dat denn hinkriegen, dat die Kollegen richtig wählen?«
»Mit Griechland, Italia, Jugoslawia in Liste!«
»Elephteria meint, daß jetzt endlich auch Kolleginnen aus den anderen Ländern mal in den Betriebsrat sollen. Wir haben über 2000 ausländische Kollegen, und keiner ist im Betriebsrat. Die Mehrheit sind Frauen, aber im Betriebsrat ist keine Frau.«
»Dat versteh ich immer noch nicht.«
»Ihr wißt ja, daß viele von den ausländischen Kolleginnen und Kollegen Vertrauensleute geworden sind, das heißt, den meisten Kollegen sind die Gesichter und die Namen bekannt. Der Rest ist einfach: Diese Namen stehen oben auf der Liste.«
»Warum dat denn?«
»Biste besoffen? Du kannst vielleicht blöd fragen.«
»Weil die ersten drei oder vier Namen immer angekreuzt werden!«
»Jar nich schlescht, die Idee.«

81

»Und wia sage Kollega, das mit Liste.«
»Nein, wir können den Kollegen nicht vorschreiben, wen die wählen müssen. Aber wir haben die besseren Argumente. Die Pfennigschinderei kennt ja jeder.«
»Laß mer endlisch mal von de Firma ophöre. Jetz hammer Samstag und Feierabend, abber ihr, ihr könnt nur von de Firma quasseln.«
»Gut, wir haben ja soweit alles besprochen.«
»Un jetz fängt de jemütlische Teil an«, sagte Frieda, »isch han wat janz wat Leckeres mitjebracht.«
Sie holte eine Flasche Aufgesetzten aus der Tasche.
»Familierezep, janz wat Feines. – Elephteria, hasse Jläser do?«

34

Mit Ende der Schicht war die Wahl abgeschlossen. Die Stimmen wurden ausgezählt. Vertrauensleute und andere Gewerkschafter saßen in den Kneipen in der Nähe der Fabrik, waren auf das Ergebnis gespannt, warteten, daß jemand Bescheid sagte. Gerda zählte mit aus.
Frieda, Elephteria, Elena und Christa gingen in Richtung ›Op de Eck‹. Da wollten sie auf ihre Kollegin warten.
Durch die Schwingtüre betraten sie den Schankraum. Dicke Schwaden von Zigarettenqualm hingen unter der Decke.
»Wie isset?« fragte einer vorn am Tresen. »Han mer et jepackt? Oder jeht die alte Mühl in der Scheißbude weiter?«
»Mer wisse auch nix«, sagte Frieda. »Mer sind auch drop am waade.« Christa sah sich um. »Wat machen wir jetzt? Hier is nix frei. Ich han kene Lust, der janze Abend zu stehen.«
»Da Leute gehen weg.« Elephteria zeigte zum Tisch am Zigarettenautomaten.
Die vier Frauen drängten sich nach hinten durch.
»Aaah«, stöhnte Frieda, als sie sich setzte. »Dat däät jut.«
Sie saßen kaum, stand der Kellner schon da. »Was darf et denn sein?«
»Nu waat ens, mer han uns jerad ers hinjesetz.«
Sie bestellten.
»Wat is denn mit eusch los? Ihr nehmt nur Kaffee un Kola? Isch mein, mer feiere jetz, dat mer dä alde Bensen affjesetz han.«
»Wär ich nich so sicher«, sagte Christa. »Ich hab janz schön Bang, dat mer dat nich jeschaff han.«
»Warum?«
»Haste nich jemerkt, wie aktiv die Schultheiß war, in de letzte Wochen. Und der Bensen stand janz oben auf der anderen Liste.«
»Da han isch jar nich hinjekick. Wenn de Kolleje dem jewählt han, dann könne mer einpacke. Dann sin die wirklich ze doof.«

»Zu doof? Ich weiß nich. Für 200 Mark?«
»Wie? 200 Mark?«
»Klar. Bensen hat doch überall rumerzählt, er wär mit der Jeschäftsführung am verhandele, dat se all zweihundert Mark mehr kriegten. Un die Schultheiß, die hat dat überall weitererzählt.«
»Isch wisse von 200 Mark. Kollega sage. Un isch sage Bensen nix gutt, will der nur machen Betribbsrat von Gewerkschaff kaputt. – In unser Abteilung nix Kollega wähle Bensen.«
»Nur Kollega von Junta wähle Bensen«, sagte Elena. »Isch kenne nix viel, die sagt Gewerkschaft nix gut. Die sagt, alles Kommunismus Sozialismus. Da is griechisch Mann in Firma, der kennen griechisch Leute in Gewerkschaft, un er alle aufschreibe.«
»Na denn Prost! Dann isset schon aus.«
»Jetz han isch jedach, mer han endlisch enns wat jeschaff, un jetz isset widder nix.«
Die Stimmung war gedrückt.
»Mensch, wenn der dran bleibt, dann han mer nix mehr zu lache«, sagte Christa nach einer Weile.
»Da brauche mer jar nich ze wade«, sagte Frieda dann. »Da könne mer nach Haus jonn.«
Sie sprachen nichts mehr.
Christa kam vom Klo zurück, blieb stehen, sah zum Eingang. »Is se immer noch nich da?« »Siehste doch. Du kanns blöd frage.«
»Da isse, an der Tür!« Frieda sprang auf, winkte ihrer Kollegin zu. »Jerda! Hier, hier hinte sin mer!«
Aber Gerda hörte sie nicht. Sie sahen, wie die Kollegin von den Männern an der Theke aufgehalten wurde, wie sie ihr auf die Schulter klopften. Einige klatschten in die Hände.
»Wat is denn?« rief einer vom Nebentisch. »Er is weg! Wir haben et geschafft!« Sie sah die Kolleginnen winken, drängte sich zu ihnen durch.
»Erzähl!«
»Heinz«, sagte Frieda zum Tresen rüber, »mach mal fünf Alt un fünf Klare fertig.«
»Wat is denn, erzähl schon!«
»Laß mich erstmal hinsetzen.«
»Du machst et aber spannend!«
»Wir haben gewonnen. Über 50 Prozent der Stimmen haben die Kollegen aus dem VK gekriegt.« Sie nahm das Schnapsglas.
»Na denn Prost! Auf die Neuen!« sagte Christa.
»Prost! Wir können uns ja auch selber gratulieren.«
Der Abend wurde lang. Dimitrios kam später dazu und Gerdas Mann. Stephanos holte seine Buzuki, dann wurde gefeiert und getanzt.

Auf dem Weg zur Fabrik dröhnte Elephterias Kopf bei jedem Schritt. Die Müdigkeit machte den Vormittag zur Qual.

»Mensch, Elephteria, du bis ja janz jrün im Jesich«, feixte Frieda.
»Wie? – Bitte? – Was? –«
»Immer noch schikker wat? – Mußte nich soviel suppe.«
»Ich viel müd. Aber isch nix mache Augen zu. Isch sonst kippen. . .«
Sie merkte, wie sie den Satz kaum zuende bringen konnte.
»Verträgste denn nix?«
»Bisken, aber nix viele wie gesta. Ich ausruhen in Pause. Du nix frage misch bis Mittag.«
»Willste denn en Tablett han? Isch mein jejen de Koppschmerze.«
Zur Mittagspause hatte Elephteria sich etwas erholt. Der Alkohol war abgebaut. Nach zwei starken Tabletten waren auch die Kopfschmerzen verschwunden.

Die Wahlen hatten für die Belegschaft einen Erfolg gebracht. Aber der Sieg mußte geteilt werden. Im Gegensatz zu den ersten Nachrichten vom Vorabend, da reichte schon der Satz »Wir haben gewonnen«, stellte sich bei genauer Prüfung der Erfolg nicht als die totale Niederlage des alten Betriebsrates dar.
Einige aus der alten Mannschaft waren wiedergewählt worden, so viele Stimmen hatte die Bensen-Liste doch noch bekommen.
Erst die Wahl des neuen Betriebsratsvorsitzenden brachte die Klärung der Machtverhältnisse. Kollege Braunschweiger bekam eine knappe Mehrheit. Für den Gegenkandidaten der Bensen-Mannschaft stimmten nur zehn von dreiundzwanzig Betriebsräten.
Nach der Niederlage gaben sich die »Alten« geschlagen und traten geschlossen zurück.
Die Arbeit der neuen Kollegen konnte beginnen.

35

Direkt an Elephterias Haltestelle hatte ein Bäcker seinen Lieferwagen auf die Schienen gestellt und lud Brötchen aus. Die Bahn mußte warten.
Beeilung, Beeilung! dachte sie. Wenn die noch lange warten muß, komm ich zu spät.
Der graue Renault fuhr zur Seite. Die Straßenbahn hielt vor ihr. Sie sah Christa. Seit wann fährt die denn mit der Bahn? Die wird doch sonst von ihrem Mann gebracht.
»Morjen Elephteria.«
»Gutte Morge Christa. Warum du fahre mit Bahne?«
»Unsere Wagen is kaputt. Meine Mann wollt misch heut morjen bringe, un da hat er jemerkt, dat alle Reifen platt waren. Irgendso en paar Idioten han die, krrk, mit em Messer kaputt gemacht. Die janze Straß lang, alle hatten se en Platten.«

»Neu viel teuer.«
»Dat kann mer sage, vier neue, dat sind widder über zweihundert Mark. Un mer hatte die ers drei Woche.«
»Isch wisse wo neu Reife. Gerda Mann wisse Platz an Autobahn.«
»Nee du, Gerda oder ihr Mann, die könne da nich mehr helfen.«
»Warum nix helfe?«
»Wars du denn jestern nich mehr dabei?«
»Isch nix bei!«
»Ich mein dabei, wat Gerda jesagt hat, dat se wegjeht.«
»Gerda weg von Firma?«
»Ja, die hat jekündigt.«

»Aber ihr müßt mich auch verstehn«, hatte Gerda gesagt, »mein Mann hat wieder ne Stelle gefunden, da, wo wir früher gewohnt haben, und da muß ich natürlich mit. Außerdem, die meisten von uns kommen aus dem Ausland. Also braucht ihr auch die entsprechenden Vertrauensleute. Nicht mehr ne Gerda, die alles schmeißt.«
Bei Windstille und wolkenlosem Himmel konnte man schon die Wärme der Sonne spüren. Elephteria hatte sich mittags in die Sonne gesetzt, statt sich in der zu kleinen Kantine um einen Platz zu streiten. Kurz vor Ende der Pause ging sie zum Betiebsratsbüro hinüber und kaufte schnell ein. Im Umkleideraum schloß sie die Tüte mit den Lebensmitteln in ihren Spind ein. Wenn man die Sachen davor stehen ließ, waren sie schnell weg. Da gibt es immer welche, die klauen, dachte Elephteria. Sie drückte das Schnappschloß zu. Auf der Hallenuhr war es erst fünf nach halb. Is noch Zeit, sagte sie sich und steckte eine Zigarette zwischen die Lippen.

Braunschweiger ging an den leeren Arbeitsplätzen vorbei. Wo die wieder ist? Er reckte den Hals und stellte sich auf die Zehenspitzen. Sonns rennt die doch überall rum, nur wenn man se sucht, dann is se nicht da.
Er entdeckte Elephteria, die aus der Umkleide kam. »Wenigstens einer da«, sagte er und rief über die Reihen hinweg, »Kollegin! Warte mal! Hast du die Gerda gesehen?«
»Nee, isch nix wisse, wo Gerda!«
»Wenn du se siehst, sag ihr, sie soll mal hinten zu mir kommen. Kapito!?«
»Ja gutt, isch sage Gerda.«
»Gut, danke!«

Während die Kolleginnen in die Umkleideräume gingen, sich wuschen, Kleider wechselten, lief Elephteria zu Braunschweiger.
»Isch nix sehe Kollega Gerda.«

»So ne Scheiße! Was machen wir denn jetzt? Da is nämlich ne Kollegin, die hat Schwierigkeiten im Personalbüro.«
»Wenn du nix schnell spreche, isch verstehn.«
»Tschuldigung. – Aber du bist doch Griechin, du kannst ja viel besser helfen. Daß ich da nicht früher draufgekommen bin.«
»Isch helfe Kollega, aber nix wisse wo.«
»Die is drüben im Personalbüro. Weil irgendwas geprüft werden mußte, sie hat den Paß von ihrem Mann und von sich abgegeben.«
»Ja, und?«
»Der Angstellte will ihr den von ihrem Mann nicht geben. Er sagt, das is gar nicht ihr Mann, und die will sich den Paß nur unter den Nagel reißen.«
»Du sage nochmal, isch nix versteh alle.«
»Mann in Büro sagen Frau, nix Frau von Mann in Paß.«
»Warum?«
»Die Kollegin heißt Pavlidou. Das steht bei ihr im Paß. Aber im Paß von ihrem Mann steht Pavlidis.«
»Is Kollega Pavlidou noch in Büro?«
»Ja.«
»Du und isch gehe Personalbüro, isch wisse jetz.«
Elephteria kannte das Personalbüro. Es lag nicht mehr im Kantinengebäude, sondern war seit kurzem mit dem Betriebsratsbüro in einer grauen Baracke auf dem Hof untergebracht.
Das neue Büro war anders gebaut als das alte. Es gab nur einen Schalter, durch den die Arbeiterinnen und Arbeiter abgefertigt wurden. Die Kollegin saß auf einer Holzbank davor, trocknete sich mit dem Taschentuch die Tränen.
Elephteria setzte sich zu ihr. »Kollegin, das haben wir gleich. Reg dich nicht auf. – Ist noch einer drin?« Sie deutete zum verschlossenen Schalter.
»Ja, so ein Alter, der arbeitet noch.« Elephteria klopfte an die Schalterscheibe. Ein Flügel wurde zur Seite geschoben.
»Was gibts denn, is schon Feierabend?«
»Wir kommen wegen dem Paß von der Kollegin hier«, sagte Braunschweiger.
»Ja und? Heißt die auf einmal anders?«
»Nee, aber die Kollegin hier is auch Griechin und kann helfen.«
»Gut, aber schnell, ich muß noch nacharbeiten.«
»Isch nix viel sage nur: Wenn Mann, dann du sage Pavlidis, wenn Frau, dann du sage Pavlidou. Du könne sehe bei viel griechisch Name.«
»Ach so is das. Na gut«, und zu Braunschweiger: »Und Sie kennen den Mann auch?«
»Ja, kenn ich, der arbeitet im Maschinenraum.«

Elephteria und Gerda saßen vor der Kantine.
»Überleg doch mal«, sagte Gerda, »aus der Vergaserprüfung is ne Griechin in den Betriebsrat gekommen. Die meisten Kolleginnen kommen ja aus Griechenland, auch bei uns in der Abteilung. Wenn ich weg bin, wird also ne Vertrauensfrau gesucht.«
Elephteria merkte, worauf ihre Kollegin hinauswollte. Sie schüttelte den Kopf. »Nee, isch nix gutt Vertraufrau. Ander Kollege viele besser.«
»Nu tu nicht so. Du bist am längsten von allen Griechinnen bei uns. Zu dir sind se doch oft gekommen, wenn se Hilfe brauchten.«
»Aber isch nix gutt.«
»Stell dir doch mal vor, was gewesen wär, wenn du keinen hier gehabt hättest. Weißt du noch damals, am ersten Tag, wo du mit der Maschine nicht klargekommen bist? Ausgenommen hätten sie dich. Bis aufs Hemd. Es gäb immer noch die Baracken hinter der Fabrik, immer noch Prügel von Dreyer.«
»Nee, nee, nix, isch nix wisse, was mache, wenn Vertraufrau!«
»Vorgestern war der Kollege Braunschweiger bei dir, wegen der Kollegin Pavlidou. Da hast du geholfen. Und genau das mußt du als Vertrauensfrau machen, den Kollegen, deinen Landsleuten helfen. – Außerdem, ist ja nur für ein Jahr. Dann sind wieder Wahlen, und wenn du keine Lust mehr hast, brauchst du dich nicht mehr aufstellen lassen. Ganz einfach.«
»Isch nix wisse jetz, isch denke, sage morgen früh.«

36

Die Gewerkschaft hatte sie als Gerdas Nachfolgerin bestätigt. Als sie in ihrer Funktion als Vertrauensfrau zum ersten Mal in die Firma kam, dachte sie, hoffentlich kommen nicht alle gleich gelaufen! Nichts passierte. Sie war froh.
Dienstags hing sie wieder mit ihrer Stückzahl nach. Das liegt bestimmt an der Entlüftung, ist immer so heiß hier, und das macht schlapp. Mittwochs kamen die Kolleginnen zu ihr, fragten: »Hältst du noch mit?« »Ich schaff das fast jar nich mehr«, sagte Christa.
Elephteria fragte bei Dreyer nach.
»Wat is denn mit euch los?« brüllte der gleich los. »Klar müsse mer mehr mache. Is ers vor ein paar Tage von oben jekommen. Mer komme sonns mit de Lieferunge nich nach.«
»Aba Kollega das nix schaffe. Das zu viele Palette für ein Frau.«
»Wat heißt denn he, zu viel Arbeit? Sin mer doch froh, dat mer jet zu donn hann! De Produktion muß sich nach de Aufträge richten.«
»Das nix gut! Wir viele mehr Arbeit, immer kaputt an Abend, aber

nix mehr Geld kriege.«
»Wat mache die?« schimpfte Frieda, »die han de Stückzahle hochjedrück. Dat jibt et jar nich!«
»Isch gehe Betriebsrat und sage das mit viele Arbeit.«
Nach der Mittagspause sagte sie in der Abteilung Bescheid.
»Zwei Kollegen vom Betriebsrat machen morgen ne Betriebsbegehung. Die wollen auch zu uns kommen.«
»Was ist denn ne Betriebsbegehung?« fragte eine Griechin.
»Da gehen die Kollegen aus dem Betriebsrat durch die Hallen und sehen sich an, wie alles läuft.«

Kurz vor dem Frühstück. Der Zeitpunkt war gut abgepaßt. Elephteria sah die Kollegen durch die Plastikvorhänge in die Halle kommen. Dreyer stand zwei Plätze weiter, gab Kommandos.
Elephteria ging mit ihrem Arbeitstempo runter.
Während Dreyer hinter einer Kollegin stand, sah er den Arbeitsablauf rauf und runter. Ihm fiel sofort auf, daß Elephteria langsamer arbeitete. Er kam zu ihr. »Los schneller, Arbeit, Arbeit, schon wieder faulenzen? Mer sollt euch in der Arsch treten! Mach ja schneller, sons...«
»Was ist – sonst?« fragte Braunschweiger.
Die Pausensirene ertönte. Die Maschinen liefen aus.
»Was wollt ihr denn hier?«
»Was wir wollen?« fragte er laut zurück, »das wirste gleich erfahren, Kollege!«
Keine Frau stand auf. Jeder blieb auf seinem Platz. Die Überraschung war groß.
»Wer ist das?« wurde Frieda gefragt.
»Dat is de neue Chef vom Betriebsrat mit senem Vertreter.«
»Weißt du«, sagte Braunschweiger dann zu Dreyer, »von dir wollen wir eigentlich gar nichts. Was wir zu besprechen haben, daß geht nur die Kolleginnen hier was an.«
»Wie, was denn zu besprechen?« fragte er kleinlaut.
»Geht dich nichts an, Kollege! Du kannst jetzt Pause machen. Die Arbeit hat dich bestimmt sehr mitgenommen.«
Kichern und Gelächter lief die Stuhlreihen entlang.
Ein paar Frauen schluckten erschrocken. Wer hatte das schon mal gewagt, so mit Dreyer umzuspringen.
Der Vorarbeiter verzog sich widerwillig.
Dann wendeten sich die beiden an die Frauen. »Kolleginnen, wir haben gehört, daß Stückzahlen, daß die hier erhöht worden sind. Seit wann denn?«
Elephteria übersetzte die Frage. Ein paar Frauen zuckten mit den Schultern.
»Wir nix merke das, nix wisse, seit wann.«
Elephteria entgegnete: »Isch merke, frage Dreyer. Der sage, du schneller arbeit, viel Aufträge!«

Frieda sagte: »So janz Stückchen für Stückchen, weißte, so, ohne dat de wat merks. Dat is die Sauerei. Auf emol merkse wat, un dann is et passiert.«

Die Betriebsräte waren gegangen. Die Frauen hatten das Gefühl: Dem Dreyer, dem haben wirs gegeben. »Erstmal abwarten«, sagte Christa, »der alte Bensen hat auch immer viel versproche, und wat is passiert?«
Elephteria ging bei nächster Gelegenheit zum neuen Betriebsrat und erkundigte sich nach der Beschwerde.
Es waren auch ausländische Kollegen in den Betriebsrat gekommen. Das erleichterte die Arbeit, half, das noch bestehende Mißtrauen abzubauen.
Anna, die griechische Betriebsrätin, war im Büro.
»Tag Kollegin, ich wollte mal wegen unserer Beschwerde fragen.«
»Beschwerde?«
»Der Kollege Braunschweiger ist vorgestern bei uns gewesen in der Abteilung, wegen der Sache mit dem Arbeitstempo.«
»Achja. Entschuldige, wenn man so neu im Betriebsrat ist – so aus der Produktion hierher. Und was da jetzt so an Beschwerden aus den Abteilungen kommt, kannst du dir nicht vorstellen. Also eure Sache ist klar.«
»Wie? Klar?«
»Höhere Stückzahlen braucht ihr nicht mehr bringen.«
»Einfach so?«
»Ihr braucht überhaupt keine festgelegten Stückzahlen mehr abzuliefern.«
»Wir haben doch immer feste Stückzahlen gehabt, uns jahrelang abgeschuftet. Und jetzt auf einmal nicht mehr?«
»Nein«, sagte Anna, » »hier, ich kann dir den Tarifvertrag zeigen, da steht alles genau drin.« Sie ging zu ihrem Schreibtisch und kam mit Blättern zurück. »Hier steht es schwarz auf weiß. Ihr bekommt Zeitlohn, das heißt Stundenlohn, und darum braucht ihr keinen Akkord zu leisten. Was anderes habt ihr ja bis jetzt nicht gemacht.«
»Warum erfährt man das erst heute?«
»Kollegin, überleg mal. Du weißt doch, wie es bei Bensen war. Wir sind nie informiert worden, und die Firma hat verdient.«
»Mensch, hab ich ne Wut im Bauch!«
»Meinste ich nicht? Mit dem Akkord, das war bei uns auch so. Stückakkord haben wir gemacht und Stundenlohn dafür gekriegt.«
»Überleg mal. Fast zwei Jahre bin ich schon hier. Was die an mir ein Geld verdient haben! – Wenn das die Kolleginnen erfahren.«
»Ich bin schon sechs Jahre hier. Das mußt du erstmal ausrechnen.«

Anna wechselte das Thema. »Seid vorsichtig mit Dreyer. Ich hab dich nur informiert. Wenn ihr was macht, ist das eure Sache. Verstehst du?«
»Klar. Nur, erklär mir mit dem Tarifvertrag das nochmal. Ich kann Dreyer dann genau sagen, was wo steht.«
»Das ist eine Abmachung zwischen Unternehmern und Arbeitern. Die wird von beiden anerkannt, jeder muß sich daran halten.«
»Gut, mehr brauch ich nicht. Tschüss.«
»Tschüss.«

Keiner unterbrach Elephteria, als sie erzählte. Nur Frieda, ihr ging bald das Temperament durch.
»Dä Passelack, dä Dreyer, jenau jewuß hät dä dat. Dat Ferkel. Wat die uns jeschröpp han, die Verbrescher die, Wart nur, wenn der nachher ankütt.«
Wie immer, wenn Frieda wütend war, sprach sie Platt, und fast keiner verstand sie. Elephteria ahnte es nur, dann empfahl sie den Kolleginnen: »Kollega, wir nix arbeit schnell, wenn Dreyer komme, dann wir sage von Vertrag.«
In Sekunden schlug die Stille in der Halle in Lärm um. Die Arbeit lief an. Dreyer war zufrieden. Nach fünf oder sechs Minuten drosselte Frieda ihr Tempo, dann die nächsten vier Frauen, schließlich immer mehr, auch Elena und Elephteria. Einige steigerten plötzlich wieder ihre Leistung, andere wurden noch langsamer. Der gesamte Rhythmus des Arbeitsablaufes war durcheinander. Dreyer wußte nicht, wohin zuerst. Überall kam die Arbeit ins Stocken.
Er war ratlos, reagierte gewohnt. »Los, ihr faules Pack, seid ihr denn total verrückt geworden? Geht das schon wieder los? Einlochen sollte man euch, vergasen wär das richtige, damit ihr endlich mal auf Vordermann kommt.«
Darauf hatte Frieda gewartet.
»Jetz halt ens de Luft an, hässe jehört? Du brauchs he jarnisch so rumzubrülle. Dat is jetz vorbei, klar? He is nix mih mit Akkord, mit Stückzahl un so. Mer mache jetz dat, wat uns paß, dat, wat mer schaffe könne, un sonns nix! Für de Stundelohn, dä mer he krieje, da mache mer uns nit mih kapott!«
»Nu spiel dich ja nich so auf hier!« sagte Dreyer.
»Aufspiele? Jung bis ja still. Renn doch nach em Meister hin, nach em Produksionsleiter. Mer lasse dat mit uns nit mih mache, is dat klar? Mer sind kinn Püppkes mih!«
Die Frauen hatten gespannt zugesehen. Frieda machte eine kurze Pause, nahm all ihr Hochdeutsch zusammen und legte sich einen Satz zurecht. Dat macht Eindruck auf dem, dachte sie und sagte dann: »Weißte, Kollege, die Zeit von de Puppe is jetz vorbei!«
Nach diesem Satz sah Dreyer sie entgeistert an, wurde rot, verließ die Halle.

Er kam zurück, warf die Hallentür zu. Nichts passierte. Auch am nächsten Tag nicht, eine Woche später lieferten die Frauen immer noch keine festen Stückzahlen ab. Und dabei blieb es.

37

Elephteria war krankgeschrieben worden. Zuletzt hatten auch die Tabletten aus der Firma nichts mehr geholfen. Die Schmerzen im Rücken kamen immer wieder.
Tagsüber war sie allein zu Hause. Am zweiten Tag nach der ärztlichen Untersuchung machte sie sich auf den Weg zum Kinderheim. Sie hatte ein paar Tage Zeit und konnte sich um ihr Töchterchen kümmern. Sonst blieben ihr ja nur die Besuche Samstag/Sonntag.
»Vielleicht merkt die Huthmacher nichts, wenn ich die Kleine ein paar Tage zu Haus habe.« Der Gedanke munterte sie auf. Sie ging schneller, überquerte den Umgehungsring. Da war das massige, rotbraun geklinkerte Gebäude. Das große Eisentor war verschlossen. Sie ging durch ein kleines Seitentor auf den Eingang zu. Das Hauptportal war nicht angelehnt wie am Wochenende. Sie kam nicht hinein, schellte.
»Zuerst werd ich sie nach Haus bringen, dann baden, füttern, hier kriegt sie ja nichts Richtiges, dann kann sie ein bißchen schlafen. Dann ein Spaziergang.«
»Ja, sie wünschen?« Elephteria sah ein gleichgültiges Gesicht durch das vergitterte Fenster in der Tür.
»Isch meine Kind besuche.«
»Wie heißen Sie denn?«
»Papandreou.«
»Und Ihr Kind?«
»Auch Papandreou, Anna.«
»Heute ist keine Besuchszeit«, kam die Antwort, kalt.
»Isch meine Kind habe«, sagte Elephteria, rüttelte am Türknauf.
Von innen, eine zweite Stimme: »Was gibts denn da?«
»Hier ist wieder eine von den Gastarbeiterinnen, die ihr Kind besuchen will.«
»Sagen Sie ihr, daß keine Besuchszeit ist.«
Das Gesicht wandte sich wieder an Elephteria.
»Sie habens ja gehört. Nur wenn Besuchszeit ist, samstags und sonntags, aber nicht in der Woche.«
»Isch Mutta von Kind, meine Kind, isch meine Kind habe, – du nix Mutta.«
»Ich habe Ihnen doch gesagt, es geht nicht. Im Interesse der Kinder. Kommen Sie zur Besuchszeit wieder.«
»Das nix gutt, is meine Kind!« Elephteria weinte.
»Da kann ich Ihnen auch nicht helfen. Beim besten Willen nicht.

Tut mir leid. Wir dürfen keine Ausnahmen mehr machen. Müssen Sie verstehen. Auf Wiedersehen.« Das Gesicht verschwand, das Fenster wurde zugemacht.
In ihrer Verzweiflung ging Elephteria ins Kino. Aber sie verstand nichts. Und sie sah nicht viel. Immer wieder kamen ihr Tränen in die Augen.

38

Dimitrios grüßte kurz den Wirt und die am Tresen ihr Bier tranken. Rechts neben dem Fernseher, die vier Stufen hoch, ging er zum Spielzimmer. Da wurde gepokert oder Billard gespielt. Kein bekanntes Gesicht.
Als er wieder nach vorn ging, sah er seinen Freund Paulos an einem Tisch. Er hatte eine Zeitung ausgebreitet und las vor.
»Habt ihr noch Platz?«
»Komm, setz dich.« Evangelos rückte auf der Bank ein Stück weiter.
»Was gibts denn?« fragte er.
»Juntaspitzel, überall.«
»Hier steht es in der Zeitung, schwarz auf weiß. Ein Brief ist abgedruckt: Maßnahme gegen Antinationale Elemente in Westeuropa.«
»Laß mal sehen.« Dimitrios las jetzt vor.

Nach all dem befehlen wir folgendes:
1. Sorgen Sie dafür, daß jeder Versuch einer untergrabenden Tätigkeit, welche unserer nationalen Regierung große Schwierigkeiten im Inland und auch im Ausland bereitet, im Keim erstickt wird.
2. Wenden Sie den Befehl A 15 181/12.7.68 der zentralen Informationsbehörde Zweig A Abteilung 1 gegen die aktiven Personen der verschiedenen antinationalen Organisationen an. Hinsichtlich der gefährlichsten von ihnen wenden Sie den Plan ›POSEYDON‹ an.

»Poseydon? Weiß einer, was das ist?« fragte Kostas.
»Nein, weiß ich nicht. Vielleicht Beschattung oder Ausweisung nach Griechenland.«
»Ich glaub nicht, daß die Regierung hier sowas macht!« sagte Dimitrios.
»Lies doch weiter«, sagte Paulos, »vielleicht steht weiter unten, was damit gemeint ist.«

3. Beschleunigen Sie die Ausführung des Befehls Nr. E 16 211/5.9.68 der zentralen Informationsbehörde Zweig 2 A Abteilung 1 zur Einschleusung unserer

Agenten in diese Organisationen zwecks deren Zersetzung und zur Einweisung national gesinnter Personen, die in der Lage sind, gegen entsprechende Entlohnung Pflichten zu erfüllen, die dem Satz 2 dieses Befehls entsprechen.«

»Das ist ein Ding!«
»Hier, wart mal ab, das geht noch weiter:

4. Prüfen Sie nach, ob die Anweisungen des Außenministeriums zur Entziehung der Pässe der aktivsten antinationalen Elemente durch die örtlichen Konsularbehörden durchgeführt werden.«

»Die trauen ja ihren eigenen Leuten nicht«, sagte Paulos. »Müßt ihr euch mal vorstellen, die werben Spitzel an, um ihre eigenen Konsulate zu überwachen.«
»Ich weiß ja nicht genau, wie es jetzt zu Hause ist. Ich bin schon seit 57 hier, aber mein Vater war in der EAM, der hat mir mal von Mathesis erzählt, einem Spitzel vor dem Krieg und später. Der war von der Geheimpolizei engagiert und hat in der Kommunistischen Partei als Funktionär gearbeitet. Der hat sogar Leuten die Flucht aus dem Gefängnis ermöglicht, nur um seine Position in der Partei zu festigen. Alles wußte der, alles. Kannte die meisten. Was er an Namen und Informationen bekam, hat er an die Geheimpolizei weitergeleitet. Erst nach dem Krieg ist er erkannt worden und aus der Partei rausgeflogen. – Vorsichtig muß man schon sein. Wer weiß, was da alles nachkommt, wenn man hier den Mund aufmacht.«
»Du erzählst das alles so schön, bist wohl auch so ein Schnüffler. Schnüffelnase haste ja schon!« grinste Evangelos.
»Ich laß dich gleich abholen, du – antinationales Element!«
Die Männer lachten.
Panos war dazugekommen, Christos und ein paar andere. »Was gibts denn bei euch?« fragte Panos. Dimitrios berichtete. »Ist das alles? Da kann ich euch noch was erzählen.«
»Nein, der Artikel geht noch weiter. Hört mal zu.«
Paulos beugte sich rüber zu Dimitrios. »Da oben gehts weiter. – Das wird noch schlimmer.«
»Kann ich?«

5. Beschatten Sie die Personen, die sich antinational geäußert haben, unabhängig davon, welche politische Ansicht sie haben, und benachrichtigen Sie rechtzeitig, falls diese nach Griechenland zurückkehren wollen.
6. Beschatten Sie die fremden Touristenbüros, die Touristenreisen in unser Land organisieren. Es ist festgestellt

worden, daß eine bestimmte Zahl ausländischer Touristen, die anarchistisch gesinnt sind und mit antinationalen Organisationen im Ausland zusammenarbeiten, ihre Touristeneigenschaft mißbrauchen, indem sie Propagandamaterial und Waffen (wie Sprengstoff, Pistolen usw.) für die hier tätigen Organisationen transportieren.
Teilen Sie uns rechtzeitig die Autokennzeichen jener ausländischen Touristen mit, bei denen auch nur der geringste Verdacht besteht, daß eine Reise nach Griechenland mit nichttouristischen Zielen bevorsteht.

»Sollen wir denen mal ne Liste mit den Namen von der Juntaspitze zuschicken? Die wollen demnächst nach Griechenland einreisen!«
»Blöde Witze, laßt ihn erstmal zu Ende lesen.«

7. Handeln Sie mit der nötigen Vorsicht und führen Sie diesen Befehl streng geheim aus, sonst besteht die Gefahr einer heftigen Reaktion sowohl seitens der Griechen, als auch seitens der regierenden Kreise und der öffentlichen Meinung der Länder, bei denen Sie akkreditiert sind.
8. Sie werden gebeten, jede Information von Belang an die zentrale Informationsbehörde schnellstens weiterzuleiten, und zwar mit Ihrem Kommentar, sowie nach Ausführung der Befehle A 15181/12.7.68 und E 16311/5.9.68 uns mit allen Einzelheiten zu berichten.

Ein Augenblick lang Ruhe am Tisch. Keiner hatte sich vorstellen können, daß der griechische Spitzeldienst so verzweigt organisiert war.
»Damals, als wir hier nach Deutschland gekommen sind, war auch so einer bei uns im Zug.«
»Klar, bei uns auch. Aber hier, gibt es die denn auch hier in der Stadt?«
»Die sitzen überall. Hier auch. Wenn die kommen, wechseln wir das Thema. Wir kennen die doch. Die sind so blöd, daß sie immer wieder kommen.« »Auch in den Betrieben haben sie ihre Leute eingeschleust. Paulos, du hast doch damals bei Zierberg gearbeitet, als '70 die Frauen gestreikt haben. Da wurde auch davon in der Zeitung geschrieben.«
»Stimmt! Da haben sie den Frauen mit Ausweisung gedroht, wenn sie nicht wieder arbeiten würden. Und dann hatte die Firma auch die Konsulate eingeschaltet. Ja, ja, jetzt erinnere ich mich. Die

haben die Kolleginnen damals ganz schön eingeschüchtert.«
»Schöne Scheiße«, sagte Kostas. »Zu Hause haust du ab, weil sie hinter dir her sind. Und hier wirst du ausgenommen. Aber wenn du dagegen, ich meine, wenn du dich wehren willst, sind die Hunde da, drohen oder machen sonst was.«
»Ich kann euch nur sagen, wenn du dich hier nicht organisierst, in der Gewerkschaft oder so, bist du nicht geschützt. Dann haben sie dich schnell«, sagte Dimitrios.
»Lassen wir uns doch davon nicht einschüchtern«, sagte Panos.
»Die deutsche Regierung redet viel, tut aber nichts. Trotzdem, es gibt genug Leute hier, die auf unserer Seite sind.«
»Außerdem, wir wissen das nicht erst seit jetzt, daß hier Spitzel rumlaufen.«

39

Betriebsversammlung. Seit der neue Betriebsrat im Amt war, wurden die Versammlungen der Belegschaft regelmäßig einberufen.
Die Mitglieder des Betriebsrates waren da, Fröbel von der Geschäftsführung und ein Gewerkschaftsvertreter.
Die Auseinandersetzung um Akkord- oder Zeitlohn war noch nicht vergessen.
Eine Kollegin meldete sich. Braunschweiger unterbrach seinen Bericht. »Kollege, du hast gerad von Akkord gesprochen. So ne Betriebsversammlung hat wat für sich. Da hört mer Sachen, wo mer sonns nix von hört.«
»Wat hat dat dann hemit zu don? Setz disch hin Mam«, rief einer von hinten.
Gelächter.
»Ja, jetz jleich. Zum Beispiel hab ich ers jetz von die Sach mit dem Stundelohn jehört, der de Firma für Akkord zahlt.«
Elephteria hatte die Kollegin verstanden. Sie rief nach vorn: »Isch wissen davon. Wir gehe nach Betribbsrat un sage das. Wir immer Akkordarbeit mache, aber nix Lohn für Akkord kriege. Das nix gutt mit Tarifvertrag!«
Fröbel hatte die ganze Zeit versucht, was zu sagen. Er stand auf, nahm das Mikrophon in die Hand.
»Liebe Mitarbeiterinnen und Mitarbeiter! Ich stelle hier fest, in unserer Firma gibt es keine ungerechten Löhne! Hier wird nur nach Leistung bezahlt. Wer keinen Akkord leistet, bekommt auch nur Stundenlohn. Lassen Sie sich nicht aufhetzen. Das ist alles faule Propaganda. Bei uns wurde nie Akkord verlangt und dafür nur Stundenlohn gezahlt.«
Braunschweiger nahm das Mikro. »In der letzten Zeit sind wiederholt Beschwerden beim Betriebsrat eingegangen, die eher das Gegenteil beweisen! Wir wissen genau, wie die Beurteilung in den

einzelnen Abteilungen vor sich geht. Die Frauen arbeiten schwer. Was da mit den Kolleginnen gemacht wird, verstößt wirklich gegen die guten Sitten! Die Kolleginnen mußten jahrelang feste Stückzahlen abliefern und bekamen dafür Stundenlohn, Lohngruppe zwei! – Wenn man es genau nimmt, liebe Kolleginnen und Kollegen, dann müßten die Frauen eine Mark mehr bekommen! Jawohl, eine Mark mehr!«
Das war ein Wort. Beifall, überall Bravorufe.
Fröbel ging zu Braunschweiger, sagte leise: »Das wird noch Folgen haben, Herr Braunschweiger!« Der lachte ein bißchen: »Das haben Tatsachen so an sich, daß sie irgendwie Folgen haben, Herr Fröbel –«

40

Von der Firma aus waren es nur zehn Minuten zu Fuß. Erst über die Bahn weg, durch den Tunnel bis zur Ampel und dann rechts. Elephteria war auf dem Weg zu Elena. Sie wohnte in der Nähe. Anna, die Betriebsrätin wollte auch kommen.
Ali fuhr an ihr vorbei, hupte nicht wie sonst, winkte nicht. Ali, dachte sie, den hätten se damals fast rumgekriegt mit der Wohnung. Wenn wir nicht eingesprungen wären, der hätte dem Bensen das Ding unterschrieben und wär als Betriebsrat zurückgetreten. Bensen wär heut noch dran. Sie schüttelte den Kopf. War ja nicht der einzige. Haben sie ja bei den Frauen auch versucht. Die wollten sie mit nem Platz im Kindergarten rumkriegen und mit Deutschstunden für die Kinder.
Auch wenn sie das Problem ›Kindergarten‹ nicht betraf, eine Lösung mußte gefunden werden. So hatten sie es auf der letzten Sitzung der Vertrauensleute vereinbart.
Schwierigkeiten mit den Kindergärten hatten viele. Statt einen Platz für ihre Kinder zu erhalten, bekamen sie einen auf einer langen Warteliste, dazu die Auskunft: Fragen Sie in zwei Jahren mal wieder nach.
Barbaraviertel. Barbara, ein schöner Name für das Viertel zwischen Schlachthof, Bahngeleisen, Ausfallstraßen und Fabriken. Häßliche Arbeiterwohnungen aus der Zeit der Jahrhundertwende. Die Häuser bis hoch in die Dachgeschosse an Griechen, Türken, Spanier und Italiener vermietet. Auf der Straße viele Kinder. Häuserfronten rechts, Straße, Häuserfronten links. Kein Grün. Rechts die Sackgasse, in der Elena wohnte. Sie mußte drei Treppen hoch. Auf jeder Etage standen Kinderwagen im Flur. Wo kriegen die nur die ganzen Kinder unter, fragte sie sich. Sie schellte. Niemand kam zur Tür, keiner meldete sich von drinnen. Ich sollte doch viertel nach hier sein!
Eine Etage tiefer hörte sie Frauen kichern, an denen sie vorbeigegangen war. Elephteria ging zu ihnen runter, fragte nach Elena.

Da war kein Mißtrauen, nichts Feindliches. Die Frauen waren freundlich. »Isch nix deutsch«, bekam sie zur Antwort, obwohl sie Griechisch gesprochen hatte. »Isch türkisch Frau. Du da.« Sie zeigte auf eine Tür am Ende des Flurs.
»Voglis« stand auf dem Schild. Sie klopfte. Von drin näherten sich Schritte. Eine ältere Frau öffnete. »Wissen Sie, wo Frau«, weiter brauchte sie nicht zu fragen. Durch die offne Tür sah sie Elena und Anna bei einer Tasse Kaffee sitzen, wurde gleich dazu geladen.
Plötzlich flog die Tür zum Nebenzimmer auf. Kinder kamen mit Geschrei hereingestürmt.
»Sind das deine?« fragte Elephteria, grinste. Elena lachte laut. »Wie soll das denn klappen? Ich bin doch kein Kaninchen! Mit dreien hab ich genug.«
»Jetzt versteh ich überhaupt nichts mehr. Erst verabreden wir uns bei dir wegen der Kin-der-gär-, achso.« Elephteria wurde rot.
»Na, klar warum?« fragte Elena.
»Nicht so ganz.«
Mutter Voglis hier versorgt den Tag über die Kinder von Griechen aus dem Haus und aus der Nachbarschaft. Wir haben unseren eigenen Kindergarten. Hinten am Schlachthof ist noch einer.«
»Und was kostet das?«
»Hunderfünfzig im Monat. Dafür sind die Kinder aber den ganzen Tag gut untergebracht.«
»Nicht schlecht«, sagte Anna, »Frau Voglis verdient ein paar Mark und wir Frauen können arbeiten gehen.«
»Bringst du auch deine Kinder hierhin?« fragte Elephteria.
»Nein, ist zu weit von uns aus. Aber die Idee, die müßte man auch mal bei uns versuchen.«
»Genau, aus deiner Gegend sind auch welche bei uns. Die müssen wir fragen«, schlug Elepheteria vor. »Aber ich weiß nicht. Sind hundertfünfzig nicht zu viel? Überleg mal, was ein normaler Kindergarten kostet. Mir wär das auch ein bißchen viel.«
»Dir?« fragte Anna erstaunt.
»Rechne doch mal aus, wieviel da allein vom Lohn abgeht.«
»Dir is das zuviel?« fragte Anna nochmal.
»Hast du eben schon gefragt. Warum?«
Sie sah die anderen erstaunt an.
»Hört euch die mal an. Ist dir heute nichts aufgefallen?«
»Aufgefallen?«
»Dein Mann.«
»Hat der im Lotto gewonnen?«
»Der ist doch seit heute Einrichter bei uns in der Abteilung!«
»Ist ja das Allerneuste. Ich weiß von nichts.«
»Doch, seit heute.«
Irgendwas steckt dahinter, dachte sie auf dem Weg nach Hause. Sie wußte, mit welchen Tricks die Firma arbeitete. Sie war stutzig.

»Entweder meint die Firma, ich gehorche besser, weil du mir sagen mußt, was ich zu tun und zu lassen habe«, sagte ihr Mann abends, »oder die haben mich zum Einrichter gemacht, weil ich dann soviel verdiene, daß ich dich zu Hause lassen kann.«

41

In der Abteilung gab es für Dimitrios viel zu tun. Er trug die Verantwortung für den reibungslosen technischen Ablauf der Produktion. Wenn er morgens in die Firma kam, ging er zuerst zum Meister oder ins Büro des Produktionsleiters und ließ sich seine Aufgaben für den Tag zuteilen.
»Sie gehen zuerst mal hinten in Bereich 67. Da klemmen beim Montieren der Kolben die Auslöseknöpfe. An zwei Maschinen bleiben die hängen. Biegen Sie das erstmal zurecht, damit die Produktion voll weiterlaufen kann.«
Auf dem Weg zu den defekten Maschinen hielt eine Arbeiterin ihm am Ärmel fest. »Nu renn doch nicht schon wieder vorbei. Ich wollte nur wissen, wann endlich mal was wegen dem Kasten hier gemacht wird. Erstens haut man sich die Knochen dran kaputt, und zweitens, wenn der Kasten hier mal einem auf die Füße fällt, dann gibt es bestimmt Zehensalat.«
»Ach ja«, dachte Dimitrios, »das hab ich vergessen zu melden.« Er ging nochmal zum Leiter der Produktion zurück und erläuterte die Beschwerde der Arbeiterin. »Aber Papandreou, ich hab Sie hier doch nicht als Kindermädchen herbekommen. Sie sollen dafür sorgen, daß die Produktion läuft. Also! Gehen Sie hinten zu Bereich 67 und kümmern Sie sich um die Defekte beim Komplettieren der Kolben. Ich mache Sie sonst für den eventuellen Produktionsausfall verantwortlich. Und den Frauen sagen Sie, die sollen besser aufpassen, dann passiert schon nichts. Klar?« Dimitrios erwiderte nichts.

Am nächsten Morgen kurz vor dem Frühstück passierte es dann. In die auslaufenden Maschinen hinein hörte man eine Frau schreien. Dimitrios stellte sich auf einen Stuhl, sah über die Arbeitsplätze hinweg. »Kasten«, schoß es ihm durch den Kopf, als er sah, wo alle zusammenliefen.
Die Frau lag auf dem Boden, schrie. Kollegen hatten ihr den Schuh vom verletzten Fuß gezogen. »Was ist passiert?« »Jemand hat gegen die Halterung jestoßen, daß der Kasten runterjekippt ist.« »Mußte ja eines Tages passieren!« »Aber isch sagen, du Vorsicht hier.« »Ich hör immer Vorsicht! Wir haben dat oft genug gemeldet, weil schon soviel mit dem blöden Kasten passiert ist. Aber so schlimm hatten wir dat noch nie. Der Kasten war bis oben gefüllt, und der is mit der Ecke der Kollegin jenau auf den Fuß gefallen!«

Nachmittags wurde Dimitrios zum Produktionsleiter bestellt. Er hatte weiche Knie, zugegeben, aber was sollte ihm schon passieren. Er hatte ja rechtzeitig auf die Unfallgefahr an dem Kasten aufmerksam gemacht. Von draußen sah er, daß Lindner telefonierte, und wartete darum vor der Tür. Nachdem er den Hörer auf die Gabel gelegt hatte, winkte er Dimitrios zu sich herein. »Setzen Sie sich.« Er machte eine Pause. »Ich habe gerade mit dem Chef telefoniert wegen des Unfalls, Sie wissen schon. Aber warum haben Sie das denn nicht repariert, Herr Papandreou?«
»Isch sagen doch, was Frau sagen. Hier das ganz mache. Aber Sie sage, erst Maschine in 67 gucken.« »Nun werden Sie aber nicht unverschämt, Papandreou!« herrschte er ihn an. »Ich weiß doch wohl, was ich gesagt habe.« »Ne, nix sage Sie, Maschine bei Frau ganz mache. Sie sage, isch in 67 gehe, wegen Ausfall.« Lindner unterbrach ihn: »Ich stelle hiermit fest, daß ich Ihnen den Auftrag gegeben habe, die Sache mit den Kästen zu beheben.« »Aber isch wisse genau...«
»Haben Sie verstanden, Herr Papandreou!« »Ja, gutt, gutt«, sagte Dimitrios, verließ das Glashaus. Ist besser, wenn ich nichts mehr sage, sonst bin ich morgen hier weg vom Fenster.
Am liebsten hätte er alles kurz und klein geschlagen, so wütend war er. Als er am Unfallort vorbeikam, wurde dort schon wieder gearbeitet. Eine Arbeiterin fragte ihn: »Was ist denn nu? Wird das Ding jetzt gemacht?« »Laßt mich endlich mit diesem Scheißkasten in Ruhe«, brüllte er, »könnt ihr denn nicht selbst aufpassen?« »Nu reg dich ab«, hatte sie ihm daraufhin gesagt, »brauchst gar nicht versuchen, dem Dreyer hier den Rang abzulaufen.« Er ließ sie stehen und ging weiter.

42

Elenas Geburtstagsfeier hatte bis tief in die Nacht gedauert. Die letzte Bahn war weg. Dimitrios hing benebelt auf einer Bank. Elephteria versuchte ein Taxi anzuhalten. Erst der dritte Wagen hielt, nach fast einer Stunde. Der Chauffeur ließ sich überreden, nahm sie mit. Zehn Minuten später hielt der Wagen vor ihrem Haus. Elephteria zahlte und gab dem Fahrer fünf Mark Trinkgeld dafür, daß er sie schließlich doch mitgenommen hatte.
Durch den Ruck beim Halten des Wagens war Dimitrios wach geworden. Seine vor Müdigkeit winzigen Augen sahen nach draußen und sagten ihm: Du bist da, du kannst jetzt aussteigen. Schwerfällig versuchte er aus dem Wagen zu klettern. Elephteria stand vor dem Wagen und zog ihn heraus.
Die Straße war leergefegt. Nicht einmal der Nachbar aus Nummer sechzehn war mehr zu sehen. Der hatte den Tick, zwei, dreimal pro Woche die Front seines Hauses abzuwaschen. An den Wochenenden oder vor Feiertagen stand er oft bis spät in die Nacht in der halbdunklen Toreinfahrt seines Hauses und wartete mit ei-

nem Knüppel in der Hand auf die, die womöglich gegen seine saubere Fassade pinkelten.
Elephteria hielt Dimitrios mit einem Arm fest und schloß mit der linken Hand die Haustür auf.
»Sind wir schon zu Hause?« lallte er.
»Ja, nur noch die Treppe hoch, dann sind wir da.«
»Ich kann jetzt allein gehen«, sagte er und zog seinen Arm aus dem seiner Frau.
»Die ganze Treppe ist voll Schnee, alles Schnee. Wie spät ist es denn?«
»Gleich halb drei.«
»Warum ist hier alles voll Schnee?«
»Weiß ich nicht.« Die dicke graue Staubschicht war ihr auch aufgefallen.
»Aber es ist doch alles Schnee, alles Schnee. Wie spät ist es?« fragte er nochmal. Vorsichtshalber hakte sie sich wieder bei ihm unter. Ein paar Minuten später lagen sie im Bett. Es dauerte keine fünf Minuten, da kroch Dimitrios wieder aus dem Bett. »Ich muß aufs Klo«, sagte er, wankte ins Nebenzimmer, nahm den Speicherschlüssel, den der Toilette. Elephteria hörte ihn auf dem Speicher herumpoltern, dachte an Frau Krause aus der zweiten Etage, die gehbehindert war, nachts bei jedem Geräusch aus dem Schlaf gerissen wurde, wie sie ihr oft geklagt hatte.
Sie schlief ein. Als sie wieder wach wurde, vermißte sie Dimitrios' Schnarchen. Elephteria tastete nach rechts. Er war nicht da. Das Bettzeug war kalt.
»Dimitrios?« fragte sie ins Dunkel und knipste das Licht an. Drei Uhr durch. Kein Dimitrios zu sehen. Nebenan war er auch nicht. Durch die geöffnete Tür zum Speicher sah sie die beiden erleuchteten Lampen. Aber Stille. Sie schlich zur Tür. So ein Mist, dachte sie, als eine Holzdiele knarrte. Vom Speicher kam Gestank. Jetzt war sie am Spülstein neben der Tür und konnte den Dachboden einsehen. Sie mußte zweimal hinsehen.
Frau Krauses Tochter hatte auf dem Speicher eine Zinkbadewanne abgestellt, in der Wäschestücke eingeweicht waren. Dimitrios saß mit heruntergelassener Unterhose bis zum Bauchnabel in der Einweichlauge und schlief. An der Wasseroberfläche um ihn herum Knübbelchen, in die sich sein Haufen aufgelöst hatte.
»Dimitrios, bist du denn total verrückt geworden?«
Es war ihm peinlich, daß seine Frau ihn in seiner eigenen Scheiße sitzen sah.
»Das mach ich aber nicht sauber, die Schweinerei«, sagte sie.
Dimitrios war ernüchtert. Wortlos stieg er aus der grau-braunen Brühe, ging zum Wasseranschluß hinüber. Er wusch seinen Körper mit kaltem Wasser ab.
»Bitte geh ins Bett, steh nicht so rum, ich bring das in Ordnung.«

Durch das kalte Wasser war er ganz wach geworden. Er nahm die Wanne und goß »seine« Lauge in den Abfluß. Von drin holte er eine Plastikwanne und spülte jedes Wäschestück aus, hielt es sich unter die Nase, spülte und wusch es zum zweiten und drittenmal durch, so lange, bis es nicht mehr roch.
Schließlich setzte er eine neue Lauge an und legte die Wäschestücke wieder hinein.
Viertel nach vier. Im Osten wurde der Himmel schon grau. Er kroch zu Elephteria ins Bett. Sie drehte ihm den Rücken zu. Plötzlich merkte er, daß sie wach war. Ein seltsames Geräusch, halb erstickt durchs Kopfkissen. Weint sie? Er faßte vorsichtig nach ihrem Kopf. Da drehte sie sich um – glucksend, kichernd! Könnte sich gar nicht beruhigen. Dimitrios schwankte zwischen Wut und Scham und – aber eh er etwas sagen konnte, küßte ihn Elephteria auf den Mund, immer noch kichernd, er spürte ihre Zunge, etwas löste sich bei ihm, eine ganz große Erleichterung, er schämte sich nicht mehr. »Elephteria –«
»Hm –«
Er wollte sagen: Ich liebe dich, aber dann wurde es doch nur: »Danke, Elephteria«. Sie schmiegte sich an ihn, flüsterte: »Du alter Wannenscheißer, du – ich liebe dich«. Und mußte schon wieder kichern.

Deutlich hörte Elephteria, daß die Turmuhr elf schlug. Sie stand auf, reckte sich. Dimitrios blinzelte kurz zu ihr hoch, drehte sich herum und schlief weiter. Sie zog sich an, bevor sie zur Toilette ging. Um diese Zeit konnte sie nicht mehr im Nachthemd durchs Treppenhaus zum Klo auf die zweite Etage hinuntergehen. Der Gestank der vergangenen Nacht war verflogen, und die Wanne mit der Wäsche stand nicht mehr da.
Sie ging nochmal zurück und setzte den Wassertopf für den Frühstückskaffee auf die Kochplatte. An der Halbetage sah sie schon Frau Krause, die auf der grau verstaubten unteren Stufe saß. Sie war fast 70 und in diesem Haus geboren, hatte hier ihre Kinder zur Welt gebracht und die wiederum ihre. Dann waren sie weggezogen, weil die Wohnung für so viele zu klein wurde. Frau Krause gehörte zu diesem alten Haus, wie das alte Haus zum Viertel gehörte.
Die alte Frau bekam nur noch selten Besuch. Ab und zu eine ihrer Töchter. Ihr Mann war schon einige Jahre tot, da saß sie oft auf der Stufe und wartete, daß jemand kam. Kam jemand, dann hielt sie ihn an, erzählte von ihrer Krankheit oder schilderte das Leben im Schützenverein, dem ihr Mann lange Jahre angehört hatte.
»Kommen Se ruhig runter, Frau Papandreou. Isch muß misch hier ausruhen. Wissen Se mit meinem Bein, dat is ja jenagelt worden, und jetz kann ich nich mehr so weit jehen. Kommen Se ruhig. Se können auf der Klo jehen.«

Elephteria mochte die alte Frau. Sie blieb jedesmal für ein paar Worte stehen, wenn sie sich im Treppenhaus trafen. Denn alte Leute einfach so sich selber zu überlassen, das gab es bei ihr zu Hause nicht. Da gehörten die Alten wie jeder Jüngere mit zur Familie.
»Gutt morge, Frau Krause, du gutt schlafe?«
»Doch, doch, aber isch bin aufjewacht, als ihr nach Haus jekommen seid. Aber wissen Se, isch war auch ens jung und da braucht mer Abwechselung, ne? Un da is et nich so schlimm, wenn da mal en biske mehr Krach is.«
Als Elephteria vom Klo zurückkam, saß sie immer noch da.
»Dat is ene Dreck hier, wat?« fing sie das Gespräch wieder an.
»Warum das Dreck? Isch immer putze hier.«
»Jehen Se mal da an et Fenster und machen Se auf.«
Elephteria klappte einen Fensterflügel auf. »Wo is Haus?« fragte sie überrascht.
»Dat Hinterhaus von Nummer zwanzisch haben se jestern abjerissen. Isch hab jedacht, misch würd de Deck überm Kopp zesammefalle. Mir sind auch bald dran.« Sie seufzte: »Ja, ja«, die Tränen liefen ihre Wangen herunter, »nee, isch will nit he weg. Wat soll isch denn da draußen in en neu Wohnung. Hier jehör isch hin.«
Elephteria spürte die Verzweiflung der alten Frau.
»Das schön neu Haus«, versuchte Elephteria zu trösten und schickte gleich noch eine Frage hinterher, »aber wo neu Haus?«
»Haben Se denn von der Stadt noch nix jehört?«
»Nix von Stadt. Nur alte Mann hat messen gemacht vor viel Wochen. Und ander Leute von Haus. Die neue Haus wisse?«
»De Frau Huthmacher is doch schon jar nich mehr hier.«
»Frau Huthmacher weggehe? Nix mehr in Haus?«
»Ne, die is doch weg nach de Drususallee, nur paar Möbele von der sind noch hier.«
»Wann gehe Frau Huthmacher?«
»Jestern oder vorjestern. Jetzt wo de Stadt dat Haus jekauft hat.«
»Gutt Frau, Frau Krause, gutt, isch holen gleich Kind von Heim!«
Elephteria ließ Frau Krause sitzen, rannte die Treppe rauf, rüttelte Dimitrios wach: »Dimitrios! Wir können Anna holen! Die Huthmacher ist weg!«
Noch am Nachmittag gingen sie zum Heim.

43

Der Einzugstermin für die neue Wohnung verzögerte sich von Woche zu Woche. Sie hatten zwar in der Zwischenzeit einen schriftlichen Bescheid erhalten, wo ihre Wohnung lag, aber immer

wieder wurden sie vertröstet.
Sie gehörten zu den letzten, die aus dem alten Haus am Glockhammer ausziehen würden. Von sieben Familien, die früher dort gewohnt hatten, waren zwei übrig geblieben.
Elephteria hatte nachts oft Angst.
Tagsüber hätte jeder ungestört die beiden noch bewohnten Wohnungen ausräumen können.
An diesem Abend hatte Dimitrios Paulos und zwei Arbeitskollegen eingeladen. Sie kümmerten sich um Anna.

Elena holte Elephteria um viertel vor sieben ab. Um diese Zeit wurden die Straßen der Innenstadt nochmal belebt. Die Verkäuferinnen hatten Feierabend und fuhren nach Hause. Die Stadt lief leer.
»Mensch guck dir mal die Möbel an!« Sie blieben vor zwei großen Schaufenstern stehen.
»Wirklich toll. Da drüben, das Wohnzimmer, könnt mir gefallen«, sagte Elena.
»Mir auch, aber viel zu teuer.« »Zu teuer? Zu zweit? Ihr verdient doch jetzt ganz gut.« »Stimmt, seit Dimitrios Einrichter ist, verdient er mehr. Aber die neue Wohnung, da müssen wir fast 350 Mark Miete zahlen, und der Mehrverdienst ist schon weg. Wenn wir Frauen auch mal mehr kriegten, dann kämen wir hin.«
»Komm, wir müssen zur VK-Sitzung«, sagte Elena. Sie gingen weiter.
»Ihr seid noch gut dran. Nimm mal die Kollegen, die Geld nach Hause schicken, die müssen den Pfennig viermal umdrehen. Wollt ihr denn hierbleiben, wenn ihr euch schon so groß einrichtet?«
»Dimitrios meint, es ist besser, so lange hier zu bleiben, bis die Junta weg ist. Bis zu Hause alles besser ist.«
Sie waren eine Weile still nebeneinander hergegangen. »Aber man muß sich doch wehren!« sagte Elephteria auf einmal. »Zur Wehr muß man sich setzen, gegen das, was bei uns passiert, damit wir auch soviel kriegen wie die Männer. Zum Beispiel die Sache mit den Stückzahlen. Und dagegen soll man sich nicht wehren dürfen? Nee, wenn die wie 70 beim Streik gleich mit Ausweisung drohen, dann ist da was faul. Dann haben die da oben bestimmt kein reines Gewissen.«

Im Büro der IG Metall wurde noch gearbeitet. Der große Sitzungssaal war besetzt. Darum trafen sich die Vertrauensleute der Firma Zierberg im Kellergeschoß des DGB-Hauses. Alle waren da, auch die Dolmetscher. »Guten Abend, Kollega«, grüßte Elephteria. »Spät, spät ihr zwei! Kommt, setzt euch hierhin.« Elena und Elephteria setzten sich in die gemütlichen Sessel. »Rauchst du eine mit«, bot Elena ihrer Kollegin eine Zigarette an. »Also Kolleginnen und Kollegen, noch einmal das Ganze für die zu spät Ge-

kommenen.« »Nu mach mal halblang, Horst. Ist doch gerade erst sieben. Was können wir dafür, daß du mit der IG Metall verheiratet bist und sogar bei ihr schläfst, wenn dich keiner dabei erwischt! Darum brauchste doch die Kolleginnen nich so anzuflaumen.« »Nu hört schon auf! Habt ihr euch immer noch nicht beruhigt?« fragte Braunschweiger. »Also, entschuldigt bitte, Kollegin Papandreou und – ich weiß der Name nicht. Naja, zur Sache. Wir haben uns mit ein paar Kollegen überlegt, daß ja die Lohngruppen eins und zwei schon seit Anfang des Jahres gekündigt sind. Und vor der Betriebsratswahl haben wir damals die Kollegen, vor allem die Frauen aus der Gruppe 2, darüber informiert.«
»Und was ist in der Zwischenzeit passiert?« fragte Frieda. »Nix, gar nix«, entgegnete ihr Horst. »Und wat hat die Firma getan?« fragte Christa. »Genau dat mein isch ja. Die Firma hat nich darauf reajiert un ich find, mer müsse dajejen endlich wat unternehme. Mer könne doch nich denen unser Jeld in der Rache werfe.« »Am besten informieren wir die Kollegen nochmal«, meinte Christa. »Aber wie denn? Du kannst doch nicht wieder zu jedem hinrennen.« »Doch, das müssen wir machen, viele han jar kein Ahnung, wat mit denen jemacht wird«, fügte Horst hinzu. »Flugblatt für Kollega, so wie bei Lager«, schlug Elephteria vor. »Schon gut, aber was sollen die Kollegen damit, wenn sowieso das drauf steht, was ihr denen schon erzählt habt«, sagte Braunschweiger. »Dat is schon richtig«, sagte Christa dann, »aber gibt et denn nix, wat sons noch für die Kolleginnen wichtig wäre? Wer weiß denn da genau Bescheid?«

»Doch, oben, beim Bevollmächtigten hat vorhin noch Licht gebrannt. Geh doch mal einer rauf und hol ihn.« Ein paar Minuten später war er bei ihnen. »Kolleginnen und Kollegen, die Sache ist ganz einfach. Die Lohngruppen sind zwar von uns zum 31.12. gekündigt, aber solange noch keine neue Regelung getroffen ist, bleibt es bei den alten Tarifbestimmungen. Es gibt nur eine Möglichkeit. Jeder aus der Lohngruppe 2 muß selber eine Vereinbarung mit der Firma schließen.« »Heißt das, jeder soll allein mit der Firma verhandeln?« übersetzte der Dolmetscher Elephterias Frage.

»Ja, genau, jeder Arbeitnehmer muß seine Lohngruppe kündigen.«
»Das ist es«, sagte Horst, »genau das brauchen wir. Das schreiben wir auf das Flugblatt. Dann sind alle nochmal informiert und wissen, was se machen sollen.«
Schon zwei Tage später, am Mittwochmorgen, standen die Vertrauensleute und andere Gewerkschafter vor dem Betriebstor und verteilten das Flugblatt, das offiziell von der Verwaltungsstelle der IG Metall herausgegeben worden war. Elephteria stand mit einem ganzen Schwung von Blättern am Haupttor.

An die Arbeiterinnen der Lohngruppe 2

Liebe Kolleginnen!
Wollen Sie mehr Lohn haben? Soll Ihr Stundenlohn um mindestens 21 Pfennig erhöht werden? Sie sind bestimmt überrascht, daß wir diese Frage stellen. Wir stellen sie berechtigt, denn Sie selber können diese Lohnerhöhung erreichen!

Hierzu folgende Anmerkung:
Die IG Metall hat gegenüber dem Arbeitgeberverband die Lohngruppen 1 und 2 zum 31. 12. gekündigt. Das bedeutet, daß diese gekündigten Lohngruppen für alle Arbeitnehmerinnen, die am 31. 12. bei der Firma beschäftigt waren, weitergelten. Die gekündigten Tarifbestimmungen wirken also nach! Diese Nachwirkung kann aber durch eine Vereinbarung unterbrochen werden. Sie selbst könnten diese Vereinbarung mit Ihrer Firma abschließen, daß die Nachwirkung unterbrochen wird. Auch der Betriebsrat könnte durch eine Betriebsvereinbarung die Nachwirkung der gekündigten Lohngruppen 1 und 2 unterbrechen. Ist die Nachwirkung unterbrochen, dann könnten Sie die noch bestehende Lohngruppe 3 beanspruchen. Ein einfacher Weg, den Stundenlohn um mindestens 21 Pfennig zu erhöhen. Sie bestimmen nun mit, ab wann die Lohnerhöhung wirksam wird.

Mit freundlichem Gruß

Kurze Zeit nach der Flugblattaktion sprach eine Griechin Elephteria an. »Sag mal, Kollegin, du hast doch die Flugblätter verteilt. Ich werd aber daraus nicht schlau. Vor einem halben Jahr hat die Metall die Lohngruppe zwei gekündigt, aber ich kriege noch immer nicht mehr.«
»Das ist so. Die Gewerkschaft hat die Gruppen zwar gekündigt, aber weil noch kein neuer Tarifvertrag abgeschlossen ist, kriegen wir den alten Lohn.«
»Und was soll ich machen, wenn ich jetzt mehr will?«
»Du sagst der Firma einfach, ich will nicht mehr in Gruppe 2 arbeiten.«
»Schön, aber wie? Wenn ich alleine zur Firmenleitung gehe, dann schmeißen die mich doch raus, und meine Papiere kriege ich auch sofort.«
»Hast du recht. Das beste wär, wenn viele mitmachen.«
»Dann soll also jeder einen Zettel mit der Kündigung der Lohngruppe schreiben, und die sammelt ihr?« »Ja, das heißt nein, ich

weiß was Besseres. Wir machen am besten eine Liste! Wir drucken einfach Listen, in die sich jeder mit seinem Namen eintragen kann. Ja! das ist die Idee. Das machen wir. Gut, daß du mich gefragt hast. Sag mal, wie heißt du eigentlich?« »Despina.« »Also Despina, du hast uns da wirklich auf ne gute Idee gebracht.«
Die Listen wurden gedruckt, und eine Woche später hatten fast 600 Frauen die Lohngruppe 2 gekündigt. Die Kündigungen wurden an den Betriebsrat weitergeleitet mit dem Auftrag, Verhandlungen mit der Geschäftsführung aufzunehmen.

44

Alle waren eingeladen, Elena und ihr Mann, Paulos, Anna, die Betriebsrätin, Christa und Frieda. Die neue Wohnung wurde eingeweiht. Dimitrios stand an der Tür und empfing die Gäste, während Elephteria die große Kanne zum Kuchen auf den Tisch stellte.
»Mensch, wohnt ihr jetzt komfortabel«, hörte sie Christa an der Tür. »Bei euch is ja wirklich der Wohlstand ausjebrochen.« Aber bevor sie sich setzten, führte Elephteria ihre Kolleginnen erstmal durch die neue Behausung. »Un wat zahlt Ihr dafür?« fragte Christa. »350 Mark in ein Monat.« »Ne, nix 350, wir zahle 322 im Monat«, berichtigte Dimitrios seine Frau. »Gutt 322, aber wir mehr zahle ander Jahre, das sage die Vertrag.«
»Immerhin. Für so en Wohnung 320 Mark, dat is jarnit schlecht.«
Nach dem Rundgang ließen sie es sich schmecken. »Du, Anna«, fragte Elephteria ihre Kollegin über den Tisch weg, »was ist eigentlich aus den Verhandlungen gestern geworden?« Ihr habt ja noch getagt, als ich wegging.« Frieda unterbrach die beiden: »Isch verstonn nur Bahnoff, sonns nix, könnt er denn nich deutsch spresche? Mer kritt ja jar nix mit.« »Kollegin Frieda, Entschuldigung, warte Momente bitte, Anna sage von Lohngruppe von IG Metall und Firma. Wege Lohngruppe 2. Erst isch grieschisch höre, dann isch besser wisse, wenn isch deutsch sage.« »Jut, dann macht aber enns schnell.« »Die Verhandlungen von gestern«, fuhr Anna fort, »haben nichts ergeben. Die Firma zögert die Verhandlungen immer wieder hinaus. Gestern konnten die Vertreter der Geschäftsführung nicht bis zum Schluß bleiben, und wir mußten wieder vertagen.« »Warum haut die Gewerkschaft da nicht mal auf den Tisch?« »Weißt du, Elephteria, hier in Deutschland gibt es ein Gesetz, das heißt Betriebsverfassungsgesetz, und da steht in Paragraph 84 und 85, daß ihr das Recht habt, euch beim Betriebsrat zu beschweren, und zwar während der Arbeitszeit!« »Ahja. So wie wir das damals mit Gerda gemacht haben.«
»Nur mit einem Unterschied. Damals habt ihr euch überreden lassen, die Arbeit wieder aufzunehmen, und als die Produktion lief, da dachte keiner von denen da oben mehr an eure Aktion. Da

mußten erst die Presse und der Rundfunk eingeschaltet werden, bevor sich was geändert hat.«
Was Elephteria übersetzt hatte, brachte die Frauen ganz schön in Wut. »De IG Metall kann uns doch nit e Füer unger em Arsch anmache un dann kneife.« »Jenau, die müsse doch wisse, dat wir och noch da sind«, sagte Christa.
»Aber mit Aktion isch glauben nix gutt«, sagte Elena, »viel Kollega haben Angst, wenn Name gebe in Liste für Lohngruppe 2. Isch glauben nix viel machen mit.«
»Dat glaub ich aber nich. Guck mal, wenn die Kollegen dat schon jemacht haben mit der Unterschrift, und dat kam ja auch von de Jewerkschaft, dann warten die doch nur da drauf, dat jetz wat passiert. Isch find die Idee schon jut mit der Aktion. Wat meinst du, Frieda?« »Eins is misch klar. Die Kollejinne, die warte dadropp, dat wat passiert, aber isch glaub auch, dat se e biske Angst haben. Da brauch doch bloß einer von de Jeschäftsführung ze komme und ze sage, wer hat mitmach, der schmeiße mer raus. Wat meinse, wat die schnell widder bei de Arbeit sin.« »Isch glauben, ihr müssen Kollega sage, daß Gesetz sage, Arbeiter dürfe beschwere bei Betriebsrat.« Elephteria freute sich, daß Dimitrios sie unterstützte.
»Da wolle mer ers enns affwade«, sagte Frieda, »ewer isch glaub dat ja nisch.«

Diesmal hatten die Frauen nicht die Frühstücks- oder Mittagspause gewählt. Die Aktion sollte Dreyer, die übrigen Vorarbeiter, die Einrichter, Meister und den Produktionsleiter unerwartet treffen. Dimitrios wußte Bescheid. Er hatte sich nach seiner Erfahrung mit Lindner endgültig auf die Seite der Frauen geschlagen. Vorher hatte er gedacht, wie seine anderen Kollegen für die Firma Partei ergreifen zu müssen.
Er ging durch die Abteilung. Während er an den Maschinen reparierte, sprach er den Kolleginnen nochmal Mut zu.
Genau neun vor elf. In Elephterias Arbeitsgang wurde eine Palette mit 49 Kolben weitergereicht. Eine fehlte. Das war das Zeichen. Die Vertrauensleute stoppten die Arbeit, standen auf, dann Elena, drei, vier andere. Immer mehr hörten auf. Ein paar versuchten sich schnell aufs Klo zu verdrücken. Die waren aber schnell von den anderen zurückgeholt. Als sie sahen, wie viele dabei waren, machten sie mit. Wie in einer Kettenreaktion waren die Frauen und Männer von ihren Plätzen aufgestanden. Die Maschinen klapperten weiter, niemand war da, der sie bediente.
Dreyer versucht es wie üblich, mit Brüllen. Er konnte nicht anders. »Wollt ihr widder an de Arbeit! Ihr Paselacken. Wenn ihr hier Aufstand machen wollt, da seid ihr falsch! Haut ab nach drüben, wenn et euch da so jut gefällt! Los, ran, sons seid er bedient, dann schmeiß mer euch raus!«

Keiner setzte sich.
»Nix Entlassung«, sagte Elephteria, »wir beschweren wegen Gruppe zwei. Wir machen, weil so in Be-, Betriebs-verfassunggesetz.«

Dreyer rannte zum Meister, gemeinsam liefen sie zum Produktionsleiter.
Im Büro standen schon die Meisterkollegen und ihre Leute, diskutierten.
Lindner, mit hochrotem Kopf, tigerte hinter seinem Schreibtisch auf und ab.
»Was das für Ausfall ist! Rechnen Sie mal die Arbeitszeit zusammen! Die Produktion! Was soll das überhaupt? Die spinnen doch! Übergeschnappt!«
»Ich glaube, die wollen aus der Gruppe zwei raus«, sagte Dreyer.
»Bestimmt wegen die Flugblätter, die von der IG Metall hier verteilt worden sind.«
Telefon.
»Ja, Lindner.
Bitte?
Sind die verrückt geworden? Bei Ihnen auch alles still?
Was machen Sie jetzt?
Beruhigen – auffordern, die Arbeit wieder aufzunehmen. Gut gesagt!
Beschwerdeaktion?
Wohin?
Nein, bei uns stehen die Frauen nur an den Maschinen, weiter nichts.
Moment mal.«
Lindner hielt das Mikrophon zu.
»Gehen Sie mal zur Seite, ich kann nichts – da ist ja keiner mehr in der Halle! Wo sind die denn?«
Dreyer sah zum Ausgang. »Dahinten, die letzten gehen gerad raus.«
Lindner nahm den Hörer wieder ans Ohr. »Sind Sie noch da? Bei uns hier alle!
Nur Lohngruppe zwei und ein paar Mitläufer? Nee – alle!
Wohin?
In die Kantine?«

Braunschweiger sprach mit Fröbel, die Kollegen konnten über den Telefonlautsprecher mithören: »Sie wissen nicht, warum sich die Unruhe unter der Belegschaft so lange hält?«
»Ich warne Sie, Herr Braunschweiger, wenn Sie und Ihre Kollegen meinen, die Unruhe im Betrieb schüren zu können, wird das für Sie nicht ohne Folgen bleiben.«

»Bitte? – Wollen Sie dem Betriebsrat unterstellen, er hätte die Friedenspflicht verletzt? Sie haben hier angerufen und wollten ne Auskunft haben. Ich kann Sie Ihnen nicht geben. Im Augenblick kann ich nur sagen, was ich durch das Fenster sehe. Immer mehr Belegschaftsmitglieder kommen in die Kantine. Warum? Kann ich Ihnen nicht sagen, rufen Sie doch später nochmal zurück.« Ende des Gesprächs.
»Den lassen wir jetz ens zappele«, sagte Braunschweiger zu Jupp.
»Was haben die denn jemacht in den letzten Wochen? Hinjehalten haben se de Kollejen, sons nix.«
»Verschoben, vertagt und rausgezögert. – Die Quittung is schon ganz gut.«
Nach zehn Minuten wieder Fröbel.
»Nein, ich weiß immer noch nichts«, sagte Braunschweiger.
Es klopfte. Zwei Vertrauensleute kamen, baten ihn, mit in die Kantine zu kommen.
Braunschweiger sprach zu den Kollegen. Ein Grieche rief dazwischen: »Wir wollen auch mit Fröbel, mit dem wollen wir sprechen, hat sonst alles nich Zweck!« Die große Gruppe der Griechinnen applaudierte. Die Spanierinnen, die Türkinnen und auch die jugoslawischen Frauen fielen ein.
Fröbel kam. Getrampel. Pfiffe. Buhrufe.
Er ließ sich nichts anmerken, fing gleich an zu sprechen.
»Liebe Mitarbeiterinnen und Mitarbeiter. Ich fordere Sie hiermit auf, die Arbeit unverzüglich wieder aufzunehmen. Anderenfalls müssen wir die Rädelsführer zur Rechenschaft ziehen.«
Braunschweiger unterbrach ihn sofort. »Herr Fröbel, ich muß entschieden gegen diese Drohung protestieren. Sie sollten mal im BVG nachlesen. Paragraph 84 bis 86, da steht nämlich folgendes.« Er zog die Broschüre mit dem Gesetzestext aus der Tasche. Er sprach langsam und deutlich, damit möglichst viele ihn verstanden und nicht auf die Übersetzungen warten mußten.
»Und um so ne Beschwerde handelt es sich hier. Das ist mir eben mitgeteilt worden. Die Frauen wollen sich wegen der Gruppe zwei beschweren.«
»Wat heiß he beschwere?!« schrie Frieda von hinten. »En Sauerei is dat. Die do obe verdiene, un mir krieje nix, isch meen en paar Pfenning.«
»Da hasse janz recht«, rief Paula zu ihr rüber, »weeßte noch mit die 18 Stunde oder mit de Akkord? Die halde uns doch he für et Läppke!«
Von überall kamen jetzt Zwischenrufe und Wortmeldungen. Durch die notwendigen Übersetzungen zog sich die Diskussion in die Länge.
Die Mittagspause fing an. Aus anderen Hallen drängten unbeteiligte in die Kantine, wollten sich fürs Essen anstellen.

Fröbel sah, wie sich hinten Frauen zu ihren Kolleginnen an die Tische setzten, mit ihnen diskutierten. Er fürchtete, daß die Aktion noch weiter um sich griff, versuchte, mit dem Lautsprecher den Lärm zu übertönen: »Morgen früh werden wir weiterverhandeln! Ihre Beschwerde ist damit berücksichtigt worden! Nehmen Sie Ihre Arbeit nach der Pause wieder auf!«
Nach wochenlangen Verhandlungen fanden die Arbeiterinnen eines Tages folgenden Aushang am Schwarzen Brett:
Im Sinne einer einheitlichen Regelung der Lohngruppen, verweisen wir auf die näherrückende Tarifbewegung in Nordrhein-Westfalen. Diese Verhandlungen werden ein für alle sinnvolles und zufriedenstellendes Ergebnis zeitigen.

Anfang Januar tagte die Tarifkommission der IG Metall für Nordrhein-Westfalen.
Die Frauen bei Zierberg dachten, sie hätten es geschafft. Waren sicher, die Lohngruppe zwei würde im neuen Tarifvertrag gestrichen. Aber die Kommission stimmte dem Kompromißangebot der Unternehmer zu:
Streichung der Lohngruppe 1 ab 1.7.73.
Vorläufige Beibehaltung der Lohngruppe 2 bis 1975.

Sie ging durch das Nadelöhr am Haupttor in die Fabrik, dann quer über den Hof zu ihrer Abteilung. Vor der Schicht mußte sie sich umziehen. In einer Ecke standen schon einige ihrer Kolleginnen, hörten zu, was eine andere erzählte.
»Gruppe 2 bis 75!«
»So ne Scheiße. Da sieht man, was die Gewerkschaft für uns macht. Nix macht sie.«
»Die machen mit uns jenau dat, wat de Firma mit uns jemacht hat. Ers verspresche se uns wat, un hingerher is et nix«, sagte Frieda.
»Du richtisch sage«, protestierte Elena, »hier von Stadt IG Metall sagen Gruppe zwei wegmachen. Vor eine Jahre, du wissen, Kollega mache Flugblatt.«
»Genau, zuerst han se uns heiß gemacht, un wir han gedacht, wir schaffe et. Un wat is? Nix is. – Isch mach da nich mehr mit! – Gut dat de komms, Elephteria, kannste gleich dat Mitgliedsbuch von misch zurückhan.« Franziska wollte gehen.
»Nix weggehe, Franziska«, sagte Elephteria.
»Dat is wirklich nix Jenaues, so awzuhaue«, sagte Frieda, »mer müsse dat irjendwie angers mache. In de Jewerkschaft da bleib ens drin. Mer müsse de Jungens nur ens e Feuerken unger der Arsch mache. Die solle merke, dat mer auch noch dasin. Mer müsse jet donn, damit die wisse, dat se nich alleen sin.«
»Du, gut das sage, Frieda, Gewerkschaff mache Tarifvertrag. Da schreiben Grupp zwei weg in fünfsiebzisch. Aber Kollega von IG Metall sage, Grupp zwei muß weg schnell.«

»Du meins, die han de Vertrag gemacht, und da war nich mehr drin. Aber et wär besser, wenn die zwei jetz wegkäm.«
»Das rischtisch, Franziska. Wir müssen mache alle Kollega ein Front.«
»Dann abber ran«, sagte Frieda.

45

Nach Abschluß der Tarifrunde blieb es eine Zeitlang ruhig im Betrieb, nach außen jedenfalls.
Aber, auf alle Abteilungen des Betriebes verteilt, wurden Entlassungen angekündigt. Fast 70 Arbeiterinnen sollten die Papiere kriegen.
Natürlich nicht alle auf einmal, das hätte beim Arbeitsamt beantragt werden müssen. Über einen längeren Zeitraum verteilt, sollten die rausgeworfen werden, die am häufigsten krank waren.
Der Betriebsrat sollte zustimmen, doch die 23 Betriebsräte lehnten einstimmig ab.
»Da werden die Kollegen noch dafür bestraft, das se unter den beschissenen Arbeitsbedingungen hier krank geworden sind.«
Unerwartet für die Firmenleitung kam dann auch die 40seitige Analyse des Krankenstandes. Dort stellte eine Untersuchungs-Kommission des Betriebsrates fest:

Seit mehr als einem Jahr kritisiert der neu gewählte Betriebsrat Führungsstil und Behandlung von Mitarbeiterinnen.
Hierzu muß festgestellt werden:
1. Alle Vorgesetzten, die nicht in der Lage sind, Menschen zu führen, treiben den Krankenstand in die Höhe.
2. Ärger mit den Vorgesetzten: Nach Streit mit dem Vorgesetzten bleibt man zu Hause, um ihm eins auszuwischen.
3. Ist das Klima in der Abteilung schlecht, dann bleibt man zu Hause und meldet sich krank.
4. Unzufriedenheit mit der Gestaltung des Arbeitsplatzes ist von Bedeutung. Bei Unzufriedenheit ist die Neigung zum Fehlen größer.
In vielen Personalgesprächen zwischen Betriebsrat, Personalabteilung und Geschäftsführung ist auf diese Probleme und Schwierigkeiten hingewiesen worden. Es muß festgestellt werden, daß eine Lösung dieser Probleme nicht erzielt werden konnte.

46

Auf dem Weg von der Sitzung des Betriebsrates in den Betrieb blieb die griechische Kollegin natürlich bei Elephteria stehen und sagte ihr Bescheid. »Was war denn heute morgen mit dir los?« fragte Elephteria, »gab es in der Sitzung soviel zu besprechen?« »Kann man wohl sagen. Der Kollege Carl hatte eine Zeitung dabei, die von einem Streik berichtete, der gestern in Huckingen ausgebrochen ist.« »Huckingen?« »Das liegt hier in der Nähe. So zwischen Düsseldorf und Duisburg.« »Gut, und was sollen wir da machen?« »Wir haben in der Sitzung einstimmig beschlossen, Geld für die streikenden Kollegen zu sammeln.« »Um was gehts denn bei dem Streik?« »Wie bei uns. Die Kollegen kriegen den versprochenen Mehrlohn nicht.« »Ich habe immer geglaubt, schlimmer als bei uns könnte es nicht sein.« »Also, was ist?« »Wie, was ist?« »Mit dem Sammeln.« »Ich weiß nicht, wie das gemacht wird.« »Du sagst den anderen VK-Leuten Bescheid, und dann geht ihr mit der Sammeldose rum, ganz einfach. Erzählt allen von dem Streik in Huckingen.«

Zwei Mitglieder des Betriebsrates fuhren am nächsten Tag mit einem Kollegen der Jugendvertretung zu Mannesmann nach Huckingen, um die Spende den streikenden Kollegen zu überreichen. Fast 500 Mark waren zusammengekommen. Bei der nächsten Sitzung des Betriebsrates berichtete die Delegation: »Kollegen, jetzt haben wir hier gesammelt, und da wollen die anderen im Betrieb, von denen ja schließlich das Geld gekommen ist, die wollen natülich wissen, wofür sie ihr Geld gegeben haben.« »Und auch«, fragte ein anderer, »wat hatte unsere Aktion für ne Effek?« »Nun wartet mal ab. Zuerst: wie ist es überhaupt zu dem Streik gekommen? Ich glaube, das noch als Vorbemerkung, wir können ne ganze Menge von den Kollegen in Huckingen lernen.« »Nu fangt doch schon an und spannt uns nich so auf de Folter.« »Also, wie es dazu gekommen ist: Ausgangspunkt war klar die steigende Akkordhetze durch die Intensivierung der Arbeit. Da wird immer mehr produziert mit immer weniger Leuten. Und das, was da erwirtschaftet wird, davon kriegen die Kollegen aus dem Betrieb nen Pustekuchen.« »Dat is ja wie bei uns«, rief jemand dazwischen, »wenn de dir überlegst, dat 69 in der Schicht 750 Vergaser hergestellt wurden, und heut sind et 1400.« »Stimmt, jenau!« »Weiter!« »Also, da war einerseits die Akkordhetze und dann kamen noch die Preise, die immer mehr in die Höhe klettern, wißt ihr ja.«

Eine Stunde lang erzählten die drei Kollegen, was sie erfahren hatten – von der Besetzung des Verwaltungsgebäudes, den Einschüchterungsversuchen der Geschäftsleitung, wie ein paar mutige Mannesmann-Kumpels sich auf die Walzstraße gelegt hatten,

als die Meister Streikbrecher spielen wollten, und auch, welche
Verrenkungen ihre Gewerkschaft machen mußte, wegen dem
laufenden Tarifvertrag. Alle freuten sich, daß ihre Solidaritätsaktion mitgeholfen hatte, daß die Walzwerker ihre Forderungen
durchsetzen konnten.
Nach der Sitzung gingen die Kollegen in den Betrieb und wurden
natürlich gefragt: »Na, wat gibt et Neues? Wat habt ihr mit unserem Geld gemacht!« Und weil die Betriebsräte verpflichtet sind,
die Belegschaft zu informieren, gab Anna den Kolleginnen und
Kollegen ausführlich Bescheid.

47

Auf die Analyse des Krankenstandes hin geschah überhaupt
nichts. Kein Kommentar, keine Gegendarstellung der Geschäftsführung, keine erkennbaren Repressalien, obwohl die Entlassung
von 70 Kollegen durch den Einspruch des Betriebsrates verhindert
worden war. Nur: Die Verhandlungen der Geschäftsführung mit
der IG Metall und dem Betriebsrat, wegen der Lohngruppe zwei
wurden wieder hinausgezögert.
Die Stimmung der Frauen war zum Überlaufen. Schon eineinhalb
Jahre wurden sie hingehalten.
»Noch zwei Tage, dann haben wir langes Wochenende«, sagte
Elena in der Umkleide. »Deine Nerven möchte ich haben. Wie du
das schaffst. Ich weiß nicht, wie wir über die Runden kommen
sollen. Jetzt haben se unsere Miete hochgesetzt, zahlen fast 400
Mark.«
Christa kam.
»Gute Tagg, Christa«, sagte Elephteria. »Könne du misch sage, wo
isch Reibkuche kaufe?«
»Kaufen willste die? Die kannste doch selbermachen. Da kaufste
einfach en paa Aepel...«
»Was Äbel? Isch nix kenne die.«
»Dat sin Kartoffele. Die holste, machste dann klein. Son Reibeisen
kann ich disch mitbringen. Ja und dann tust de dat in de Bratpfann,
dat is alles. Und jar nich teuer.«
Sie gingen durch die Schwingtüre in die Halle. Sirene Punkt sieben. Der Trott fing an.
Dreyer versuchte die Frauen anzutreiben, aber keine regte sich
mehr darüber auf. Sie brachten nur die Leistung, die sie schafften,
keinen Schlag mehr.

Neun Uhr, Frühstück. Einige legten ihre Füße hoch auf die Maschinenkante, ruhten sich was aus, dösten vor sich hin. Hier und
da unterhielten sich welche, so von Stuhl zu Stuhl, rauchten
eine.
Elephteria stand auf, ging zum Cola-Automaten. Plötzlich kam

eine Kollegin aus einer anderen Abteilung hereingelaufen. Eine Deutsche. Sie hielt Elephteria am Ärmel fest. »Was ist los?« Die Arbeiterinnen in der Nähe drehten sich um. »Was hat die denn?« Sie sahen, wie die Kollegin aufgeregt auf Elephteria einredete.

Da rief Elephteria, laut, über die Maschinenreihen hinweg: »Elena! Frieda! Christa! Kommen schnell her!« Sie winkte die Kolleginnen herbei.

Überall an den Maschinen standen die Frauen jetzt auf, sahen herüber. Einige kamen angerannt, immer mehr. »Was ist denn los? Is wat passiert?«

Elephteria: »Streik im Maschinenraum!«

»Was? Jetzt?«

»Warum dat dann?«

»Die streiken? Wo?«

Jetzt die Kollegin: »Kurz nach acht war dat heut morjen. Da kam er an, unser Einrichter. Kam vom Meister. Weil wir viel Ausfall hatten Anfang der Woche! Und da haben die dem bestimmt einen draufgegeben. Auf jeden Fall kam der angerannt, und als ne Kollegin was fragen will, da brüllt der die an: Laßt mich endlich in Ruh, ihr Knoblauchfresser, oder so ähnlich. Da steht die Kollegin auf, schmeißt ihre Sachen hin, ich mein auf de Maschine und auf der Boden, brüllt zurück: Ich bin kenne Knoblauchfresser un die anderen hier auch nich, ich bin et jetz endgültisch leid, ihr könnt doch nich mit uns machen, wat ihr wollt, wir sind ken Viehzeug, hau endlich ab hier, du Menschenschinder – in dem Stil! Wir anderen natürlich sofort auf ihrer Seite. Jetz is Schluß! Für Gruppe zwei mache mer die scheiß Arbeit nich mehr, schrie ne andere Kollegin.

Dann sind wir raus auf den Hof.

Kommt, los macht mit! Macht alle mit!«

»Wieviel seid ihr denn?« fragte Christa.

»So! Schon 50 allein bei uns. Der ganze Arbeitsgang hat die Klamotten hingeschmissen.«

»Ich machen mit!« sagte Elephteria. »Wir alle warten lange, lange auf Gruppe zwei weg.«

»Ich auch«, sagte Frieda, dann Christa. Schließlich gingen sie zu zwanzig auf den Hof zu den anderen. Sie wurden mehr und mehr. Viele Sprachen gingen durcheinander. Immer wieder die Forderung:

»Mehr Geld, wir wollen in eine andere Gruppe.«

»Bitte, meine Herren, nehmen Sie Platz. Zur Sache. – Was ist denn da draußen schon wieder los? Also, meine Herren Betriebsräte, wenn das so weitergeht, dann müssen wir die Rädelsführer entlassen. Da ist, davon bin ich fest überzeugt, eine radikale Gruppe am Werk, die uns ständig Unruhe in den Betrieb bringt.«

»Herr Fröbel«, sagte Jupp, »schauen Sie mal ausm Fenster. Was schätzen Sie, wieviel Frauen da draußen stehen? Hundert? Zweihundert? Und jetzt stellen Sie sich vor, wir wissen genausowenig wie Sie, was die wollen.«
»Aber Sie müssen doch wissen, was ihre Leute wollen!«
»Soweit wir bisher informiert sind, geht es wieder um die Leichtlöhne. Genau gesagt um Gruppe zwei«, sagte Braunschweiger. »Aber was Genaues weiß ich darüber auch nicht. Hat uns auch überrascht. Die ganze Sache is für uns, als gewählte Vertreter, auch schlecht, wenn wir nix Genaues wissen...«
»Gut, um die Sache abzukürzen, fragen Sie die Mitarbeiterinnen und Mitarbeiter, was sie wollen. Fragen Sie, wo der Schuh drückt.«
Draußen auf dem Fabrikhof standen jetzt über zweihundert Frauen. Auch Männer waren dabei.
»Das dauern lange, wir nix wisse, was Betriebsrat mache«, sagte Elena.
»Die wolle uns bestimmt widder verjücke«, sagte Frieda.
Die Betriebsrätin Anna kam zu ihren griechischen Kolleginnen.
»Die Geschäftsleitung will von euch wissen, wo der Schuh drückt.« Sie grinste.
Verschiedene Nationalitätengruppen sollten eine Delegation bilden. Die sollte die Forderungen der Frauen formulieren. Es stellte sich aber bald heraus, die einzelnen Abteilungen und Gruppen hatten unterschiedliche Wünsche. Einig waren sich alle nur in der Ablehnung der Lohngruppe zwei.
So mußte eine besondere Kommission gebildet werden. Sie verfaßte dann eine Liste von dreizehn Forderungen:

1. Lohngruppe zwei muß verschwinden. Alle Frauen in der Lohngruppe zwei sollen in Gruppe 3 umgruppiert werden.
2. Die länger im Betrieb Beschäftigten sollen höhere Löhne erhalten als neu eingestellte Arbeiter.
3. Da es im Betrieb keine sauberen Arbeitsplätze gibt, soll jedem eine Schmutzzulage gezahlt werden.
4. Alle Arbeiter, Frauen und Männer, sollen pro Stunde eine Mark mehr Lohn bekommen.
5. Die Frauen an den Sondermaschinen sind in die Lohngruppe 5 umzugruppieren.
6. Die Zeit, die für diese Versammlung verlorengeht, ist zu bezahlen.
7. Sämtliche Frauen, die hier im Betrieb schwere körperliche Arbeit leisten, müssen endlich wie Männer bezahlt werden.
8. Entlassungen wegen häufiger Krankheit haben zu unterbleiben.

9. Überstunden dürfen nicht ungerecht verteilt werden.
10. Wenn sich jemand krank fühlt und zum Arzt gehen muß, soll er einen halben Tag pro Monat ohne Verdienstausfall frei bekommen.
11. Einmal im Monat ist ein bezahlter Tag als Hausfrauentag zu genehmigen.
12. Das Fahrgeld muß wesentlich erhöht werden.
13. Wir fordern die sofortige Entlassung von Vorarbeiter Dreyer und Personalchef Fröbel.

Braunschweiger rief Fröbel an und teilte ihm mit, die Forderungen könnten übergeben werden.
Verhandlungstermin halb zwölf.
Von draußen, die ersten Sprechchöre durch das geöffnete Fenster von Fröbels Büro.
Streik!
Streik!
Streik!
Im Takt dazu klatschten viele Hände. Über 500 Frauen waren schon auf dem Hof. Teile der Produktion mußten stillgelegt werden.
Fröbel wollte wissen, wie die Forderungen entstanden seien.
»Wie Sie gesagt haben«, sagte Jupp, »wir haben die Kollegen gefragt, wo der Schuh drückt, und weil der überall drückte, haben die dann die Forderungen aufgeschrieben.«
»Ganz ohne Ihre Schützenhilfe?«
»Aber, Herr Fröbel, »Sie brauchen uns doch jetzt nicht wieder aus unserem Gesangbuch vorzulesen.«
»Schon gut!«
Während Fröbel die 13 Punkte durchging, schüttelte er den Kopf, sagte, »Ist ja ne Unverschämtheit«, als er beim letzten Punkt angelangt war. Braunschweiger saß ihm gegenüber. »Einige Forderungen sind dabei, über die der Betriebsrat schon länger mit der Geschäftsführung verhandelt, nicht wahr?«
»Ja, ja, ist alles bekannt. Aber wir sind an den Tarifvertrag gebunden und können da nicht ausbrechen.« Mit dem Stift in der Hand sortierte er aus.
»Das hier auf dem Papier sind alles Randprobleme. Meine Herren, ich habe da andere Informationen über die Situation bei uns vorliegen.«
»Sie wollen doch nicht behaupten, die Kolleginnen hätten sich das aus den Fingern gesogen? Ich sage nur Krankenstandsanalyse.«
»Von den dreizehn Punkten sind zwölf völlig überflüssig. Einen Punkt erkenne ich an und verstehe auch die Probleme unserer Mitarbeiterinnen. Die ständige Geldentwertung ist daran schuld, daß unsere Mitarbeiter nicht mit ihrem Lohn auskommen. Unserer Firma geht es auch so. Die Kosten steigen immer weiter. Ei-

gentlich sollten Sie sich an die Regierung wenden, das wäre die richtige Adresse. – Aber meine Herren, ich bin zu Verhandlungen bereit.«
Jupp sah Braunschweiger an. »Verstehst du dat«, fragte er ihn halblaut.
»Nee, aber der hat bestimmt noch wat in petto.«
»Aber unter einer Bedingung.«
»Siehste«, flüsterte Braunschweiger.
»Die Arbeit muß wieder aufgenommen werden. Während der Verhandlungen dürfen keine weiteren Arbeitsniederlegungen stattfinden.«
»Gut«, sagte Braunschweiger, »der Betriebsrat stellt fest, daß die Geschäftsführung zu Verhandlungen bereit ist.«
»Allerdings, meine Herren!«
Wat kommt denn jetz noch? dachte Jupp.
»Die Verhandlungen können frühestens morgen beginnen. Erst müssen die notwendigen Vorgespräche mit der Firmenleitung geführt werden.«

Den ganzen Morgen hatten die Frauen auf dem Hof gewartet. Nach der Sondersitzung des Betriebsrates in der Mittagspause gingen drei Betriebsräte mit Vertretern der Geschäftsführung auf den Hof. Sie wollten zur Belegschaft sprechen. Als sie erschienen, wurde es ruhig.
»Jetzt müssen die nachgeben«, sagte Elena. »Heute sind noch mehr da als bei den Beschwerden.«
»Ich glaub auch. Denn wir wollen nicht nur was von denen, die wollen auch was von uns. Arbeit wollen die von uns, weil die sonst nicht mehr verkaufen können. Und das haben die jetzt gemerkt.«
Braunschweiger reichte das Megaphon Betriebsleiter Bieger hin.
»Nein, nein, Sie sollten zuerst.«
»Liebe Kolleginnen und Kollegen«, begann Braunschweiger, »wir fordern euch auf, die Arbeit wieder aufzunehmen. Über die 13 Punkte wird mit der Geschäftsführung verhandelt.«
Obwohl die Schicht schon eine Weile wieder lief, kamen noch Neue hinzu.
»Liebe Kolleginnen und Kollegen, es sind eine ganze Reihe hinzugekommen, die die 13-Punkte-Forderung noch nicht kennen. Ich lese sie euch zur Information nochmal vor.«
Nach jedem Punkt machte er für die Dolmetscher eine Pause.
»Und fünftens, die Frauen an den Sondermaschinen...« Bieger riß ihm das Megaphon aus der Hand. »Liebe Mitarbeiterinnen und Mitarbeiter! Ich fordere Sie zum letzten Mal auf, unverzüglich ihre Arbeit aufzunehmen. Gehen Sie sofort an ihre Arbeit zurück!«

»N-e-i-n!«
Braunschweiger nahm das Megaphon zurück und las die Punkte fünf bis dreizehn vor.
»Wann verhandelt ihr denn?« rief einer aus der Menge. »Dat wissen wir ja jarnisch.«
»Die Verhandlungen werden morgen beginnen.«
»Die wollen uns doch nur wieder hinhalten. So wie se et immer jemacht han!«
»Mehr kann ich nicht sagen.« Braunschweiger versuchte die Streikenden zu beruhigen. »Wir wissen nur, daß die Verhandlungen erst morgen anfangen sollen.«
»Jetzt ist aber Schluß!« rief Elephteria auf griechisch in die Menge.
»Los, wir gehen selber rüber zum Fröbel und sprechen mit dem«, schrie eine andere Griechin.
»Kolleginnen, merkt ihr denn nicht, was hier mit uns jespielt wird?« Christa war wütend. »Heut machen se Versprechungen, un dann kneifen se. Nee, meine Herren, mit uns nicht!«

Die wütenden Frauen gingen von der Betriebsbaracke rüber zum Eingang der Firmenleitung neben der Pförtnerloge.
Einige Vertrauensfrauen führten ihre Kolleginnen an. Plötzlich schrie Frieda: »Mensch, guck mal da, der im Pförtnerhäuschen. Der hat ja . . .«
»Haaalt! Stooop!« riefen Elephteria und Christa gleichzeitig, rissen die Arme hoch.
»Bleibt stehen, bleibt doch stehen!«

Braunschweiger, Carlos und Anna rannten zur Pförtnerloge. Die Frauen gingen auseinander. Der Betriebsratsvorsitzende lief auf den Pförtner zu, stellte sich vor ihn. »Die wollten mich lynchen!« sagte er, immer noch den Revolver in der Hand. »Komm, gib schon her.« Braunschweiger wartete, sah ihm in die Augen, hielt ihm seine Hand hin. »Gib her!«
Da hatte er die Waffe auch schon in der Hand, sicherte sie.
»Macht mal Platz da! Laßt uns durch!« Er ging auf die Menge zu, den Pförtner neben sich. Keiner ging zur Seite. »Der wollte uns abknallen!« rief eine Kollegin. »Wollt ihr wohl endlich Platz machen!« schrie Braunschweiger. »Los, weg!«
Da gaben die aufgeregten Frauen den Weg frei. Er konnte den verwirrten Pförtner in Sicherheit bringen.

Freitagmorgen. Die Situation vom Vortag hatte sich nicht geändert. Elephteria und ihre Kolleginnen waren ganz normal ins Werk gegangen, fingen aber nicht an zu arbeiten. Sie versammelten sich wieder auf dem Hof.

Die Gespräche mit der Geschäftsleitung waren für halb elf angesetzt. Grundlage sollte die 13 Punkte-Forderung der Belegschaft sein. Die Verhandlungsdelegation des Betriebsrates saß schon auf ihren Plätzen, hatte ihre Unterlagen vor sich auf dem Tisch ausgebreitet.
Völlig unvorbereitet wurde statt zu verhandeln eine Erklärung der Geschäftsführung verlesen.
»Meine Herren Betriebsräte«, begann Fröbel, »alle an dieser Aktion maßgeblich Beteiligten sind der Geschäftsleitung hinreichend bekannt. Diese zehn Personen haben bei dieser widerrechtlichen Arbeitsniederlegung eine führende Rolle gespielt.«
»Jenau, wat isch misch jedacht han. Jetz fange die widder an zu verzöjere«, sagte Jupp zu Franz, dem dritten Delegationsmitglied.
»Es sind dies drei Betriebsräte.«
Den Kollegen blieb die Spucke weg. »Dat is jan eine Unverschämtheit«, sagte Braunschweiger, sprang auf, versuchte ruhig zu bleiben. »Der Betriebsrat protestiert auf das schärfste gegen diese Erklärung. Wir weisen sie mit aller Entschiedenheit zurück und stellen fest, daß durch die unnachgiebige Haltung der Geschäftsführung der bestehende Konflikt verschärft worden ist.«
Fröbel hatte sich in seinen Sessel zurückgelehnt und winkte mit der Hand ab. Jetzt haben wir erstmal Pfingsten, und dann sieht alles anders aus, dachte er.
Alle drei standen auf. Braunschweiger ging einen Schritt auf den Schreibtisch des Personalchefs zu, nahm wütend die große Vase mit den Papierblumen und schüttete sie in den Papierkorb.
»Auf Wiedersehen, Herr Fröbel!«

Vom Hof aus zogen die Frauen in einem großen Block durch die Hallen, um die Kolleginnen und Kollegen bei der Arbeit zur Solidarität aufzurufen. Elephteria und ein paar andere skandierten immer wieder den Ruf: »So-li-da-ri-tät.« Doch ihre Lage wurde hoffnungslos. Angeführt wurden sie nämlich von einer Gruppe unwillkommener Meister, Einrichter, Vorarbeiter. Sie ließen kein Gespräch mit den Kollegen zu, drängten die Frauen ab, wenn ein Kontakt zustande kam.
»Laßt euch mit denen nicht ein«, sagten sie den deutschen Arbeitern, »die Kümmeltürken, was wollt ihr denn mit denen? Wenn et hart kommt, dann sind die sowieso weg, war doch im Krieg jenauso.«
Elephteria war zum Ende der Gruppe gegangen und versuchte mit ein paar anderen, die Anführer zu umgehen. Aber es klappte nicht. Mehr als »ihr spinnt doch, haut doch ab, mit dem Quatsch kommt er sowieso nich durch, nä, ne wilde Streik? Euch jeht et doch viel zu jut, ich weiß gar nich wat ihr wollt«, kriegten sie nicht zu hören.

In der Pause, mittags: »Mensch, haste schon jehört, die han de Verhandlunge abjebroche.«
Die Streikfront bröckelte ab. Einzeln oder in kleinen Gruppen zogen die Frauen in die Hallen zurück, gingen wieder an die Arbeit.
Heiser vom vielen Rufen, müde vom Umherlaufen im Betrieb und deprimiert von ihrer erfolglosen Aktion, zogen sie in die arbeitsfreien Pfingsttage.

48

Dimitrios kam seltener in die Innenstadt, seitdem er mit seiner Familie im Stadtteil Weissenberg wohnte. Die erste Mieterhöhung hatten sie schon bekommen. Es war Dienstag. Dimitrios fuhr mit dem Bus ins Café, wollte seine Zeitung holen. Kurz nach sieben. Ein paar von denen, die nach Schicht hier schnell ein oder zwei Bier tranken, waren noch da. Paulos saß am Tisch neben dem Flipper und diskutierte mit drei, vier anderen. »Abend, darf ich mich zu euch setzen?« »Abend, Dimitrios, dich sieht man ja nicht mehr allzuoft«, sagte Georgios und wollte ihn so mit »Trautes Heim, Glück allein« auf den Arm nehmen. »Nein, wir wohnen jetzt draußen, weit hinterm Bahnhof und Samstag/Sonntag kellnere ich manchmal im Bahnhof.« »Ach, da können wir ja mal einen gratis trinken, wie? Seit wann denn?« fragte Georgios. »Ein paar Monate.« »Ich wußte doch, daß da was nicht stimmt. Euer altes Haus steht nämlich nicht mehr.«
»Schon abgerissen? Gut daß wir raus sind!« Paulos ging dazwischen: »Hört doch mal zu, was Andreas erzählt! Das ist für euch und euren Betrieb verdammt wichtig!« »Und worum gehts da?« »Stell dir vor, seit heute morgen streiken sie bei den Hellawerken in Lippstadt. Lippstadt liegt da hinter Dortmund, und da sind auch fast nur Ausländer beschäftigt.«
»Beschäftigt ist gut! Sag lieber: ausgenommen. Aber erzähl mal.«
Andreas legte los: »Ja, die Facharbeiter in unserer Firma haben vor kurzem eine Lohnverbesserung von 15 Pfennig pro Stunde bekommen, aber die Schlechtbezahlten, also vor allem wir Ausländer, wir sind da leer ausgegangen, obwohl wir schon seit langem gesagt haben, wir kommen mit unseren 600 netto im Monat nicht aus! So wie die Preise überall steigen. Alles wird teurer, die Mieten, das Essen, die Kleider, und wenn du Kinder hast, dann wirst du dafür auch noch bestraft. Bei uns zu Hause in Griechenland, da hatten wir immer viele Kinder, oder?« Alle nickten. »Und weil das alles immer schlimmer wurde, haben wir gestern mit dem Streik angefangen. Da ist die Polizei gekommen und hat ein paar zusammengeschlagen! Einen hab ich gesehn, der ist von einem Polizeihund gebissen worden! Wir haben dann erreicht, daß die Po-

lizei, die mit Hunden, mit Schlagstöcken, Helmen, Schutzschildern und mit Gesichtsmasken angerückt war, daß die zum Schluß wieder abfuhr.« »Das ist ja schlimmer als zu Hause«, sagte Georgios. »Na, wirklich«, sagte Dimitrios, »so schlimm wie in Athen ist es hier nicht.« »Naja, du, da bin ich aber nicht ganz sicher. Meinst du, die schützen die Arbeiter gegen die Unternehmer, wenn die kommen? Umgekehrt! Wenn der Unternehmer die Polizei ruft, dann sind die da und schützen das sogenannte Eigentum von denen, aber wenn wir nach der Polizei rufen, weil nämlich wir jahrelang zu wenig Geld kriegen, und das ist doch unser Eigentum, oder?, da kannst du lange warten.« »Und wie gings weiter?« »Der Streik ist noch nicht zu Ende. Gestern haben wir angefangen, heute war der zweite Tag. Ich bin schon früher weg, weil ich mit Paulos in Urlaub wollte. Jetzt bleib ich natürlich da, muß gleich zurück.« »Wie ist denn die Stimmung bei euch?« »Gut, die ist sehr gut, dafür hat die Polizei gesorgt! Da hat jeder eine Wut für zehn!«

»Und dann, am zweiten Tag, haben die plötzlich 50 Pfennig mehr gefordert, und das war die Verhandlungsbasis.« »Und wieviel haben sie wirklich bekommen?« »Zwischen dreißig und vierzig Pfennig und drei bezahlte Streiktage!« »Und die Lohngruppe zwei weg?« »Nein«, sagte Elephteria etwas enttäuscht, »das leider nicht. Aber, das meint Dimitrios, auch wir haben bei unserem Streik zu Pfingsten einiges falsch gemacht. Ich finde, er hat recht. Wir haben einfach ganz spontan angefangen und mußten doch erst überlegen, was wir wollten, als der Streik schon dran war.« »Stimmt, sowas darf uns nicht mehr passieren, sonst läuft uns die Hälfte wieder aus Angst nach Hause.« »Ja, wir müssen die Sache besser vorbereiten. Der Paulos, der Freund von meinem Mann, der hat einen Freund, der da arbeitet, hat er gesagt. Vielleicht kann der uns erzählen, wie sies gemacht haben.«
»Gut. Oder wir fahren mal hin, zum Wochenende.«

49

Montagmorgen. Der Streik bei Hella war 17 Tage vorbei, da lag es überall. Zwischen den Arbeitsabläufen, auf den Maschinen, auf den Klos, in den Waschräumen und Umkleiden. Man stolperte fast drüber. Die Meister und Vorarbeiter gingen herum, versuchten sie einzusammeln, aber es waren zu viele.
Das Flugblatt war in allen Sprachen abgefaßt, die im Betrieb gesprochen wurden.

Kolleginnen und Kollegen!
Die Preise steigen von Woche zu Woche. Alles wird teurer. Nur unsere Löhne steigen nicht. Die Geschäfte der Firma Zierberg gingen noch nie so gut wie jetzt! Der Doktor

Zierberg, sein Direktor Fröbel verdienen Unmengen Geld. Und wo bleiben wir?
Bis Ende dieses Jahres sollen 300 Arbeiterinnen und Arbeiter eingestellt werden. Wir müssen immer mehr arbeiten, ohne dafür auch mehr Geld zu bekommen. Vor zwei Monaten nahmen sich viele unserer Kolleginnen und Kollegen ein Herz und streikten zwei Tage lang für höhere Löhne, aber es waren zu wenig! Herr Fröbel sagte damals, er ließe sich von einigen Terroristen nicht erpressen, die Mehrheit der Belegschaft wäre doch mit ihrem Verdienst zufrieden, denn sie würden ja nicht mitstreiken.
Damals sollten 6 unserer Kollegen entlassen werden, um den anderen Angst zu machen. Der Betriebsrat erreichte jedoch, daß kein einziger entlassen wurde.
Kolleginnen und Kollegen! Warum habt ihr uns damals nicht unterstützt und mitgestreikt? Die Forderungen gelten heute noch:

1,– Mark pro Stunde für jeden!
Die LG 2 muß abgeschafft werden!

Einige haben in der Zwischenzeit mehr Geld bekommen, aber die meisten von uns gingen leer aus. Wie lange wollen wir uns das noch gefallen lassen? Wir müssen uns selbst helfen. Laßt uns beim nächsten Streik nicht im Stich! Streikt mit!

Fast die ganze Abteilung saß morgens früher an den Maschinen und las das Flugblatt. Dreyer lief zu den noch unbesetzten Plätzen, sammelte die liegengebliebenen Blätter ein.
Kurz nach acht traf Elephteria ihre Kolleginnen Frieda und Elena auf dem Klo.
»Was sagen Kollega zu Blatt?« fragte sie Frieda.
»Die meisten von den Deutschen die han Angst. Eine sagt mich, dat is nix für mich, nacher flieg isch raus. Un dann haut misch mein Alter dursch. So jet jibet auch!«
»Kollega von Griechenland und Jugoslawin sage, Flugblatt gute, aber Kollega auch Angst habe vor Meister.«
»Un dann sin en paar dabei die meinten, jetz is doch de Kommission am verhandele, warum solle mer da streike. Isch hät se enne reinhaue könne. Ers werde mer jahrelang verjückt, un jetz warte die op de Kommission.«

Dienstags waren neue Verhandlungen der paritätischen Kommission angesetzt. Nach einer mehrstündigen Sitzung kam ein Teilergebnis zustande. Die Einrichter und Vorarbeiter sollten bis zu -,80 Mark mehr in der Stunde bekommen. Das Problem der Leichtlohngruppe zwei wurde vertagt.
Nachmittags wurde das Ergebnis bekannt. Unruhe im Betrieb.

Mittwoch. Der Betrieb war normal besetzt. Aber wieder Flugblätter. Hunderte von Flugblättern. Jeder las. »Jetz wird et abber bald ens Zeit«, sagte Frieda. Viele dachten wie sie.

Kolleginnen und Kollegen!
Wieder Verhandlungen. Haben wir auch mehr Geld?
Auch diesmal gingen wir wieder leer aus. Nur einige Einrichter und Vorarbeiter haben zum Teil bis zu -,80 DM pro Stunde mehr bekommen!
Das dürfen wir uns nicht gefallen lassen. Helfen wir uns selbst! Es gibt nur noch einen Weg mehr Geld zu bekommen, *STREIK!*
Vor was haben wir eigentlich Angst? Vor dem Geschwätz unserer Vorgesetzten? Die haben gut reden, denn sie haben ja mehr Geld bekommen.
In anderen Betrieben, z. B. Hella-Werke in Lippstadt, halfen sich die Arbeiter selbst und erkämpften durch Streik höhere Löhne. Warum soll uns dies nicht auch gelingen? Nur, es müssen mehr als beim letzten Mal sein!
H a b t k e i n e A n g s t .
Wartet auf ein Zeichen und macht dann alle mit. Nur alle Zierberg-Arbeiter, ob Deutsche oder Ausländer, können gemeinsam durch einen Streik die Lohnsituation verbessern.
1,00 DM pro Stunde mehr für alle! Die Lohngruppe 2 muß verschwinden. Herr Zierberg und Herr Fröbel verdienen viel Geld, wir wollen mitverdienen.

Hastig wurde für zehn Uhr wieder eine Sitzung der Kommission einberufen. Das zweite Flugblatt hatte die Geschäftsführung verunsichert. Nach der Mittagspause hing das Ergebnis schon an den schwarzen Brettern aus.

Betr.: Sonderzahlungen

Die Geschäftsführung und der Betriebsrat sind übereingekommen, eine Sonderzahlung von
                200,– DM brutto
vorzunehmen.

Betriebsrat   Geschäftsführung

Die Antwort auf die von der Firma angebotene Sonderzahlung lag am Donnerstag wieder in einem Flugblatt vor. Umkleiden, Toiletten, Waschräume – alles wurde kontrolliert. Trotzdem hatten viele das Flugblatt gelesen. Es war vor dem Tor verteilt worden, in kleinen Packen mit in den Betrieb gekommen, von Hand zu Hand gegangen. In Deutsch, Jugoslawisch, Spanisch, in Italienisch, in Griechisch und in Türkisch. Jeder war informiert.

EINSATZ ALLER KRÄFTE

Was sind schon 200,– DM brutto als Sonderzahlung? Man hat uns doch recht gegeben. Die Firma hat Angst! Die Lieferanten drohen! Sonderschichten müssen gefahren werden. Die Meister und Vorarbeiter haben schon 200,– Mark im Monat mehr bekommen! Jetzt noch einmal eine Sonderzahlung, weil SIE vielfältige Aufgaben haben!
Das ist eine UNVERSCHÄMTHEIT. Die 200,– Mark können nur ein Vorschuß sein!

STREIK IST DARAUF DIE EINZIGE ANTWORT

Die Lohngruppe 2 muß endlich abgeschafft werden!
JEDER muß 1,– Mark pro Stunde mehr bekommen!
Habt Ihr Angst? Es muß endlich etwas geschehen!
3000 STREIKENDE können darauf die einzige Antwort sein.
Vorschuß ist gut, aber gerechte Löhne ist unser ZIEL!

50

Hochsommer. Seit Wochen hatte es nicht mehr geregnet. Kurz vor sechs.
Von der neuen Wohnung aus konnten sie zu Fuß zur Fabrik gehen. Das Werk lag eine gute Viertelstunde entfernt. Die drückende Hitze vom Vortag stand immer noch zwischen den Blocks. Keine Brise hatte Erfrischung gebracht. Wenn man sich viel bewegte, dann klebten die Hosen, bald voll Schweiß gesogen, an den Beinen und sogar die luftigen Kleider der Frauen waren nach kurzer Zeit naß unter den Armen.
»Bist du nervös?« fragte Elephteria ihren Mann, »mir sind die Knie ganz weich.« Er legte seinen Arm um ihre Schulter, trotz der Hitze. »Weißt du, nach dem, was ich von den andren über die Flugblätter gehört habe, werden diesmal mehr mitmachen als zu Pfingsten.«
Sie trafen die Kollegen vor der Kneipe »Op de Eck«, warteten noch bis zwanzig vor sieben, dann waren ungefähr 50 Griechen ver-

sammelt, mehr als die Hälfte Frauen. So wie sie trafen sich die türkischen, italienischen, die spanischen und jugoslawischen Frauen an verschiedenen Punkten in der Nähe des Betriebes.
Wie verabredet, teilte sich jede Gruppe. Die Mehrzahl ging zum Haupttor und der Rest zur Nebeneinfahrt.
Der größte Teil der Belegschaft kam jeden Morgen von der Haltestelle auf der Brückenrampe herunter zum Haupteingang des Betriebes.
Als an diesem Tag die Arbeiterinnen gegen zehn vor sieben mit der Bahn zur Schicht kamen oder im Bus, sahen sie schon von weitem ihre Kolleginnen vor dem Tor stehen, scharenweise. Elephteria stand auch dort. Jeder sollte versuchen, die ankommenden Kolleginnen zu überzeugen, nicht ins Werk zu gehen. Sie wunderte sich über Elena, die einfach auf die Frauen zuging und sie ansprach, sie aufhielt, mit ihnen diskutierte und sie teilweise bis ans Tor begleitete. Einzelne ließen sich überzeugen und blieben gleich draußen. Die meisten gingen in die Fabrik. Sie zogen sich dort um, oder es gab welche, die kamen wieder raus. Elephteria hatte sowas noch nie gemacht und zögerte, bis Stephanos zu ihr rüberrief: »Elephteria, los, steh doch nicht rum. Meinst du, die Kolleginnen bleiben von alleine draußen?«
Sie suchte bekannte Gesichter unter den Arbeiterinnen. Eine Kollegin, die letzte Woche in der Kantine an ihrem Tisch gesessen hatte, kam auf das Tor zu. Ihr ging sie entgegen, langsam, war noch unsicher.
Wie fang ich das nur an? dachte sie, ich kann die doch nicht so einfach fragen: Streikst du mit? und außerdem, die anderen kennen bestimmt die Kollegen besser, mit denen sie sprechen, aus der Abteilung. – Und was mach ich, wenn sie nicht will, wenn sie einfach weitergeht? Elephteria wünschte sich, ein andrer würde sie vor ihr ansprechen. Plötzlich: »Elephteria«, sie drehte sich um. Dimitrios stand da.
»Weißt du, wo Stephanos ist?« fragte Dimitrios.
»Warum?«
»Da sind Leute, die kenn ich nicht, die verteilen Flugblätter. Da müssen wir was machen.«
»Der war doch eben noch hier. Warte mal, vielleicht ist er zum Nebeneingang rüber.«
»Ich geh kurz mal hin und seh nach.«
Elephteria sah zum Tor. Dort hatte Elena gerade eine Kollegin aufgehalten, redete auf sie ein, hielt sie am Arm fest, dann an der Tasche und versuchte, sie von der Arbeit abzuhalten. Überall standen ihre Kolleginnen. Manche diskutierten mit zwei oder dreien auf einmal.
Da ging sie auf eine ältere Arbeiterin zu. Kopftuch und lange Hose unter dem Rock, eine Türkin. Sie sprach sie auf deutsch an. Das war für alle Ausländer die Umgangssprache im Betrieb. »Wir

125

Streik machen«, sagte Elephteria, »du machen mit. Nix gehen in Fabrik.«
Die türkische Kollegin zuckte mit den Schultern, als verstünde sie nicht. Oder wollte sie nicht verstehen? Dann dachte Elephteria: Die ist vielleicht neu, bestimmt haben sie denen schon letzte Woche Angst gemacht, wo doch überall die Flugblätter herumlagen. Sie war erleichtert, als Pathena von der Straßenbahn runterkam, die war aus ihrer Abteilung. Sie ging ihr entgegen, brauchte sie aber nicht anzusprechen.
»Was ist denn hier los?«
»Wir streiken. Du machst doch mit?«
»Klar bin ich dabei. Aber sag mir doch, warum. Ich komme aus dem Urlaub zurück, steige aus der Bahn, und da steht ihr scharenweise vor dem Tor rum und streikt!«
»Du weißt doch, dieselbe Sache wie Pfingsten! Aber diesmal haben wir zwei Forderungen, nicht dreizehn. Eine Mark mehr und die Lohngruppe zwei muß weg.«
Fast zweihundert blockierten schon die Firmenzufahrt. Es waren nicht nur streikende Frauen, auch ausländische Arbeiter standen vor dem Gitter.
Hinter dem Tor standen die Arbeiter und Arbeiterinnen unentschlossen herum.
Plötzlich Sprechchöre von draußen.
Alle ra-us!
Alle ra-us!
Alle ra-us!
Überall waren die Parolen zu hören. Auf dem Hof, in den Hallen. Auch in Elephterias Abteilung. Es lief nur ein Teil der Maschinen. Fast die Hälfte der Bandplätze war an diesem Morgen leer geblieben. Einige Frauen standen auf, wollten zum Ausgang laufen. Dreyer war sofort da, hielt eine am Kittel fest, brüllte sie an: »Los, setzt euch auf den Arsch, los, los, an die Arbeit, sonst du rausfliegen.«
Eine andere stieß er an ihren Platz zurück. »Kollega da gehen raus von Umkleideraum«, wehrte sie sich.
»Sind alle vermerkt«, schrie Dreyer, »die werden alle rausgeschmissen und zur Polizei gebracht.«
Er lief zu den Umkleideräumen, schloß sie ab. Dann zum Hallenausgang, zog die riesige Ziehharmonikatür zu, verriegelte sie. Draußen auf dem Hof versuchte er, unbemerkt zum Verwaltungsgebäude zu kommen, wurde von den Streikenden erkannt, ausgepfiffen, ausgebuht, kam bis ins Pförtnerhaus, sah nach draußen. »Na endlich«, sagte er, stürzte am Pförtner vorbei wieder raus.

Die Spanierin, mit der Elephteria sprach, stand mit dem Rücken zum Tor. Sie sah Polizei auffahren. Mehrere Mannschaftswagen,

Polizisten sprangen heraus.
»Nee, nee«, unterbrach sie Elephteria plötzlich, »isch nix mache streike. Da Kollega – Guardia Civil! Isch kennen in Espagna. Isch schnell gehen in Firma.« Sie rannte mit anderen Frauen am Pförtner vorbei in den Betrieb.
Dreyer drängte sich durch die Arbeiterinnen vor das Tor, lief auf die Polizisten zu. »Warten Sie, da drin brauchen Sie nicht suchen. Die Rädelsführer sind hier draußen. Da drüben, das ist eine von den gefährlichsten.«
Elephteria sah in die Richtung.
Dort stand Elena mit ein paar Kolleginnen. »Was wollen die denn von denen?«
Zu zweit liefen Polizisten auf die Frauen los. Einer mit gezogenem Revolver.
»Lauft weg«, rief Pathena, »die kommen zu uns.«
Die Arbeiterinnen liefen auseinander. Elena sah die Uniformierten auf sich zukommen. Sie rannte nicht weg, vor Schreck. Dann, als die Polizisten nur noch zwei, drei Schritte von ihr entfernt waren, lief sie los, kam aber nicht weit. Sofort hatten sie ihre Arme gepackt und umgedreht. Anna, die Griechin aus dem Betriebsrat, lief durch das Tor nach draußen, um ihrer Kollegin zu helfen. Aber sie wurde von Dreyer aufgehalten und weggestoßen. Elena schrie, wehrte sich, strampelte, wollte sich losreißen, bekam den rechten Arm frei, versuchte einen Polizisten wegzustoßen, war gleich wieder gefaßt. Sie fiel auf den Asphalt der Einfahrt, schürfte sich die Knie, schrie auf jetzt vor Schmerz. Der Jüngere hatte ihre Schulter und den rechten Arm zwischen seine Knie geklemmt, stand über ihr, und der zweite hatte ihren linken Arm fest im Griff, sie konnte sich nicht mehr wehren.
Sie wurde abgeführt.
Im weiten Bogen standen die Frauen um die Polizisten herum. Keine traute sich der Kollegin zu helfen; sie sahen, wie ihre Knie bluteten.
»Elephteria, wo sind denn die Kollegen vom Streikkomittee?«
»Das ist doch eine Schweinerei, was Polizei hier machen mit Kollega. Sowas geht nicht. Das dürfen wir nicht uns gefallenlassen.«

Für die Organisation des Streiks war das Komittee verantwortlich, in das aus jeder im Betrieb vertretenen Nationalitätengruppe zwei Delegierte gewählt worden waren. Natürlich die aktivsten Kollegen. Die Namen wurden bekanntgegeben. Eine Abordnung sollte, so war ausgemacht, die Forderungen der Frauen an den Betriebsrat weiterleiten.
Aber am Anfang klappte fast nichts. Statt für Informationen zu sorgen, mit dem Betriebsrat Kontakt aufzunehmen und erste Fragen von Journalisten zu beantworten, mußten sich die Delegierten um die Kollegen auf dem Weg zur Schicht kümmern und den Streikenden Mut machen.

Statt, wie die Polizei glaubte, die Streikenden durch besonders harten Einsatz einzuschüchtern, wurde das Gegenteil erreicht. Unter den Arbeiterinnen und Arbeitern entstand Unruhe. »Die sollen je nochmal widderkomme, dann is he ever wat los!« schimpfte einer. Stephanos rief spontan die Kollegen des Komitees zusammen, die er finden konnte. Sie machten sich auf den Weg zum Betriebsratbüro.

Ungefähr eine halbe Stunde nach der Polizeiaktion sah Elephteria vor dem Tor einen älteren Mann, den sie noch nie gesehen hatte. Er trug eine Brille und hatte vom Kinn bis zum rechten Mundwinkel eine häßliche Narbe. Sie sah seine Hände. Der hat bestimmt noch nie an einer Maschine gearbeitet, dachte sie.
Sie sah, wie die Polizisten vor ihm Haltung annahmen und grüßten, wie sie es schon bei Soldaten gesehen hatte. Journalisten standen um ihn herum und notierten.
»Du Stephanos, kennst du den? Ist der von der Geschäftsführung?« Aus der Firma ist der nicht. Warte, ich geh mal rüber, ich kenne zwei von den Journalisten.«
Aber sie brauchte Stephanos gar nicht abzuwarten. Einer sagte es dem anderen.
Elephteria erfuhr es von Simela aus dem Maschinenraum.
»Hast du den gesehen, da drüben, den großen mit der Brille?«
»Ich hab Stephanos schon gefragt, wer das war.«
»Der Polizeidirektor war das. Und weißt du, was der gesagt hat? Ich meine zu unsrem Streik?«
»Nein.«
»Weil wir streiken, müßte die Polizei so reinhauen, weil das wär ein wilder Streik und das wär Revolution!«
Deutsche Kollegen kamen hinzu.
»Habt ihr schon gehört, dat von der Polizei?«
»Ja, das ist Schweinerei, was die machen mit Elena und andere Kollega«, sagte Elephtería, »und isch wisse von Lippestadt in letzte Monat. Da Polizei auch schlagt Kollega.«
»Dat muß mer sich mal wegtun. Wir werden he in die Pfennigbude ausgenommen, und wenn mer uns dajejen wehren, kütt de Polizei un verprüjelt uns dafür.«

Weder ein Anruf der Geschäftsleitung, noch waren die Forderungen der Streikenden eingetroffen. Es wurde immer später. Braunschweiger trommelte mit dem Kuli auf den Schreibtisch, stand auf, ging zum Fenster, kam zum Telefon zurück.
»Warum meldet sich denn da keiner?«
»Du kennst doch Fröbel, laß dich doch von dieser blöden Taktik nicht nervös machen.«
»Trotzdem, ich versteh das Ganze nicht.«
Telefonläuten.

»Na endlich, daß ist er bestimmt.«
Er grinste und nahm den Hörer von der Gabel.
»Ja, Braunschweiger.«
Er hielt den Hörer zu: »Ist nur Paul.«
Paul König gehörte nicht zu den von der Arbeit freigestellten Betriebsräten. Er war am Morgen zuerst in die Hallen und dann zum Tor gegangen. Von da rief er an.
Außer seinem Namen sagte Braunschweiger nichts mehr. Er drückte nur den Knopf »Lautsprecher«. Seine Kollegen konnten mithören. »Ihr müßt kommen, sofort herkommen. Hier draußen, ich mein vor dem Tor, da gehen se, die Polizei mit Pistolen und Gummiknüppeln gehen so auf die Kolleginnen los, eine Gewerkschaftskollegin haben sie schon verhaftet.«
»Wen denn?«
»Elena.«
»Kenn ich nicht – ach so, ja doch, jetzt weiß ich. Aber warum denn gerade die?«
»Dreyer hat die angeschwärzt. Der war hier beim Pförtner und als die Polizei kam...«
Plötzlich eine Frauenstimme: »Die sind wie Löwe sind die. Polizei verprügelt Kollega Elena. Isch wille helfe und da Dreyer, diese Schweine! Diese Drecke-Kerl! Der is gekommen nach mich, hat mich wegstoßen mit meine Kind in Bauch und schreien du hauen ab, sonst du kriegen Kind schon früher!«
»Wir sind schon unterwegs.«
Braunschweiger warf den Hörer auf die Gabel und lief mit seinen Kollegen rüber zum Tor.
»Die sind verrückt, mit der Polizei zu kommen! Wenn den Griechen das Temperament durchgeht, dann geht was los«, sagte er unterwegs.

Braunschweiger kam mit seinen Kollegen zum Tor, ging sofort auf den Einsatzleiter zu, forderte ihn auf:
»Meine Herren, es handelt sich hier um eine innerbetriebliche Auseinandersetzung, und daher ist der Betriebsrat nicht bereit, Polizeieinsätze auf dem Werksgelände zuzulassen.«
Stephanos und seine Kollegen gingen rüber zum Betriebsratsbüro, damit sie die Forderungen der Streikenden übergeben konnten.
In der Betriebsratsbaracke war auch das Personalbüro untergebracht. Durch das Schalterfenster sahen sie drin die Angestellten an ihren Tischen und Schreibmaschinen sitzen. Ein paar standen am Fenster, unterhielten sich, sahen auf den Hof, schüttelten die Köpfe.
»Guck dir die mal an, diese Pfeifen«, sagte Kristos, »tun gerade so, als wären se was Besseres als wir.«
»Is doch immer dasselbe mit denen. Die pennen immer und ewig.«

»Wie im Zirkus is das. Die gucken zu, wenn wir draußen streiken.«
»Und hinterher? Da kriegen die durch uns noch ne Lohnerhöhung.«

Mit verschiedenen Taktiken versuchte die Firmenleitung den ganzen Tag über, die Solidarisierung der Belegschaft zu verhindern. Arbeiterinnen wurden eingeschüchtert und in ihren Hallen eingeschlossen.
Im Maschinenraum bei den Männern waren die Vorgesetzten vorsichtiger. Drohen war bei Männern nicht ratsam. Man versuchte hier die Arbeiter mit Lohnverbesserungen vom Streik abzuhalten. Ungeschickt und plump gingen sie vor. »Sag mal, Mustafa, willst du mehr Lohn haben?« Mustafa grinste den Meister an. »Türlich, wer will nicht mehr Geld?«
»Dann sag deinen Landsleuten, sie sollen weiter arbeiten, der Streik ist bald zu Ende.«
Mustafa überlegte nicht, sagte: »Nein.«
Er nahm seine Jacke und ging aufs Klo, weil er gesehen hatte, wie sie die Hallentüren abgeschlossen hatten. Durchs Klofenster kletterte er auf den Hof. Auch andere Kollegen hatten sich irgendwie aus ihren Hallen schmuggeln können. Gemeinsam gingen sie zum Eingang. Das große, automatische Eisentor war verschlossen. Aber das war für sie kein Hindernis. Sie überlegten nicht lange, kletterten einfach rüber. Die Streikenden draußen klatschten und jubelten.
In den Hallen wurde nur noch mit halber Kraft gearbeitet. Mehr als 300 Frauen waren nachmittags vor dem Tor. Niemand wußte genau, was im Betrieb vor sich ging. Wurde nun verhandelt oder nicht.
»Warum wird denn nicht verhandelt«, wurde Elephteria gefragt.
»Ich weiß nicht. Das Komitee hat schon heute morgen unsere Forderungen dem Betriebsrat übergeben.«
»Die Taktik ist doch ganz klar«, erklärte Dimitrios, »die wollen nur verzögern, alles in die Länge ziehen, bis die Kollegen die Lust verlieren und nach Hause gehen. Denk doch an Pfingsten, da haben sie es genauso gemacht.«
Gegen halb vier verbreitete sich das Gerücht: ab 19.00 Uhr wird verhandelt.
Es verging eine Zeit, bevor die Abordnung des Betriebsrates zu Wort kam. Fröbel redete die ganze Zeit über. Er saß auf dem hohen Roß und predigte den Betriebsräten von dem »völlig unnötigen wilden Streik«, der von betriebsfremden Gruppen angezettelt worden war.
Jupp malte Männchen aufs Papier.
»Wir, die Firma Zierberg, werden uns dem Druck der Straße nicht

beugen! Unser Angebot, vor knapp einer Woche gemeinsam mit dem Betriebsrat erarbeitet, das gilt unverändert.«
Jupp wollte schon was sagen, aber Braunschweiger legte seine Hand auf Jupps Arm und flüsterte: »Wart doch erstmal ab.«
Fröbel redete immer noch. »Für die nächsten Monate stehen dem Unternehmen vielfältige Aufgaben bevor, die nur in vertrauensvoller Zusammenarbeit zwischen allen Mitarbeiterinnen und Mitarbeitern gelöst werden können.«
Er trank einen Schluck Mineralwasser.
»Also, Herr Fröbel«, sagte Jupp.
»Einen Augenblick, lassen Sie mich bitte beenden.« Er wurde ganz feierlich. »Meine Herren, insbesondere für unsere Lieferbereitschaft, das bedeutet auch Sicherheit der Arbeitsplätze, ist der Einsatz aller Kräfte nötig. Darum werden wir, sozusagen als eine vorweggenommene Anerkennung und als Ausgleich für die allgemeine inflationäre Entwicklung, allen Mitarbeiterinnen und Mitarbeitern eine einmalige Sonderzulage von 200 Mark zahlen. Meine Herren, ich danke Ihnen.«
Fröbel lehnte sich in seinen Sessel zurück.
Braunschweiger, Jupp und Kurt rückten zusammen und berieten kurz. Dann Braunschweiger: »Herr Fröbel, der Betriebsrat ist der Meinung, daß wir so auf keinen Fall weiterkommen. Sie verkennen die Situation. Die augenblickliche Arbeitsniederlegung ist bereits die Antwort auf Ihr Angebot von 200 Mark. Mit so was können wir nicht nochmal ankommen. Die Kollegen lachen uns doch aus.«
»Hier sind radikale Kräfte am Werk. Die meisten unserer Mitarbeiter wollen gar nicht streiken. Darauf habe ich vorhin schon mal hingewiesen. Wir haben alles genau beobachten lassen und festgehalten.«
»Wat soll dat denn?« Jupp warf seinen Kuli auf den Tisch: »Un wenn da wirklisch welsche sind, die sisch an die Kolleje anhänge, dat is doch nich unser Problem. Da schätze Se de Lage abber wirklisch falsch ein!«
»Die Einschätzung der Lage überlassen Sie bitte uns«, konterte Fröbel.
Braunschweiger wollte etwas sagen, aber Jupp wütend: »Laß misch dat enns mache.« Dann zu Fröbel: »Jedenfalls, un dat will isch Ihne sage, he jeht et nich um ›außerbetriebliche Gruppen‹ un auch nich um einmal zweihundert Mark. So wie mir dat Janze sehn, jeht et he janz jrundsätzlich um jerechte Löhne un sonns nix!«
Fröbel: »Meine Herren, Sie wissen so gut wie ich, was da an Parolen herumgeistert, ist nur plumpe Agitation. Ich stelle fest, daß es bei uns keine unterschiedlichen Löhne für gleiche Arbeit gibt.«
Braunschweiger verwies auf die Analyse des Krankenstandes, die der Betriebsrat erstellt hatte und zitierte neueste Veröffentli-

chungen des Bundesarbeitsministeriums. »Der Betriebsrat fragt sich, warum die Geschäftsführung nicht gegen unsere Analyse protestiert hat, wenn sie falsch ist?«
Fröbel flüsterte mit Bieger. Dann stand er auf.
»Meine Herren, unter diesen Umständen sieht sich die Geschäftsführung nicht in der Lage, die Verhandlungen fortzusetzen.«
»Na dann«, sagte Jupp.
Braunschweiger stand auch auf. »Nen Augenblick, Herr Fröbel. Dazu haben wir noch was hinzuzufügen. Der Betriebsrat lehnt jede Verantwortung ab. Er stellt fest, daß durch das Verhalten der Geschäftsführung eine Beilegung des Konfliktes nicht erzielt werden konnte.«

Die schlechte Organisation am Anfang hatte Kräfte gekostet. Der Durst war hinzugekommen. Die Hitze!
Vormittags hatten die Streikenden vor dem Tor für Getränke gesammelt. Dabei waren nur ein paar Mark zusammengekommen. Was waren schon zwei oder drei Kästen Limonade für fast 300 Leute. Zu Anfang hatten sie noch Wasser aus der Sprenkelanlage an der Außenmauer der Kantine gezapft, aber kurz vor zehn wurde drin das Wasser abgedreht.
Diskussionen den ganzen Tag über. Mit dem Ende der Schicht hatten die Streikenden das Tor geräumt. Dann waren Kollegen vom Streikkomitee zur Polizei gefahren. Dimitrios und Elephteria hatten sich angeschlossen. Elena sollte um sechs entlassen werden.
Zu Hause.
Elephteria hatte sich gleich ins Bett gelegt.
Dimitrios ging es wie vielen an diesem Abend. Obwohl ihm seine Beine weh taten wie lange nicht, mußte er raus, ins Café. Neue Informationen einholen, Gerüchten nachgehen, mit Freunden und Kollegen über den wichtigen Tag diskutieren und allen Bescheid geben, wie es Elena bei der Polizei ergangen war.

Montag war im Café der Tag für Stammkunden. Die Griechen unter sich. Als Dimitrios in die Michaelstraße einbog, hörte er durch die offene Tür und die hochgezogenen Fenster des Cafés Stimmengewirr und die Musicbox. Im Hintergrund lief der Fernseher. Bei Pantelis am Tresen bestellte er zwei Bier auf einmal und brachte seinen Flüssigkeitsspegel wieder auf normal. Wohin er hörte, es gab nur ein Thema: Streik bei Zierberg. Nur hinten die Poker- und Billardspieler ließen sich durch die lautstarke Diskussion ihrer Landsleute nicht stören. Sie schoben weiter eine ruhige Kugel oder versuchten, ein paar Groschen zu gewinnen.
Dimitrios setzte sich zu Paulos und den anderen an den Tisch und hörte erst eine Weile zu. Er wunderte sich, daß alle versuchten,

deutsch zu sprechen, wenn sie mit dem Kollegen redeten, der ihm schon in der Firma wegen seines breiten Schnauzbartes aufgefallen war. Er gehörte nicht zu den Griechen.
»Paulos«, fragte er seinen Freund, aber der reagierte nicht, »Paulos, sag mal, wer ist das?«
»Kennst du den nicht?«
»Der fährt bei uns Gabelstabler, aber wer das ist, das weiß ich nicht.«
Mustafa hatte bemerkt, daß über ihn gesprochen wurde. Es machte ihn unsicher, weil er nicht verstehen konnte, was über ihn gesagt wurde.
Trotzdem gab es kein Mißtrauen zwischen dem Türken Mustafa und seinen griechischen Kollegen.
Privat lebte jede Ausländergruppe für sich, aber in der Fabrik arbeiten alle kollegial zusammen. Diese Solidarität trug jetzt den Streik.
»Kollega«, sprach Dimitrios Mustafa an, »isch disch nix sehe bei Fabrik heute.«
»Doch, isch sehe Mustafa, wie über Tor von Fabrik klettern«, sagte Stephanos, »aber du hast doch Elena mit den anderen von der Polizei abgeholt?« fragte er auf griechisch.
»Ja, aber laß Mustafa erstmal erzählen.«
»Du erzählen, Mustafa.«
»Isch war in Fabrik. Isch arbeit in Maschinenraum, wo Vergaser gemacht werden. Wir machen auch Streik. Aber nix könne raus. Tür abgeschlossen, und Meister kommen und sage misch und ander Kollega, du kriegen Urlaub und alle Leute in Maschinenraum kriege 20 Pfennig mehr, wenn du nix streike mache.«
»Und was machen du Kollega?«
»Aber isch meine Kittel ziehe aus und Jacke nehme und gehe in ander Abteilung, weil da Fenster für rauskletter. Isch gehe zu Kollega auf Fabrik Hofe in Streik und dann isch gehen zurück in Maschineraum, weil isch Kollega sagen mitmache Streike. Dann Meister kommen, sagen, du warst in Streike, und isch sagen ja, isch machen diese Streike bis Ende. Und Meister sagen dann: du bist bedient. Wir kündigen disch wegen Streike. Aber isch habe nix Angst, wenn Streike vorbei, dann nehme Kündigung zurück, oder wieder Streike. Firma nix können rausschmeiße Leute in Streike. Aber viel Kollega, Fraue Angst haben, groß Angst.«
Panos kam hinzu, unterbrach Mustafa, klopfte Dimitrios auf die Schulter: »Was ist denn jetzt mit Elena los? Ihr habt sie doch abgeholt, von der Polizei.«
Mustafa ließ Dimitrios erzählen. Es interessierte ihn auch, was mit der Kollegin passiert war.

Elephteria, Dimitrios, Elenas Mann und zwei Vertrauensleute hatten Elena vom Polizeipräsidium abgeholt und sie zur ärztlichen

Untersuchung in ein Krankenhaus gebracht. Nach der Erfahrung vom Morgen trauten sie keinem Außenstehenden mehr und verschwiegen dem Arzt, daß Polizisten ihr die Verletzungen beigebracht hatten.

Ärztliche Bescheinigung
Datum: 13. 8.

Frau Elena...
gab an, daß sie auf der Straße von zwei unbekannten Männern belästigt wurde und nachdem sie sich entfernen wollte, von diesen verprügelt wurde.

Befund
ca. handtellergroßes Hämatom (Bluterguß) an der Innenseite des linken Oberarmes, Kopfschmerzhaftigkeit sowie Druck- und Bewegungsschmerz im Bereich des linken Ellenbogens. Über beiden Kniescheiben je eine ca. fünfmarkstückgroße Hautabschürfung mit Begleithämatom.

Diagnose
Ellenbogendistorsion li., multiple Prellungen und Hautabschürfungen.
Nach der Erstversorgung wurde die Patientin in weitere hausärztliche Behandlung entlassen.

Dr. Goetzburg

Gebühr: DM 15,–

Ein griechischer Journalist, der während Dimitrios' Schilderung hinzugekommen war: »Ich war dabei heute morgen. Hinter mir waren sie auch her. Mit gezogener Pistole wollten sie meine Kamera haben, weil ich das gefilmt habe, was du gerade erzählt hast. Aber ich war schneller. Solche Methoden habe ich zuletzt 1940 in Athen erlebt.«
»Da bist du aber auch schon lange weg. Hättest du mal 1967 in Athen sein sollen, als die Obristen mit ihren Panzern kamen«, lachte Kostas.
»Aber warum ist sie denn überhaupt festgenommen worden? Ich meine Elena?« fragte Stephanos.
»Auf der Fahrt vom Hospital nach Hause hat sie uns das erzählt. Zuerst wußte sie das auch nicht, sie konnte die Polizisten nicht verstehen. Die mußten ihr erst einen Dolmetscher besorgen. Dann haben sie ihr gesagt, sie wär verhaftet worden, weil sie in einer politischen Gruppe engagiert ist. Und dann hat sie denen gesagt, daß sie in keiner Partei und keiner Gruppe ist, nur in der Gewerkschaft

und mit Politik, daß sie da nichts mit zu tun haben wollte. Ich mach keine Politik, hat sie gesagt, das ist meine Meinung. Ich will mehr Lohn haben, eine Mark mehr und die Lohngruppe zwei muß weggemacht werden. Immer wieder haben sie gefragt, von welcher Partei sie kommt, und sie hat immer geantwortet, daß sie in keiner Partei ist. Aber die wollten hören: Ja, ich bin in einer Partei. Dann hätten sie sie laufenlassen, aber das hat sie nicht gesagt.«
»Und zum Streik, haben sie auch zum Streik was gefragt?« wollte Kostas wissen.
»Ja, aber erst hinterher, als sie immer gesagt hat, ich bin in keiner Partei. Da haben sie gesagt, das ist ein wilder Streik, der ist ungesetzlich, und wenn sie nochmal mitmacht, haben sie gesagt, dann würde sie nach Griechenland geschickt.«

51

Schon beim Aufstehen war es drückend wie am Tag vorher. Elephteria und Dimitrios gingen den Weg zur Firma wieder zu Fuß und standen kurz nach sechs vor dem Tor.
Mustafa diskutierte gerade mit türkischen Kollegen, als plötzlich ein Polizeiwagen vorfuhr. Drei Polizisten sprangen heraus, liefen auf ihn zu. Er versuchte wegzurennen, aber da hatten sie ihn schon eingekreist und gepackt. Er konnte sich losreißen und an einem der drei vorbeikommen. Andere waren da, faßten ihn wieder. Mustafas Frau sah, wie ihr Mann gepackt wurde, lief auf die Beamten zu, schlug mit der Tasche auf sie ein, wollte ihren Mann befreien. Vergeblich. Ein Polizist stieß sie zurück. Sie fiel auf den Boden, ließ sich nicht einschüchtern, rappelte sich wieder auf, rannte nochmal auf die Polizisten los. Sofort hielten zwei sie fest. Einer versuchte, ihren Arm auf den Rücken zu drehen. Sie stolperte. Der verdrehte Arm blieb fest im Griff. Schmerzen. Sie schrie. Wußte keinen Ausweg mehr und biß dem Polizisten in den Arm. Andere kamen mit dem Gummiknüppel zu Hilfe, schlugen auf die Frau ein. Sie duckte sich trotzdem, die Schläge trafen sie mit Wucht. Beide wurden abgeführt.

Zwischen viertel vor und sieben kamen die meisten zur Fabrik. Elephteria wußte von einigen Kolleginnen ihrer Abteilung, daß sie gestern noch gearbeitet hatten. Fani kannte sie schon länger.
»Komm«, forderte sie die Kollegin auf, »heute machst du mit beim Streik!«
»Nein, nein, ich hab Angst. Gestern hat der Meister uns gesagt, wenn wir mitmachen, dann will die Firma uns rausschmeißen. Nein, ich mach nicht mit. Nachher flieg ich raus. Ich hab gehört, zwanzig sind schon raus.«
Elephteria wußte von den Drohungen, wußte, daß Kolleginnen sogar mit einem Knüppel daran gehindert worden waren, sich den

Streikenden anzuschließen.
Sie stand Fani gegenüber und legte dann die Hände auf ihre Schultern.
»Überleg doch mal, Fani, wie viele Leute heute schon mitmachen. Alle, die hier draußen stehen, haben Angst gehabt. Du kannst sie fragen. Die hatten Angst, ich hatte auch Angst. Wir alle hatten Angst. Aber jetzt haben wir keine Angst mehr, weil wir viele sind.«
Fani schaute sich um. »Die paar Frauen?«
»Also, willst du dir das mit den Leichtlohngruppen noch weiter gefallen lassen!?«
»Nein.«
»Willst doch dich noch länger von den Meistern und Vorarbeitern schikanieren lassen!?«
Sie schüttelte den Kopf.
»Und warum machst du nicht mit?«
Sie zuckte mit den Schultern.
Also komm. Bleib hier. Wir brauchen dich. Wir brauchen jeden. Wenn wir alle zusammenhalten, dann schaffen wir es diesmal.«
»Also gut.«
Elephteria klopfte ihr auf die Schulter.
»Danke, Kollegin.«

Was der Polizei nicht gelungen war, versuchten Leute aus dem Management auf eigene Faust.
Bieger und Fröbel hatten sich mit ein paar Meistern unter die Streikenden gemischt. Sie versuchten, die Kollegen zur Arbeit zu überreden. Aber da ließ sich niemand umstimmen. Im Gegenteil. Mit dem Megaphon in der Hand schrie Elephteria ihnen im Chor mit den übrigen Frauen die Antwort ins Gesicht:
Mehr Geld!
Mehr Geld!
Eine Mark mehr!
Eine Mark mehr!
Fröbel und seine Helfer hatten plötzlich quer über die Zufahrt eine Kette gebildet und versuchten, die Frauen zwischen ihnen und dem verschlossenen Haupttor durch den kleinen Eingang an der Pförtnerloge in die Fabrik zu drängen.
»Kollegen«, rief Elephteria den Frauen zu, »paßt auf, die wollen euch abdrängen. Die wollen uns teilen!«
Aber Elephterias Anfeuerung half nichts. Nachdem die Frauen auf das Betriebsgelände gezwängt worden waren, ging die Kette untergehakt in die andere Richtung. Die übrigen sollten aus der Einfahrt heraus.
Die Frauen hakten sich ebenfalls unter, wichen immer mehr zurück und ließen die Zierbergkette im Glauben, die Streikenden vom Tor zu vertreiben.

Fröbel und seine Leute zuckten ganz schön zusammen, als plötzlich hinter ihnen eine Stimme über Megaphon die Frauen aufforderte, den Betrieb zu verlassen.
Alle ra-us! Alle ra-us!
Während die Zierbergleute sich immer mehr vom Haupteingang entfernten, hatten sich ein paar Frauen von zwei Seiten an der Fabrikfront entlang zum Tor geschlichen und fingen auf einmal an, ihre Parolen in den Betrieb zu schreien.

Nach den abgebrochenen Verhandlungen vom Montag warteten die Betriebsräte den ganzen Vormittag auf ein neues Verhandlungsangebot. Der Betriebsrat vermutete, die Firmenleitung würde unter dem Druck der öffentlichen Meinung Verhandlungsbereitschaft zeigen.
Die Presse, der Rundfunk und auch das Fernsehen hatten über den ersten Streiktag berichtet.
500 standen schon vor dem Tor, die Produktion mußte eingestellt werden, aber kein Verhandlungsangebot der Firmenleitung traf ein. Die Betriebsräte hatten am Morgen im Bahnhof alle erreichbaren Zeitungen gekauft. Die Artikel über den Streik wurden ausgeschnitten, kopiert und unter den Kollegen verteilt.

...Als die Arbeiter der ersten Schicht in die Fabrik wollten, drohten ihnen die wütenden Frauen Prügel an. Erst 15 Funkstreifenwagen konnten den Arbeitswilligen Zugang verschaffen... Auf Flugblättern und Plakaten forderten die Streikenden eine Erhöhung des Stundenlohnes von fünf auf sechs Mark...(Bild 14. 8. 73)

...versuchten ausländische Arbeitnehmer, Betriebsangehörigen den Zugang zum Werk zu versperren. Nach Angaben der Polizei soll es sich um auswärtige Arbeitnehmer gehandelt haben, die extra gekommen waren...
(Düsseldorfer Nachrichten 14. 8. 73)

Arbeiter und Arbeiterinnen sprachen über die Zeitungsberichte.
»Guckt euch dat mal an«, sagte Jupp und zeigte auf das Foto im größten Lokalblatt, »dat Bild und dat wat drunterstet – sagt alles.«
»Dat is doch Elena, die se gestern verhaftet hann. Die spricht dursch et Mejaphon un hat der Betriebskittel an.«
»Un wat steht dadrunter?«

»... offensichtlich von auswärts herangeführte Männer und Frauen riefen zum Streik auf...«

»Dat ist ja ein starkes Stück«, ärgerte sich einer, »dat ist doch janz klar Meinungsmanipulation. Die wiederholen jenau dat, wat die Geschäftsleitung denen erzählt hat.«
»Un uns? Uns fragen se nich!«
»Jenau, et is doch janz klar, auf welcher Seite die stehen. Die tun jerad so, als wollten wir jar nich streike. Als jing et uns so jut.«

Am späten Vormittag gab es im Betriebsratsbüro eine kurze Lagebesprechung. Noch immer lag kein Verhandlungsangebot vor. Das Telefon läutete. Braunschweiger schwenkte den Apparat auf dem langen Metallarm zu Jupp.
»Nimm du ab, sag den Presseleuten, es gibt nix Neues.«
Jupp meldete sich.
»Ja, der ist da.« Er reichte den Hörer rüber.
»Hier, Fröbel will dich sprechen.«
»Herr Braunschweiger«, begann der ohne Begrüßung, »ich fordere Sie auf, Ihrer Pflicht als Betriebsrat nachzukommen und die Belegschaft aufzufordern, die Arbeit unverzüglich wieder aufzunehmen.«
Die Bürotür wurde hastig aufgestoßen.
»Wo ist Braunschweiger?« fragte Anna.
»Da sitzt er, aber wat is denn los?«
»Hier, das Zettel von Kollega!«

Wenn die Geschäftsleitung bis 12 Uhr keine Antwort gibt auf unsere Forderung, ich verbrenne mich für alle meine Kollegen.«

»Ich muß unterbrechen, Herr Fröbel. Mir wird gerade ein Zettel mit einer Selbstmorddrohung hereingereicht.«
Er legte den Hörer auf.
»Los, schnell rüber zum Tor. Der Mustafa will sich verbrennen.«
Sie rannten den Barackenflur entlang. Anna kam nicht mit, blieb zurück.
»Wohin denn?« rief Jupp zu Braunschweiger.
»Rüber zum Pförtner.«
Das Haupttor war verschlossen und der Fußgängerweg.
Jupp klopfte an das Fenster der Pförtnerloge.
»Warum ist denn das Tor zu?« schrie er aufgeregt den Pförtner an.
»Wir müssen raus, da will sich einer verbrennen.« Da erhob der sich aus seinem Stuhl und kam raus.
»Was wollen Sie denn«, sagte er, »die Leute schreien so rum, daß man kein Wort versteht.«
»Den Schlüssel für das Tor«, sagte Braunschweiger ungeduldig, »geben Sie sofort den Schlüssel für die Tür her.«

»Den Schlüssel?«
»Ja, schnell!«
»Aber den hab ich nicht.«
»Wie, den hab ich nicht. Wer hat den denn?«
»Der Sohn vom Chef.«
Braunschweiger lief am Pförtner vorbei ins Glashaus zum Telefon.
»Geben Sie mir schnell den Junior.«
»Zierberg«, meldete sich eine Stimme.
»Braunschweiger.«
»Ja, was gibt's denn?« fragte Zierberg.
Braunschweiger erklärte die Lage und wies auf die Gefahr hin.
»Wir haben auch davon gehört. Es besteht aber kein Grund zur Beunruhigung. Wir haben Decken bereit legen lassen. Sollte der Mann seine Drohung wahrmachen, die Werksfeuerwehr ist auch alamiert.«
Während des kurzen Gesprächs hatte der Betriebsratsvorsitzende nach draußen zum Tor gesehen.
Mustafa tauchte plötzlich aus der Menge auf und kletterte aufs Tor. »Ich muß abbrechen«, sagte Braunschweiger, »draußen tut sich was.«
Die Sprechchöre verstummten. Mustafa stand auf dem Gitter und sprach zu den Streikenden.
»Es sind nur noch ein paar Minuten bis zwölf Uhr. Ich verbrenne mich gleich.«
Braunschweiger und seine Kollegen stürzten aus der Loge, rannten zum Tor, kletterten hinauf und holten Mustafa herunter.
»Laßt mich in Ruhe!« schrie er, lief weg.
»Mustafa, bleib doch stehen«, Braunschweiger rannte hinter ihm her. »Die Verhandlungen fangen doch bald an. Es hat doch keinen Sinn, dafür sein Leben zu riskieren.«
Von drei Seiten aus hatten sie ihn in eine Ecke gedrängt. Aber es dauerte noch länger, bis sie ihn beruhigen konnten.

Vor dem Tor Reporter mit Mikrophonen in der Hand. Einer kam mit zwei Arbeitern ins Gespräch.
»Italani?«
»Nä, Se könne Deutsch mit uns spresche.«
»Hier aus dem Betrieb?«
»Nä, isch bin von Köhler hier janz in der Näh. Isch hab noch Urlaub und bin nur mal so auf Besuch in de Firma. Die Kollejen da wußten schon Bescheid un hatten Jeld jesammelt, un dat hab isch hier eben überjeben.«
»Und Sie?«
»Isch bin von hier. Seit letzte Woche. Aber wie isch dat so seh, die Frauen kriegen viel zu wenig für dat, wat die arbeiten müssen. Isch find dat gut mit die Sammlung, aber warum machen da irgend-

welsche Organisationen nischt. Die Gewerkschaften zum Beispiel!«
»Aber dat jeht doch nach em BVG jarnischt. Nachher wird de Metall noch verknackt.«
»Oder politische Parteien. Dat muß sich doch durchsetze lasse. Is doch he en rischtige Ausbeutung von denne Ausländer.«
»Hat die IG Metall denn zum Streik noch nicht Stellung genommen?«
»Dat is et ja. Die haben bis jetz der Mund gehalten.«
»Aber wat solle Se denn maache? Die könne doch in so ne, wie mer sagt »Wilde Streik« jarnisch einjreifen und sagen macht weiter. Dat jeht nischt.«

Zur Mittagspause öffneten sie die Hallen, und die übrigen Arbeiter strömten heraus. Sie hatten während des Vormittages an ihren Maschinen gesessen, ohne sie zu bedienen.
Sie brachten ihre Stühle mit raus und setzten sich unter die Hallenvordächer in den Schatten.
Nichts geschah.
Draußen auf dem Rasen vor dem Tor hielten die Männer und Frauen Siesta. Elephteria hatte sich mit ein paar Kolleginnen ins Gras gesetzt. Sie tranken Milch und aßen trockene Brötchen.
Überall waren Journalisten und Reporter. Einer mit einem Tonbandgerät kam auf Elephteria zu, fragte nach den Vorgängen beim Streik.
Es ging das Gerücht um, Firmenspitzel seien unter den Streikenden und wollten die Wortführer herausfinden. Zur Vorsicht rief sie Stephanos. »Frag den Mann mal, was er will. Wegen der Leute die von der Firma hier rumlaufen.«
»Die Kollegin ist gern bereit, über den Streik zu berichten, aber woher kommen Sie denn?«
»Wir sind vom Werkkreis Literatur der Arbeitswelt. Da drüben ist mein Kollege. Wir sind schreibende Arbeiter, berichten natürlich auch über Streiks.«

Aber zu sagen »wir sind vom Werkkreis« reichte nicht, die Streikenden waren mißtrauisch geworden.
Stephanos erfuhr von einem Journalisten, die kenn ich, die sind keine Spitzel.
Vertrauensleute hatten im Laufe des Vormittags Telegramme an die Streikenden vom Betriebsratsbüro geholt. Die gingen jetzt rum.

...die Vertrauenskörper der Firma Jagenberg sowie der Betriebsrat solidarisieren sich mit den Forderungen...
Vertrauenskörper Jagenberg

...im Arbeitskampf in bezug auf die Abschaffung der Leichtlohngruppe 2 fordern wir mit euch... volle Gleichberechtigung der Frauen...

SPD Köln Mitte

Solidarische Grüße zu eurem mutigen Streik sendet
Ausländerkomitee Berlin Wedding

...mit eurem berechtigten Kampf gegen die Auswirkung des Preisterrors der Konzerne.
Wir haben einen gemeinsamen Gegner. Das Monopolkapital. Euer berechtigter Kampf ist ein Beispiel für die Notwendigkeit und Möglichkeit des gemeinsamen Kampfes deutscher und ausländischer Arbeiter und Angestellter...

Parteivorstand der DKP

Wir sind mit euch in der Forderung gleicher Lohn für gleiche Arbeit einig... Wir sehen in den Frauen der Firma Zierberg ein Vorbild für alle Lohnabhängigen in unserem Lande...
Arbeitsgemeinschaft Sozialdemokratischer Frauen
Anke Brunn MdL
1. Vorsitzende

Wir sind solidarisch mit Betriebsrat und Belegschaft der Firma Zierberg...

C.G.T. Châlons-sur-Marne, Frankreich

Im Takt der Forderungen, die sie der Firma ins Gesicht schrien, hämmerten ihre Fäuste gegen das verschlossene Tor. Das Gitter zitterte bis in die Verankerung.
Die Telegramme heizten die Stimmung an. Kollegen tanzten plötzlich, die anderen standen im großen Kreis um sie herum und klatschten den Rhythmus.
Ein kleiner griechischer Arbeiter kletterte auf das Tor und versuchte, über Megaphon ein weiteres Telegramm zu verlesen. Zuerst kam er gegen den Lärm nicht an.
»Kolleginnen und Kollegen, es ist wieder ein Telegramm eingetroffen. Hört doch mal zu, ein neues Telegramm!

Liebe Kolleginnen und Kollegen!
Wir stehen heute wieder an eurer Seite für die Abschaffung der Lohngruppe zwei und eine Mark mehr!
Wir wünschen euch viel Erfolg. Griechische Gemeinde

Die Frauen warfen die Hände in die Höhe, riefen bravoooo! Applaudierten vor Begeisterung.
Stephanos nahm das Megaphon in die Hand, er sprach perfekt deutsch. »Kolleginnen und Kollegen, nicht nur aus den weitesten Teilen Deutschlands kommen die Solidaritätstelegramme, auch aus Frankreich. Aber auch Geldspenden treffen ein. Soeben haben Schriftsteller und Journalisten, die unseren Kampf hier verfolgen, Geld für Erfrischungsgetränke gegeben, denn es ist heiß. Die Firma lassen wir nochmal wissen, daß unsere Front so oder so nicht brechen wird. Wir werden heute bis elf hier sein, wir werden morgen weiterstreiken, wir werden jeden Tag streiken, bis unsere Forderungen erfüllt sind. Bis wir eine Mark mehr kriegen. Eine Mark mehr!«
Eine Mark mehr! Eine Mark mehr! fielen die Frauen ein, schlugen wieder gegen das Eisengitter, klatschten rhythmisch in die Hände.

Nach vier wurden Flugblätter der IG Metall verteilt. Für manche war die Haltung der Gewerkschaft unverständlich, sie fühlten sich verraten. Wie im Frühjahr nach der Tarifrunde mußten die Vertrauensleute harte Kritik über sich ergehen lassen.
»Ihr macht vielleicht nen Scheiß. Könnt ihr denn nix andres schreiben als: Auf Grund der rechtlichen Voraussetzungen in der Bundesrepublik Deutschland, kann die IG Metall... und so weiter... den Streik nicht legalisieren?«
»Und? Weiter? Du mußt das Flugblatt auch zuende lesen«, sagte Franz aus dem VK.« Da steht nämlich, sie können den Streik, den können se nich legalisieren. Aber da steht, wenn de jenau hinguckst, steht da wat dazwischen.«
»Was denn? Ich seh nix.«
Mann, bist du blöd, dachte er, sagte dann: »Is doch ganz klar, wo die IG M steht, meinste die hätten sonst unsere Forderungen darunter geschrieben?«
Andere mischten sich ein. »Ich finde, der Kollege hat genau recht. Was heißt denn hier ›nicht legalisieren‹? Die Forderungen sind doch gerecht! – Die korrupte Gewerkschaftsbürokratie macht doch mit den Kapitalisten gemeinsame Sache. Und wir sind verratzt.«
»Wat soll dat denn? Jewerkschaftsbürokratie?«
»Überleg doch mal. Is doch ganz klar. Die Bosse sitzen mit dem Loderer an einem Tisch. Is ein ganz korrupter Haufen!«
»Von wejen überleg doch mal! Ich bin seit fuffzisch Jahre in de Jewerkschafft, da hann mer an disch noch jar nich jedacht, Jung. Ihr habt doch dat Rote Fahne-Flugblatt verteilt, Jungens, oder nich? Da seid er bei uns wirklisch auf de falsche Dampfer. Wenn mer de Jewerkschaft nich hätten, dann wäre mer ers rescht in der Arsch jekniffe. Klar sind die Kollegen sauer auf Kollejen aus der Metall, abber mit sowat wie ihr dat macht, nä. – Haut ab, Jungens, dat hilft uns nich weiter.«

»Aber ich mein das doch, was du gerad gesagt hast. Wenn wir gegen die Leute an der Spitze kämpfen, dann ist das auch der Kampf gegen das ganze kapitalistische System.«
»Dann kämpft mal schön, aber nich bei uns. Hier jeht et ers mal um unsere Pfennije un nich um Sachen, die jottweißwie lang... ach Scheiße!«

Die Firmenleitung hatte das Werk geschlossen. Die Belegschaft war ausgesperrt. Der Betriebsrat war übergangen worden. Braunschweiger rief bei Fröbel an und stellte fest, die Firma müsse wohl den Lohn für die Ausfallzeit der ›Arbeitswilligen‹ voll übernehmen.
»Darüber wird im Laufe des Tages verhandelt«, hatte Fröbel gesagt und eingehängt.
Fast der ganze Nachmittag verging, ohne eine Nachricht der Geschäftsleitung.
Kurz vor Ende der Schicht läutete das Telefon. Na endlich, dachte Braunschweiger. Fröbel war wieder am Draht. »Die Geschäftsführung teilt dem Betriebsrat mit, daß der Betriebsrat nicht mehr gebraucht wird.«

52

Vierzehn Stunden später, Mittwoch früh, hing über dem Personaleingang am Pförtnerhaus ein großes Pappschild:

Zutritt nur für Arbeitswillige!

Die Firmenleitung war sicher, den Streik heute beenden zu können. Die wichtigsten Fachleute, die Werkzeugbauer hatten sich immer noch nicht dem Streik angeschlossen. »Solange die nicht mitmachen«, sagte Fröbel zu seiner Sekretärin, »sieht es für uns günstig aus.« Sie nickte.
Es waren ausschließlich Deutsche im Werkzeugbau. Sie gehörten zu den Privilegierten in der Firma, arbeiteten in einer abseits liegenden Halle, ohne Lärm der Produktionsabteilungen. Saubere Arbeitsplätze, die neuesten Maschinen. Hier wurde niemand schikaniert, und die Facharbeiter verdienten gutes Geld.

Vor Schichtbeginn wurde das Haupttor durch einen Knopfdruck weit geöffnet. Ein Teil der Streikenden ging auf den Fabrikhof. Minuten später rollte das Tor unmerklich zu. Wie am Tag vorher wurde von Managern, Meistern und Vorarbeitern blitzschnell eine Kette gebildet, quer über den Hof. Sie versuchten die Streikenden auf dem Firmengelände in die Hallen zu drängen, wollten sie spalten.
Draußen vor dem Tor hatte sich eine Arbeiterin, im sechsten Monat schwanger, auf die Laufschiene des Tores gestellt.

»Los Kollegen! Wir dürfen uns nicht spalten lassen!« rief Elephteria auf griechisch durchs Megaphon. »Stellt euch auf die Laufschiene, haltet das Tor offen.« Dann zu den Landsleuten drin: »Alle raus! Alle raus! Alle raus!«
Dann wieder in griechisch: »Laßt euch nichts gefallen, kommt alle raus! Kämpft für eine Mark mehr! Weg mit der Lohngruppe zwei!«
Ihre Stimme überschlug sich. »Eine Mark mehr!« brüllte sie nochmal über den Lautsprecher, und die anderen fielen ein. Die Frauen auf dem Hof hatten das Blatt gewendet. Sie klinkten die Kette aus und liefen auf das Tor zu, überkletterten es oder zwängten sich durch den Spalt, der offen geblieben war.
Mustafa kletterte auf das Gitter und schrie seinen unentschlossenen Landsleuten im Hof zu: »Hört zu, jetzt müssen wir zusammenhalten! Wir lassen uns von Zierberg und seinen Helfern nicht spalten! Sie versuchen es mit Drohungen, Bestechungen, aber wir sind nicht bestechlich! Wir wollen gerechten Lohn für euch, die Frauen. Wir wollen mit euch eine Mark mehr! Eine Mark mehr!«
Der Funke sprang auf die anderen über, und bald riefen fast 700 Menschen die Forderung in die Firma.

Kurz vor dem Frühstück erfuhr der Betriebsrat von der Verhandlungsbereitschaft der Geschäftsführung. Termin 9.15 Uhr.
»Sollen wir da überhaupt noch hingehen?« fragte Jupp, »seit Tagen halten die uns hin, wer weiß, wat die wieder auf Lager haben.«
»Auf jeden Fall müssen wir hin«, sagte Braunschweiger, »wir dürfen uns nicht provozieren lassen! Die versuchen uns doch schon seit Montag in die Pfanne zu hauen. Wenn diese Friedenspflicht nicht im BVG stehen würde, dann hätte ich denen Dampf unterm Hintern gemacht. Aber so? Die Firma leistet sich eine Frechheit nach der anderen, und wir können nur protestieren.«
»Stimmt genau, nich provozieren lassen! Darauf warten die nur.«
Sie setzten sich auf die Bänke vor den Räumen der Geschäftsführung und warteten. Zehn Minuten vergingen, eine Viertelstunde. Braunschweiger wurde ungeduldig. Um halb kam einer von Fröbels Angestellten und setzte sich wortlos zu ihnen. Sie sprachen nicht weiter. »Feind hört mit«, grinste Jupp. Braunschweiger stand auf und ging zu Fröbels Vorzimmer. Er klopfte und öffnete die Tür.
»Ist Herr Fröbel nicht da? Der Betriebsrat ist zu Verhandlungen gebeten worden.«
»Herr Fröbel kommt gleich«, gab ihm die Sekretärin zur Antwort.
Als nach einer Dreiviertelstunde die Verhandlungen immer noch nicht begonnen hatten, ging die Abordnung ins Betriebsratsbüro zurück.

Braunschweiger erhielt die Nachricht per Telefon: Drei große Automobilwerke haben angekündigt, bei Lieferschwierigkeiten der Firma Zierberg die Vergaser bei der ausländischen Konkurrenz zu bestellen.
»Was meinst du«, fragte Jupp, »ob die jetzt verhandeln?« »Klar, die Kollegen wollen nicht nur was von der Firma, Zierberg will auch was von den Kollegen. Das darfst du nicht vergessen.«
Telefon.
Braunschweiger nahm ab. »Ja? Herr Fröbel?«
»Warum ist der Betriebsrat nicht zu den Verhandlungen erschienen? Die Herren der Geschäftsleitung warten bereits seit einer Stunde!«
Die Delegation des Betriebsrates machte sich wieder auf den Weg, mußten wieder warten. War das eine Zermürbungstaktik? Oder wußten die selbst nicht, wie sie sich verhalten sollten? Wütend gingen die drei Betriebsräte zurück. Nachmittags kam der Bevollmächtigte der IG Metall in die Firma. Er wartete nicht lange, rief Fröbel an.
»Herr Fröbel, wir stellen fest, wenn bis vier Uhr kein Verhandlungstermin vorliegt, ist der Betriebsrat für Sie nicht mehr zu erreichen.«
Eine halbe Stunde vor Ablauf der Frist lief das dritte Angebot des Tages ein.

Die Kollegen vom Werkkreis kamen erst zur Firma, als die ersten nach Hause gingen. Sie konnten von ihren Arbeitsstellen nicht eher weg. Die Frühschicht ging bis halb drei, dann nach Hause, essen, waschen, umziehen, schnell noch die Rundfunknachrichten und dann mit der Bahn zu Zierberg.
Sie trafen nur Elephteria. »Kollega«, sagte sie zu ihnen, »meine Mann un isch gehe gleisch in Kneipe, Ihr mitkomme.«
Auf dem Mäuerchen neben der Einfahrt saßen Bernd und Reiner von der Deutschen Volkszeitung. Die beiden kannten die Werkkreisleute. Sie hatten die Beine ausgestreckt und tranken einen kräftigen Schluck aus der Bierdose.
»Seid aber spät dran heute. Is doch schon alles gelaufen.«
»Wie gelaufen? Ist der Streik vorbei?«
»Nee, das nicht, aber die Firma hat die Frauen und den Betriebsrat heut wieder für et Läppken gehalten.«
»Soweit wir wissen«, sagte Bernd, »ist von der Firma dreimal ein Verhandlungsangebot gemacht worden und hinterher, da ist nichts draus geworden. Wenn du mich fragst, der Streik ist kaputt. Da läuft nix mehr.«

Seit Anfang der Woche hatte sich das Gesicht der Kneipe verändert. »Op de Eck« war überfüllt.
Mittwoch war sonst der ruhigste Tag der Woche.

Elephteria, Dimitrios und Horst hatten Glück. Neben dem Tresen wurde ein Tisch frei. Zwei deutsche Kollegen, die sich bereits den Streikenden angeschlossen hatten, kamen zu ihnen an den Tisch.
»Nabend, Kollegen! Habt ihr schon gehört.«
»Was hören?«
»Von den 23 Pfennig mehr.«
»Isch nix wissen. Firma nur sagen, wenn morgen arbeit wieder, dann 23 Pfennig. Das nix gewiß.«
Kalla, der jeden Abend auf dem Weg nach Hause »Op de Eck« sein Bier trank, fühlte sich seit ein paar Tagen nicht mehr wohl hier. Die neuen Gesichter paßten ihm nicht. Ausländer gingen ihm gegen den Strich. »Jetz kumme die och noch he hin«, polterte er rum. »Die Kümmeltürken un denne seine Weiber. Wat streiken die überhaup. Die dürfen dat doch jarnich. Dat müßte man denne verbiete! Solle se doch fruh sin, dat se he arbiede dürfe.« Die übrigen Sätze lallte er nur noch vor sich hin.
Elephteria stand wütend auf. »Du wie Dreyer. Wir Auslända, Grieche, Türke nix blöd. Wir viel Arbeit, aber nix viele Geld. Nua immer Nudel esse, Zierberg nix Nudel esse.«
Kalla torkelte nach draußen.
»So welche haben wer in der Firma auch. Da im Werkzeugbau, denen könnt isch manschmal so eine reinhauen. Heut Mittag, da hat mir einer von dene gesagt, als mer auf de Rampe stande. Wasserwerfer hat der gesagt, einfach mit der Wasserwerfer reinhalten, dann hüre die schonn op.«
»Sind die denn all su?«
»Nä, dat nich, aber ne janze Reihe. Die, die solang schon in de Firma sind, die ältere, und die han auch dat Sagen in de Abteilung.«
»Wir müsse sage Kollega, daß mitmache Streik«, sagte Dimitrios. »Wir Arbeiter, un Kollega Arbeiter.«
Elephteria hatte dem Gespräch eine Weile zugehört. »Isch wissen, was machen morgen, isch haben Idea.«

53

Zufrieden sah Personalchef Fröbel durch das große Glasfenster seines komfortablen Büros. Er hatte in der Firma übernachtet und beobachtete seit fünf Uhr die Entwicklung vor dem Werkstor.
»Endlich sind die zur Vernunft gekommen«, sagte er zu Bieger, der neben ihm stand. »Hat sich bestätigt, was ich schon Montag gesagt habe. Wenn wir nachgegeben hätten, wären wir von diesen Leuten erpreßt worden.«
Wie an einem gewöhnlichen Arbeitstag im August kamen die Frauen in den Betrieb, bedienten die Stechuhr und verteilten sich auf die Werkshallen.
Endlich konnte die Produktion wieder anlaufen.

»Sehen Sie, Herr Bieger, wenn man die nötige Härte zeigt, setzt man sich auch durch.«
Bieger nickte.
»Haben Sie die Rädelsführer fotografiert?«
»Natürlich, und Zeugenaussagen, mehr als wir brauchen. Es handelt sich um 30 Personen.«
Fröbel lachte. »Das Arbeitsamt wird ja erst bei 50 Kündigungen eingeschaltet werden. Beim Betriebsrat, haben wir auch was, was den belastet?«
»Nichts, da liegt nichts vor, die haben sich korrekt verhalten.«
»Hören Sie, Bieger, da brauchen wir unbedingt was, nehmen Sie das nicht auf die leichte Schulter. – Aber warten wir ab, für den Betriebsrat, da werden die Uhren bald auch wieder anders laufen.«

Elephteria war mit den Kolleginnen in ihre Abteilung gegangen. In den Taschen waren Rosen versteckt.
Sieben Uhr. Sirenen. Der Lärm begann, aber keine Hand regte sich, ein paar deutsche Arbeiterinnen fingen an. »Guck mal Dreyer«, sagte Elena, »der brüllt ja heute gar nicht. Freut sich, daß wir alle wieder hier in der Bude hocken, und glaubt, wir fangen gleich mit der Arbeit an.«
»Meint der!« grinste Elephteria.
Wo er vorbei kam, drehten die Frauen sich nach ihm um. Wat gaffen die denn alle so? dachte er, rückte seinen Schlips zurecht, versuchte unauffällig an seinem Kittel herunterzusehen. Wat is denn los? Verstonn isch nich. Er fuhr mit der Hand die Knopfleiste runter. Alle dran – nix dreckisch. Er blieb bei Elena stehen.
»Wat kickse so doof?«
»Gute Tagg, Alfred!«
»Wat? Alfred? Paß ja op!«
Dreyer war abgelenkt. Elephteria stieg auf ihren Stuhl, legte ihre Hände zum Trichter an den Mund, schrie so laut sie konnte gegen die Maschinen an:
»Jeeeetzt!«
Die Frauen sprangen auf, nahmen ihre Rosen, liefen durch die Halle, an den Maschinen vorbei.
Deutsche Arbeiterinnen, die heute zur Schicht gekommen waren, unterbrachen ihre Arbeit, reckten die Hälse, standen auf. Plötzlich war die Angst weg. Sie hörten auf zu arbeiten, liefen mit.
Der verdutzte Dreyer stand da, eine lange rote Rose in der Hand, sah wie die Frauen raus auf den Hof liefen. Überall her, aus jeder Halle, jeder Abteilung, kamen die Frauen, brachten ihre deutschen Kolleginnen mit. Sie schwenkten Rosen in Händen, schrien:
Eine Mark mehr! Eine Mark mehr!
Mehr Geld! Mehr Geld!
»Los Kolleginnen«, rief Elephteria, »zum Werkzeugbau!« Am Halleneingang schwärmten sie aus.

Zu zweit, zu dritt liefen sie auf die Facharbeiter zu. »Hier Kollege, eine Rose, für dich.« Alte Hasen, Meister und Vorarbeiter wurden von der Aktion überrascht, versuchten die Frauen von ihren Kollegen abzudrängen, aus der Halle zu treiben, wurden dafür plötzlich mit Blumen überhäuft.
Elephteria und Elena waren zum Eingang zurückgelaufen. Die Arbeiter verließen ihre Maschinen, strömten auf dem Mittelgang zusammen. Elephteria trug einen Blumenstrauß, ihr Arm kam kaum rum. Sie ging auf die Vertrauensleute der Abteilung zu, die zusammenstanden und die Lage diskutierten.
»Hier Kollega«, sagte sie, »viele Grüße von streikende Fraue, für Kollega in Werkzeugbau.
Ihr helfe uns!«

Frau Gerstäcker klopfte. Klopfte zum zweiten Mal.
»Ja, was ist denn?« hörte sie Fröbel durch die angelehnte Polstertür. »Noch nicht mal frühstücken kann man in Ruhe.«
»Herr Fröbel, hier der Umschlag, der ist eben hier abgegeben worden.«
»Ja, legen Sie ihn auf den Schreibtisch.«
»Ist scheinbar dringend.«
»Gut, dann geben Sie mal her.«
Er riß das Kuvert auf.
»Schnell, verbinden Sie mich mit dem Chef, aber schnell. Rufen Sie Bieger an, er soll sofort kommen. Der Werkzeugbau hat die Arbeit niedergelegt.«
Vor ihm lag die Resolution der Facharbeiter:

Wenn bis 9.00 Uhr die Verhandlungen zwischen der Geschäftsführung und dem Betriebsrat nicht aufgenommen sind, nimmt der Werkzeugbau nach dem Frühstück die Arbeit nicht wieder auf.

Die Hallen sind leer. Niemand arbeitet mehr. Die Verhandlungen waren erst um zehn aufgenommen worden. Durch die geöffneten Werkstore kommen die Streikenden von draußen auf den Hof. Eine Welle der Solidarität erfaßt die Belegschaft. Sprechchöre werden geschrien, hören nicht mehr auf, dringen bis in die Verhandlungsräume.
Ein Facharbeiter sagt einem Reporter: »Wir bleiben jetz so lang hier, bis ein eschtes Erjebnis vorliegt.«
Das Gespräch war eine Ausnahme. Die Berichterstatter der Medien hatten einen schweren Stand. Die Wut über die verfälschenden Artikel in der Presse, aber auch in Fernsehen und Rundfunk war groß.
»Und eins kann isch Ihne sagen. Wat Se da jestern im Fernsehen jebracht haben, dat war janz klar Meinungsmanipulation. Isch war

rischtisch erschüttert. Hier wurd kaum wat jetan, und im Fernsehen hieß et, der Streik is sozusagen zuende.«
Ein Kollege kam hinzu. »Habt ihr schon jehört?« »Wat denn?« »Der Braunschweijer hat ne Reporterin von der Bildzeitung rausjeschmisse.«
»Hör mir doch auf mit Bildzeitung. Auf welscher Seite die steht, dat konnt mer an dem Artikel von der sehe ›Kommunisten schüren Arbeiterunruhen‹.«
»Hier jeht et um dat Rescht von unsere Frauen, un sonns nix. Um de Pfennije jeht et.«
»Un bis jetz han mer der Streik ja janz im Jriff jehabt, un so soll et auch bleibe. Hier wie de Zeitunge schreibe, von wejen KPD/ML, mit die Leut han mer nix zu tun.«

Die Verhandlungen mit der Geschäftsführung wurden den ganzen Tag über fortgesetzt. Die Streikenden vor dem Tor und auf dem Hof hatten das Gefühl, dem Ziel ganz nah zu sein. Nachmittags lagen die Männer und Frauen erschöpft auf den Bänken oder im Gras. Ein paar machten Musik, tanzten oder flirteten.
Kurz vor dem Ende der offiziellen Tagschicht erschien der Betriebsrat mit Vertretern der Geschäftsführung auf dem Hof. Fröbel forderte die Streikenden auf, das Werksgelände zu verlassen, um die Verhandlungen nicht zu stören.
Braunschweiger hustete ins Megaphon, sagte »In Erfüllung...« hustete wieder, »seiner gesetzlichen Aufgaben gemäß § 74 BVG...« Jetzt hustete er zum dritten Mal. Die Zuhörer lachten, applaudierten. »...fordert der Betriebsrat die Belegschaft auf, die Arbeit wieder aufzunehmen.« Kein Wort mehr.
»Der is jut«, sagte einer, »jetz wieder arbeiten, so um viertel vor fünf.«
Pfiffe begleiteten die Fröbel-Leute und die Betriebsräte auf dem Weg zurück zur Verhandlung.
Braunschweiger wußte jetzt, der Streikwille der Belegschaft war ungebrochen.

54

Man tagte im »Allerheiligsten«, dem blauen Salon des Firmenchefs. Holzgetäfelte Wände, dicke Teppiche auf dem Boden. An der Rückfront des Verhandlungsraumes ein die ganze Wand bedeckender Gobelin. Jagdszene: Fürst auf Hirschhatz.
Dort arbeitete der Chef sonst nur mit seinen Managern. Kein Lärm, voll klimatisiert, gediegen und bequem möbliert.
Jupp sah die Abbildung, dachte, dat is et, un hinge in de Halle da werde mer jescheuscht wie de Wildsäu und de Hirsche.
Zierberg Senior sprach nicht. Er ließ verhandeln. Fröbel hatte das Wort.

»Wie die Geschäftsführung bereits vermutet hatte, bestätigte sich gestern und heute, daß dieser ungesetzliche, wilde Streik von außerbetrieblichen Gruppen initiiert worden ist.«
»Woher wissen Sie denn das? Da sind sie ja besser informiert als wir«, fragte Braunschweiger.
»Es ist festgestellt worden, daß diese Leute aus verschiedenen Städten der Bundesrepublik angereist sind. Die Autokennzeichen weisen darauf hin.« Braunschweiger unterbrach ihn. »Die Journalisten von Presse, Rundfunk und Fernsehen, die sind wohl zu Fuß hierhingekommen oder mit dem Privathubschrauber?« Jupp hielt sich die Hand vor den Mund, sonst hätte er losgelacht.
»Zur Sache«, sagte der Betriebsratsvorsitzende dann weiter, »wir hatten ja schon in unserem ersten Gespräch festgestellt, der Hinweis auf die Aktivität außerbetrieblicher Gruppen lenkt vom eigentlichen Problem ab. Wir sind hier kein Diskutierkränzchen!«
»Sach doch dat mit de Konkurrenz. Dat is ne janz schöne Hammer«, flüsterte Jupp ihm zu.
»Es geht hier um die Firma und die Produktion«, sagte Braunschweiger, »wir haben Informationen, daß sich VW bei längerem Ausstand nach anderen Lieferanten umsehen will.«
»Dat saß«, sagte Jupp zu seinem Nachbarn, »guck dir dat Gesicht vom Fröbel mal an. Will so tun, als wär ihm dat allet egal.«
Fröbel kam der Einwand ungelegen. Er wollte gerade dem Betriebsrat den Vorwurf machen, er habe den Streik gefördert und die Firma gezielt dafür ausgesucht. Aber geschickt drehte er den Spieß um.
»Trotz aller Gegensätzlichkeit, meine Herren Betriebsräte, sind wir doch alle an einer gütlichen Beilegung des Konfliktes interessiert. Meine Herren, trotz der wilden Arbeitsniederlegung halten wir unser Angebot von 200 Mark noch aufrecht.« Er lehnte sich in seinen Sessel zurück. Zierberg winkte ihn zu sich heran, flüsterte mit ihm.
Braunschweiger hielt nichts von Pietät, antwortete sofort: »Das haben Sie schon vor zwei Wochen gemacht. Mittlerweile liegen vier Streiktage hinter uns, und großer Produktionsausfall!«
»Aber meine Herren, wie soll unser Unternehmen denn höhere Lohnkosten verkraften? Wir kennen ja die von Ihnen weitergeleiteten Forderungen. Wenn sich die Firma bereiterklärte, auch nur einen Bruchteil dessen zu zahlen, was gefordert wird, bedeutet das eine Steigerung der Lohnkosten um 2,5 Millionen im Jahr!« Braunschweiger ließ sich nicht von solchen Zahlen bluffen. Er kannte die Bilanz der Firma.
»Wollen Sie den Konflikt noch länger hinauszögern?«
Fröbel reagierte nicht, unterhielt sich statt dessen weiter mit Zierberg.
Der Bevollmächtigte der IG Metall schaltete sich ein: »Meine

Herren, ich schlage vor, die Verhandlung zu unterbrechen. Jede Delegation sollte getrennt beraten. Vielleicht kann sich die Geschäftsleitung inzwischen überlegen, wie sie der Belegschaft entgegenkommt.«
Die Delegation des Betriebsrates zog sich in ihr Büro zurück. Nach einer Stunde traf das erste Angebot der Geschäftsführung ein. Es orientierte sich zum erstenmal an den Forderungen der Streikenden.

550 Umgruppierungen in die Lohngruppe 3
Der Betriebsrat lehnte ab, einstimmig.

Nach zwei Stunden wurde dem Betriebsrat ein weiteres Angebot der Firma gebracht.

800 Umgruppierungen in die jeweils höhere Gruppe.
»Kollegen, jetz sind mer dran am Ball«, sagte Jupp, »die gehen noch weiter.«
Die Abstimmung des Betriebsrates ergab: Ablehnung.

Das letzte Angebot kam erst gegen zehn Uhr abends.
Dieses Angebot wurde angenommen. Allerdings waren von 23 Betriebsräten 11 dagegen. Viele meinten, es sei besser, freitags weiter zu verhandeln. Sie fürchteten, daß Vertrauen der Belegschaft zu verlieren. Auf dem Heimweg sagte Braunschweiger zu Jupp: »Ich möcht wissen, wie die Belegschaft das Ergebnis morgen aufnimmt.«
Jupp: »Wie sollen wir denen das nur beibringen?«
»Mal sehen, was morgen ist, wart mal ab.«
»Ich glaub mit die 12 Pfennig da könne mer morjen einpacken. Würd mich nich wundern, wenn sich ne Menge von den Kollegen den Maos vor dem Tor anschließen. Und uns die Belegschaft spalten.«

Schon um halb sechs stand Bieger mit ein paar Meistern vor dem Tor. Noch während der Nacht waren von der Firmenleitung Flugblätter mit dem Verhandlungsergebnis gedruckt worden. In vier Sprachen. Die verteilten sie.

Zwischen dem Betriebsrat und der Geschäftsführung wurde am 16.8. folgende Regelung vereinbart, die nach Wiederaufnahme der Arbeit in Kraft tritt:
1. Alle Mitarbeiterinnen der Lohngruppe 2 erhalten ab 1.8. rückwirkend eine Lohnerhöhung von brutto

DM −,12 pro Stunde

Diese Lohnerhöhung resultiert etwa bei 1100 Mitarbei-

terinnen aus der Umgruppierung in die Lohngruppe 3, die in Vorwegnahme der Arbeit der paritätischen Kommission erfolgt.
Die übrigen Mitarbeiterinnen der Lohngruppe 2 erhalten die Lohnerhöhung von brutto DM –,12 pro Stunde als übertarifliche Zulage.
2. Alle Angestellten erhalten ab 1.1.74 eine übertarifliche Zulage von brutto

DM 40,– pro Monat

Betriebsrat   Geschäftsführung

»Was hat der denn da?« fragte Elephteria, als sie vor dem Tor ankam. »Hier, guck dir die Schweinerei mal an! Zwölf Pfennig bieten die uns an.«
»Das ist ja wirklich ne Unverschämtheit«, sagte Elephteria, nahm das Flugblatt und zerriß es.
Auch ihre anderen Kolleginnen und Kollegen zerknüllten das Blatt oder rissen es kaputt, warfen es über das verschlossene Fabriktor auf den leeren Firmenhof. Innerhalb von zehn Minuten war der Platz um das Tor weiß von Papier. Von draußen hallten wieder Sprechchöre in die Hallen.
Eine Mark mehr!
Eine Mark mehr!
Eine Mark mehr!
Alle schrien sie die Parole mit. Auch die vor Heiserheit kaum noch sprechen konnten, versuchten trotzdem die anderen Kollegen akustisch zu unterstützen.
Die Wut der Frauen und Männer steigerte sich fast bis zur Hysterie. Die Megaphone gingen von Hand zu Hand. Frauen, die früher aus Angst nie was gesagt hatten, schrien ihre Wut in den Betrieb.
»Auch Zeitungen schreiben, Streik zuende, Streik is nix zuende. Die Firma will nix begreifen, was wir wollen in Streik. Wir wollen nix 12 Pfennig mehr. Wir wollen weg mit Lohngruppe zwei für alle!«
»Un eine Mark mehr! Eine Mark mehr!« »Eine Mark mehr!« Fast 900 Arbeiterinnen und Arbeiter fielen ein, schrien wieder in die Firma. »Geben mir Megaphon«, sagte Elephteria, »isch sagen was zu Kollega.
»Kolleginnen und Kollegen«, begann sie auf griechisch, »mit zwölf Pfennig können wir nichts anfangen. Dafür können wir gerade ein Brötchen kaufen oder aufs Klo gehen. Was verdienen wir denn? 600, 700 Mark. Davon müssen wir Essen bezahlen, Miete bezahlen, Licht bezahlen, Wasser bezahlen, Kindergarten bezahlen. Aber wir wollen nicht länger wie Hunde leben. Wir fordern

unser Recht. Wir fordern Lohngruppe zwei muß weg und eine Mark mehr, eine Mark mehr«, und wieder fielen alle in den Slogan ein, klatschten dazu im Takt und hämmerten mit ihren Fäusten gegen das Fabriktor.

Der Streik war nicht beendet. Die Geschäftsführung hatte sich verkalkuliert, hatte die Streikbereitschaft der Frauen unterschätzt. Braunschweiger: »Han ich dem Fröbel gestern gesagt: Das Angebot is Öl im Feuer.«
Um 9 wurden neue Verhandlungen aufgenommen. Aber statt über eine weitergehende Regelung zu sprechen, forderten die Firmenvertreter den Betriebsrat auf, einen Aufruf gemeinsam mit der Geschäftsführung den Streikenden zu verlesen. Immer stärker drangen die Sprechchöre in die Verhandlungsräume. Die Belegschaft wußte, es wird weiterverhandelt. Der Betriebsrat wußte: es wird weiter gestreikt.

Das Tor war jetzt offen. Der Hof war schwarz von Menschen.
»Ich glaub, die sind schon fertig«, sagte Dimitrios, »da hinten werden Lautsprecher aufgebaut.«
»Auf das Ergebnis bin ich gespannt!«
»Kolleginnen und Kollegen!« – Braunschweiger sprach. »Ich muß euch jetzt eine Erklärung vorlesen: Die Geschäftsleitung und der Betriebsrat fordern euch auf, wieder an die Arbeit zu gehen. Ein Pfeifkonzert unterbrach ihn, ließ ihn trotz des Lautsprechers nicht mehr zu Wort kommen. Er mußte lange warten.« »Kollegen, hört doch mal zu! Wir stehen mitten in den Verhandlungen. Ein vernünftiges Ergebnis zeichnet sich bereits ab.« Fröbel bekam überhaupt kein Bein auf den Boden. Er wurde sofort ausgebuht. Dann kam die Antwort der Belegschaft mit dem Megaphon aus der Menge: »Kolleginnen und Kollegen, wir wissen, was unser Betriebsrat uns eben gesagt hat. Ich glaube, wir haben schon gewonnen. Die Firma Zierberg muß eine Mark mehr geben und Lohngruppe zwei wegmachen. Sie weiß genau, ohne unsere Forderungen wir streiken nicht einen Tag, nicht eine Woche. Nein! Zwei Wochen, drei Wochen, einen Monat!«

Nach der Mittagspause lag immer noch kein Ergebnis vor. Hunderte von Frauen versuchten das Verwaltungsgebäude zu stürmen. Die Sprechchöre forderten nicht mehr eine Mark. In die Flure der Verwaltung schrien sie: »Eine Monat Streik! Eine Monat Streik!
Vierzehn Uhr. Kein Ergebnis. Delegationen aus der Stadt trafen ein. Die Sprechchöre erhielten eine weitere Variante:
So – li – da – ri – tät!
So – li – da – ri – tät!
Viele rannten vom Hof auf die Straße, wollten nachsehen. Von der

Brückenrampe her kam ein Demonstrationszug von hundert oder zweihundert jungen Leuten. Voran ein großes Transparent:

**Die Studierenden des erzbischöflichen Speekollegs:
Solidarität mit den Streikenden!**

Von der anderen Seite der Zufahrt, ein zweiter Zug mit Transparenten. Voran

Bürger der Stadt solidarisieren sich mit den Streikenden.

Die mit dem Streikkomittee abgesprochene Resolution wurde verlesen. Die Arbeiter bei Zierberg hatten diese Absprache gewünscht, sie sagten: »Das ist unser Streik, darum wollen wir wissen, was ihr vorlesen wollt. Ihr sollt nicht gegen unsere Sache arbeiten.«

»Wir die Studierenden des Speekollegs haben von eurem Streik erfahren. In der jetzigen Zeit, wo unter dem Vorwand der Stabilitätspolitik die Ausbeutung immer mehr gesteigert wird, während die Unternehmer die Preise herauftreiben und immer höhere Profite kassieren, verschlechtert sich die Lebenslage vor allem der Arbeiter rapide. Wir Studierende des Speekollegs, die wir selber jahrelang im Arbeitsprozeß und Berufsleben gestanden haben, wissen, daß euer Streik gerecht ist. Wir verurteilen die Darstellungen in der Presse und im Fernsehen, die versuchen, uns und der gesamten Bevölkerung einzureden, es handelt sich bei euch um einen sogenannten wilden Streik, was besagen soll, euer Streik sei nicht gerechtfertigt.«

Der Sprecher mußte unterbrechen. Die Frauen übertönten ihn mit dem Ruf, »So – li – da – ri – tät.«

»Wir werden auf diese Spaltungsmanöver nicht hereinfallen.
Wir bekunden unsere volle Solidarität mit eurem Streik in der Hoffnung, daß ihr euch durch die Spaltungsmanöver in der Presse und den teilweise provozierenden und brutalen Einsatz der Polizei nicht beirren laßt. Wir versuchen euch zu unterstützen, indem wir in unserem Kolleg eine Geldsammlung durchgeführt haben. Damit wollen wir eure Streikkasse auffüllen. Wir überreichen euch eine Streikkasse in Höhe von 102 Mark.«

Kurz nach vier.
»Wo rennen die denn alle hin?«

Elephteria drehte sich um, sah den Kolleginnen nach. »Dahinten«, rief sie den anderen zu, »da gibts was. Ich glaub, da steht Braunschweiger und die anderen vom Betriebsrat!«
Hunderte liefen von draußen über den Hof zu den großen Lautsprechern an der Betriebsratsbaracke.
Braunschweiger blies ins Mikrophon: »In Ordnung«, sagte er. Alle waren ruhig, hörten zu.

»Kolleginnen und Kollegen!

Die Verhandlungen sind beendet.
Das Ergebnis: Rückwirkend ab 1. August ergeben sich folgende Erhöhung der Stundenlöhne.
1. Die Lohngruppe 3 bis 10, 53 Pfennig pro Stunde.
2. Die Anhebung der Stundenlöhne für Gruppe 2, 65 Pfennig pro Stunde.«

»Was sagt der?« fragte Pathena.
»Sei mal still, ich krieg sonst nichts mit.«
»Das heißt«, sagte Braunschweiger ruhig, »die Lohngruppe 2 kommt in dieser Firma nicht mehr zur Anwendung.«
Der große Jubel fand nicht statt. Kleinere Gruppen hatten den Vorsitzenden verstanden. Sie klatschten.
Der Text mußte in viele Sprachen übersetzt werden. Nach jeder gab es kurzes Klatschen, dann gingen die Spanier, Griechen und Türken und die anderen. Der Streik löste sich auf.
Heiser vom vielen Schreien, ohne Stimme, abgekämpft und durstig, so zogen sie in die umliegenden Kneipen.
»Geschafft!« sagte Elephteria, »Gruppe 2 ist weg!«
»65 Pfennig mehr!« sagte Pathena. »Es hat sich gelohnt!«
Elephteria, Dimitrios und ein paar Kolleginnen und Kollegen gingen Richtung »Op de Eck«.
Die Leute standen mit ihren Bierglässern bis auf die Straße, saßen in den offenen Fenstern. Jetzt nach Ende des Streiks kamen immer mehr dazu. Der Sieg wurde gefeiert. Elephteria und die anderen drängten sich hinein.
»Wohin denn?« fragte sie, »is doch alles voll.«
»Da aufn Hof. Gehen wir dahin.«
Zwischen Schankraum und Toilette gab es ein kleines, nicht überdachtes Stück, da standen Mülltonnen, leere Fässer, Kästen mit Bierflaschen. Stühle wurden durchgereicht.
Sie rollten ein Faß heran, setzten sich rum.
»Wo is denn de Kellner? Rennt einem doch sonns immer nach«, sagte Heinz, Christas Mann. »Da kütt er! Heinz winkte. »He jibbet wat für disch zu verdiene – mach ens Körnsche un Bier für uns.«

Sie tranken eine Runde, die zweite.
»65 Pfennig, ne ganze Menge Holz«, sagte Christa.
»Aba wir kämpfen lange, lange für das.«
»Weißte noch, wie dat damals angefangen hat, in der Betriebsversammlung da, dat mit die Mark. Wo der Braunschweiger gesagt hat, wir brauchen eine Mark mehr, weißte noch?«
»Un Fröbel sage, das nix gut und gehe nach Gericht.«
»Firma aber reingefallen da«, sagte Dimitrios, »Gericht sage, daß war nix falsch, was Betriebsrat sage, das mit Mark.«
Er bestellte eine Runde Retsina und Bier für die Deutschen. Aber Christa wollte jetzt endlich mal »dieses scheußliche Zeug« probieren.
»Isch nix verstehn Braunschweiger heute, wenn sagen, du gehen wieder an Arbeit«, sagte Elephteria.
»Muß machen das«, sagte Elena.
»Wat meinste, wat de Firma die Kollegen vom Betriebsrat unter Druck gesetzt hat. Ich hab gehört, dat da oben die, die haben alles aufgeschrieben, was die Kollegen gesagt un wat se gemacht haben.«
Heinz meinte: »Die brauche bloß ne falsche Ton zu sage, un de Firma hängt mit denne widder am Jerischt.«
Elephteria hatte sich zurückgelehnt, die Beine von sich gestreckt, ruhte sich aus.
»Hallo, Herr Ober, du kommen mal her. – Verkaufen du Ouz?«
»De hammer auch da, seit dem Streik.«
»Dann du bringen hier für uns Runde Ouz.«
Dimitrios sah zu seiner Frau, runzelte die Stirn, sagte aber nichts.
Elephteria lachte ihn an, streckte ihren Arm über das Faß und mit zwei Fingern ihrer schmalen Hand strich sie ihm die Falten aus der Stirn.

Es war eigentlich eine schöne Hand, wenn man die Schwielen und Risse an den Fingern nicht sah.

Werkkreis – Anschriften

Werkkreis Literatur der Arbeitswelt, 5 Köln, Postfach 180 227

Kontaktadressen der Werkstätten sind jeweils über den zuständigen Regionalsprecher des Werkkreises zu erfragen.
Eine Mitarbeit im Werkkreis ist auch brieflich über die nächstliegende örtliche Werkstatt möglich.

Region Nord

Werkstätten in:	Braunschweig
	Bremen
	Hamburg
	Hannover
Kontaktadresse:	Wolfgang Franz, 2 Hamburg 50, Paulsenplatz 4, Tel.: 040 / 4 39 01 95

Region West

Werkstätten in:	Bochum
	Dortmund
	Essen
	Mülheim
	Münster
	Oberhausen
	Recklinghausen
	Wuppertal
Kontaktadresse:	Heinrich Peuckmann, 4618 Kamen, Gartenplatz 22, Tel.: 02307 / 1 30 22

Region Mitte

Werkstätten in:	Biedenkopf
	Bonn
	Düsseldorf
	Köln
	Marburg
	Neuss
Kontaktadresse:	Dieter Schwenke, 404 Neuss, Furtherstr. 192, Tel.: 02101 / 54 33 80

Region Südwest

Werkstätten in: Frankfurt
Göttingen
Karlsruhe
Mainz
Mannheim
Stuttgart
Tübingen

Kontaktadresse: Klaus Tscheliesnig, 75 Karlsruhe, Kaiserstr. 124a,
Tel.: 0721 / 22 75 52

Region Süd

Werkstätten in: Augsburg
München
Nürnberg

Kontaktadresse: Christian Kneifel, 89 Augsburg, Prälat-Bigelmairstr. 16
Tel.: 0821 / 51 19 63

Werkstatt
Westberlin: Wolfgang Röhrer, 1 Berlin 46, Sonderhauser Str. 75 a
Tel.: 030 / 7 11 99 75

Werkstatt Zürich: Bernhard Wenger, Oeltrottenstr. 28,
CH-8707 Uetikon, Schweiz

Grafikwerkstätten

Werkstätten in: Augsburg
Dortmund
Düsseldorf
Karlsruhe
Köln
Mülheim
Wuppertal
Westberlin

Kontaktadresse: Jörg Scherkamp, 89 Augsburg, Kohlergasse 16,
Postfach 112052, Tel.: 0821 / 31 16 00

Zentrales Konto des Werkkreises Literatur der Arbeitswelt:
Postscheck Köln 27 3707

STREIKCHRONIK-ANALYSE-WEITERE ENTWICKLUNG

Herausgeber: Pierburg-Kollektiv

PIERBURG '73

DEUTSCHE UND AUSLÄNDISCHE ARBEITER

EIN GEGNER - EIN KAMPF

"Der Streik bei Pierburg ist ein Beispiel für eine kämpferische Gewerkschaftspolitik, die ungelöste Probleme, wie das der Leichtlohngruppen, nicht ausschließlich am Verhandlungstisch, sondern gestützt auf Kampfmaßnahmen zu lösen versucht. Ein Beispiel, für die Kampfkraft, die die ausländischen Arbeiter und arbeitenden Frauen in die Klassenauseinandersetzungen hineintragen können. Und nicht zuletzt ein Beweis dafür, daß die Parole "Deutsche und ausländische Arbeiter-ein Gegner-ein Kampf" zur Realität werden kann."

150 Seiten, A5 ....Preis 5.--DM
<u>Bestellungen</u> an: Postlagerkarte Nr.093837 A
Postamt 4000 Düsseldorf 1
<u>Zahlungen</u> an: Postscheckkonto Essen Nr.1109 94-435
          Lutz Reimers - Düsseldorf

LIEFERUNG ERFOLGT ERST NACH EINGANG DER ZAHLUNG!

Bestellungen:

Name ....
Wohnort ....
Straße..
Anzahl der Bestellungen ....

Literatur der Arbeitswelt

Herbert Somplatzki
Muskelschrott
Band 1429

Der rote Großvater erzählt
Band 1445

**Geht dir da nicht
ein Auge auf.** Band 1478

**Josef Ippers
Am Kanthaken**
Band 1489

**Heiner Dorroch
Wer die Gewalt sät**
Band 1510

**Dieser Betrieb wird
bestreikt.** Band 1561

**Mit 15 hat man noch
Träume ...** Band 1535

2 große sozialistische Utopien

**Edward Bellamy
Ein Rückblick
aus dem Jahre 2000**
»Fischer Orbit«, Band 30

**Werner Illing
Utopolis**
»Fischer Orbit«, Band 37

Walter Fähnders/
Martin Rector
**Literatur im
Klassenkampf**
Eine Dokumentation
Band 1439

Arbeitersongbuch
Band 1403

Werkkreis Literatur der Arbeitswelt

**Helmut Creutz
Gehen oder kaputtgehen**
Band 1367

Liebe Kollegin
Band 1379

Stories für uns
Band 1393

Schichtarbeit
Band 1413

FISCHER
TASCHENBÜCHER